आओ धनवान बनें

‘धनवान बनने में सहायक’ अन्य पुस्तकें

आओ धनवान बनें

(वित्तीय साक्षरता और वित्तीय योजना को जानें)

राधा रमण मिश्रा

प्रभात
पेपरबैक्स
www.prabhatbooks.com

प्रकाशक

प्रभात पेपरबैक्स

4/19 आसफ अली रोड, नई दिल्ली–110002

फोन : 23289777 • हेल्पलाइन नं. : 7827007777

इ–मेल : prabhatbooks@gmail.com ❖ वेब ठिकाना : www.prabhatbooks.com

संस्करण

प्रथम, 2019

मूल्य

एक सौ पचहत्तर रुपए

अ.मा.पु.स. 978-93-5322-713-5

मुद्रक

आर–टेक ऑफसेट प्रिंटर्स, दिल्ली

———————— ★ ————————

AAO DHANVAN BANEN
by Shri Radha Raman Mishra

Published by **PRABHAT PAPERBACKS**
4/19 Asaf Ali Road, New Delhi-110002

ISBN 978-93-5322-713-5

₹ 175.00

पूज्य नानाजी

राजदेव पांडे

और

पापा

कृष्ण नंदन मिश्रा

को सादर समर्पित

लेखकीय

हमारी धारणा आसपास होनेवाली घटनाओं, परिस्थितियों से प्रभावित होती है। हम जो देखते हैं, सुनते हैं, उसके आधार पर एक सोच बनती है। यह पुस्तक उसी का परिणाम है। अर्थशास्त्र का विद्यार्थी होने के कारण भी इस विषय पर लिखने की इच्छा हुई। मैंने कई बार देखा कि लोगों के पास पैसा तो होता है, लेकिन सही जानकारी नहीं होने से वे उसका बेहतर उपयोग नहीं कर पाते। अकसर कहते हैं, 'ये निवेश, 'फाइनेंस' की चीजें समझ में नहीं आतीं, तुम ही जानो।' मुझे लगता है कि हमारा पैसा मेहनत की कमाई है। हम कैसे दूसरे लोगों के 'सुझावों' के भरोसे उसे छोड़ दें? जब हम पैसे के लिए नौकरी या अन्य काम करते हुए परिश्रम करते हैं तो क्या उसके सही तरीके से निवेश और बचत तथा उपयोग के लिए थोड़ी मेहनत नहीं कर सकते? कई ऐसे भी लोग हैं, जिन्हें लगता है कि बचत और निवेश में कौन सा 'रॉकेट साइंस' है? यह भी सही है। लेकिन क्या हम बचत और निवेश करते समय बाजार में उपलब्ध तमाम ऐसे उत्पादों को तुलनात्मक रूप से अध्ययन कर सोच-विचारकर निवेश करते हैं? शायद नहीं। इन्हीं बातों को ध्यान में रखकर यह पुस्तक लिखी गई है, ताकि आप वित्तीय उत्पादों की जानकारी रखते हुए सोच-विचाकर अपने धन का निवेश करें और उसका उपयोग करें।

इस पुस्तक को लिखने में मुख्य रूप से सरकार द्वारा समय-समय पर जारी नियमों, अधिसूचनाओं और संबंधित कानून को आधार बनाया गया है। इसके साथ भारतीय प्रतिभूति एवं विनिमय बोर्ड, बीमा नियामक एवं विकास प्राधिकरण तथा भारतीय रिजर्व बैंक, भारतीय जीवन बीमा निगम और बैंक के अधिकारियों की सहायता ली गई। यों तो पुस्तक के लिए क्षेत्र के जानकारों, संबंधित नियमों एवं अधिसूचनाओं की मदद ली गई, लेकिन विषय की प्रकृति ऐसी है, जिसमें चीजें

बदलती रहती हैं। अतः इसका ध्यान रखें। पुनः निवेश से जुड़े कोई भी निर्णय में ब्याज दरों की जाँच कर लें, क्योंकि इसमें समय-समय पर परिवर्तन होते रहते हैं। पुस्तक के बारे में कृपया अपने सुझाव जरूर दें।

—राधा रमण मिश्रा

इ-मेल : rraman.mfp@gmail.com

आभार

पुस्तक को लिखने में वैसे तो कई लोगों ने मदद की, लेकिन उनमें से कुछ नामों को देना जरूरी है। पी.टी.आई. भाषा के महाबीर सिंह, पवन कुमार पांडे, पी.टी.आई. लेखा विभाग के ऋषि दिवानी, इंडियन ओवरसीज बैंक के राजेश कुमार, निशांत शर्मा, राहुल सहगल, एल.आई.सी. के जितेंद्र मोहन पांडे, चार्टर्ड एकाउंटेंट राम कुमार, नेशनल इंस्टीट्यूट ऑफ मेंटल हेल्थ एंड न्यूरोसाइंस के डॉ. विजयकुमार हारबीसेत्तार और आशीष आनंद ने पुस्तक को निष्कर्ष पर पहुँचाने में विशेष रूप से सहायता की।

अंत में, पर सबसे महत्त्वपूर्ण 'तुम्हारे लिए'—

रास्ता तू ही और मंजिल तू ही, चाहे जितने भी चलूँ मैं कदम,
तुझसे ही तो मुसकराहटें मेरी, तुझ बिन जिंदगी भी है सूनी।

अनुक्रम

वित्तीय साक्षरता व नियोजन क्यों

केस स्टडी : आनंद राघव, उम्र 36 साल, पेशे से इलेक्ट्रिक इंजीनियर। वह बहुराष्ट्रीय कंपनी में कार्यरत है और दिल्ली के सिविल लाइंस क्षेत्र में अपने माता-पिता, पत्नी और दो बच्चों के साथ रहता है। राघव के माता-पिता उस पर आश्रित हैं। वह अपने माता-पिता की इकलौती संतान है। उसकी पत्नी निजी स्कूल में शिक्षिका है। उसके दोनों बच्चे स्कूल जाते हैं। पति-पत्नी दोनों की तनख्वाह मासिक 1.5 लाख रुपए है। पूरा परिवार अच्छे-से जीवन गुजार रहा है। मकान किराए का था, लेकिन वे जल्दी ही अपना घर लेना चाहते थे। राघव मस्तमौला था। जीवन की वास्तविकताओं से दूर वह इस दर्शन को मानता था कि जीवन छोटा है, खाओ-पिओ, घूमो-फिरो, मस्त रहो। खर्च में कोई कटौती नहीं। जब भी किसी चीज की इच्छा हुई, फौरन उसे खरीदो। अगर पैसे हाथ में नहीं है तो कोई बात नहीं, क्रेडिट कार्ड है। महँगे मोबाइल फोन का शौकीन। घूमने-फिरने में विश्वास। पैसे नहीं है तो कोई बात नहीं। क्रेडिट कार्ड है, दोस्त हैं, उनसे कर्ज ले लेंगे।

राघव के माता-पिता उसे समझाते हैं कि फिजूल खर्च ठीक नहीं। पत्नी समझाती कि हमें भविष्य के लिए पैसा बचाना चाहिए और सोच-समझकर खर्च करना चाहिए, पर उसे ये सब बातें बुरी लगती हैं और वह उसे मजाक में उड़ा देता। एक दिन अचानक राघव की दुर्घटना हो जाती है। उसके पैर की हड्डी टूट जाती है। उसे लंबे समय तक अस्पताल और घर पर रहना पड़ता है। राघव के जख्मी होने से परिवार पर विपदा आ जाती है। उसकी पत्नी की तनख्वाह इतनी नहीं थी कि वह घर को चला पाती और क्रेडिट कार्ड का बिल और अन्य कर्जे चुका पाती। उन्हें महँगे सिविल लाइंस के मकान को छोड़ना पड़ता है। बच्चों का स्कूल भी छूट जाता है। माता-पिता भी बुढ़ापे में परेशान होते हैं। चलने में दिक्कत के कारण वह ऑफिस नहीं जा पाता और अंततः उसकी नौकरी छूट

जाती है। परिवार आर्थिक समस्याओं में फँस जाता है। एक तरफ राघव के इलाज का खर्चा, दूसरी तरफ परिवार के रहन-सहन पर होनेवाला व्यय। उसकी पत्नी परेशान हो जाती है। राघव ने इतनी बचत नहीं की थी, जिससे इस विपदा के समय वह उसका इस्तेमाल कर सकता। उसने ऐसी कोई स्वास्थ्य बीमा पॉलिसी नहीं ली, जिससे उसे इलाज का खर्चा स्वयं उठाना नहीं पड़ता। उसने कोई दुर्घटना बीमा नहीं लिया, ताकि उसे इस परिस्थिति में कुछ राशि मिलती। उसे बिस्तर पर पड़े इसका एहसास होता है और माता-पिता तथा पत्नी की बातें याद आती है।

देखा जाए, ये चीजें किसी के साथ भी हो सकती हैं। विपदा कभी भी आ सकती है। हमें खुद को किसी भी हालात से निपटने के लिए तैयारी जरूर करनी चाहिए।

दरअसल, संयुक्त परिवार का दौर खत्म हो रहा है। उसकी जगह एकल परिवार, यानी न्यूक्लीयर परिवार ले रहा है। संयुक्त परिवार में समस्याओं का बोझ बँट जाता था। अगर कोई समस्या आई तो दादा-दादी, चाचा, ताऊ और अन्य रिश्तेदार आपके साथ खड़े होते, लेकिन परिवार की यह व्यवस्था अब टूट रही है। वहीं एकल परिवार में जिम्मेदारियों का बोझ कमानेवाले व्यक्ति पर होता है।

पुनः आज नौकरियों, खासकर निजी क्षेत्र में काम करनेवालों के लिए सामाजिक सुरक्षा उतनी मजबूत नहीं है, जिससे किसी प्रकार की अनहोनी होने पर हमारा परिवार बेहतर जीवन जी सके। वैसे भी आज सार्वजनिक क्षेत्र के मुकाबले निजी क्षेत्र में नौकरियाँ ज्यादा मिल रही हैं। निजी क्षेत्र में ज्यादातर नौकरियाँ अनुबंध पर आधारित होती हैं। इसमें नौकरी कभी भी जाने का खतरा रहता है। हो सकता है, आपकी नौकरी चली जाए और कुछ महीने कोई नौकरी ही नहीं मिले। फिर सरकारी नौकरी की तरह निजी क्षेत्र में पेंशन के रूप में मजबूत सामाजिक सुरक्षा का अभाव है। हालाँकि अब सरकारी क्षेत्र में भी उन लोगों के लिए पेंशन-व्यवस्था वैसी नहीं है, जो 1 जनवरी, 2004 से पहले नौकरी में आए हैं। 1 जनवरी, 2004 और उसके बाद सरकारी नौकरी में आए लोगों के लिए (सशस्त्र बलों को छोड़कर) एन.पी.एस. (न्यू पेंशन सिस्टम) लागू है। फिर भी, निजी क्षेत्र के मुकाबले सरकारी क्षेत्र की नौकरियों में सेवा-शर्तें बेहतर हैं।

कई बार देखा गया है कि निजी क्षेत्र में कंपनियाँ अनुबंध पर काम करनेवाले कर्मचारियों को जो वेतन देती हैं, उसमें मूल वेतन बहुत कम होता है। इसका सीधा असर कर्मचारी के भविष्य निधि, पेंशन और ग्रेच्युटी पर पड़ता है। इससे भविष्य

के लिए जितनी राशि उक्त सामाजिक सुरक्षा योजना में जमा होनी चाहिए, नहीं हो पाती। ऐसे में सेवानिवृत्ति के बाद बेहतर जीवनयापन के लिए सही जगह बचत और निवेश जरूरी है और यह तभी होगा, जब हम वित्तीय रूप से साक्षर होंगे।

अभी भी यह देखा जाता है कि लोग बैंक, पूँजी बाजार या अन्य जगह निवेश करने के बजाय चिट-फंड कंपनियों में निवेश करते हैं और धोखाधड़ी के शिकार होते हैं। पश्चिम बंगाल में शारदा घोटाला इसका उदाहरण है। इसमें लगभग 17 लाख से अधिक लोगों को बेहतर रिटर्न का वादा कर करोड़ों रुपए (200 से 300 अरब रुपए) जुटाए गए। बाद में लोगों का पैसा डूब गया। इसी प्रकार गाँवों, छोटे कस्बों में कई लोग अभी भी बैंकों के बजाय साहूकारों से कर्ज लेते हैं और अधिक ब्याज के कारण कर्ज के जाल में फँस जाते हैं। इस तरह की कई चीजें हैं, जो वित्तीय रूप से साक्षर होने की जरूरत को रेखांकित करती हैं।

वित्तीय रूप से साक्षर होने का मतलब है कि हम इस बात को समझें कि वित्तीय रूप से हमारे लिए क्या जरूरी है? यानी कहाँ खर्च करना चाहिए, कहाँ बचत करनी चाहिए। हमें यह पता होना चाहिए कि हमारे लिए निवेश का क्या बेहतर विकल्प है, हमारे लिए कौन-कौन सी योजनाएँ हैं और हमारे क्या-क्या अधिकार हैं? नौकरी करनेवाले कई लोग होते हैं, जिन्हें यह पता नहीं होता कि अगर उनकी कंपनी कर्मचारी भविष्य निधि संगठन (ई.पी.एफ.ओ.) के दायरे में आती है तो उनकी पेंशन भी कटती है, 'जिसे कर्मचारी पेंशन योजना' (ई.पी.एस.) के नाम से जाना जाता है। कई बार लोग नौकरी छोड़कर चले जाते हैं या उनका असामयिक निधन हो जाता है और उसकी जानकारी नहीं होने से वह पैसा वहीं पड़ा रह जाता है, जबकि अगर किसी कर्मचारी ने 10 साल से कम काम किया है तो वह पेंशन का पैसा वापस ले सकता है और संबंधित परिवार को कुछ राहत मिल सकती है। यहाँ पर आपको वास्तविक उदाहरण देता हूँ। मेरे एक मित्र हैं। वह एक कंपनी में करीब सात साल काम करने के बाद इस्तीफा देकर दूसरी कंपनी में चले गए। उस कंपनी से अपने भविष्य निधि का पैसा निकाल लिया। करीब छह-सात साल बाद मेरी उनसे बात हुई। चर्चा के दौरान पता चला कि उसने पेंशन फंड में जमा राशि नहीं ली। मैंने उन्हें सुझाव दिया कि आप अपनी कंपनी के एच.आर. प्रबंधक से बात करें। उन्होंने उसे हँसी में उड़ा दिया, लेकिन बाद में जोर देने पर उन्होंने अगले दिन अपनी पुरानी कंपनी के प्रबंधक से इस बारे में बात की। लगभग एक महीने में उनके पास 42,000 रुपए का चेक आया।

उन्हें जब पता चला तो उन्हें काफी खुशी हुई। अगर यह पैसा नहीं लिया जाता तो यह ऐसे ही पड़ा रहता। पुनः कर्मचारियों के लिए कर्मचारी डिपॉजिट लिंक्ड बीमा योजना है, जिसके तहत नौकरी अवधि में कर्मचारी की असामयिक मौत की स्थिति में अधिकतम 6 लाख रुपए तक बीमा लाभ मिल सकता है। इस प्रकार ऐसी कई योजनाएँ हैं, जिनके बारे में लोगों को जानकारी नहीं होती और उसका लाभ वह या उनका परिवार नहीं ले पाता और उन्हें परेशानी उठानी पड़ती है।

कई बार एजेंट की लुभावनी बातों में आकर हम ऐसी जगह पैसा लगा देते हैं, जहाँ रिटर्न उतना अच्छा नहीं है। हम महँगा बीमा उत्पाद ले लेते हैं या फिर गलत म्यूचुअल फंड योजनाओं या शेयर अथवा संपत्ति में पैसा लगा देते हैं और बाद में पछतावा होता है। प्रायः सही जानकारी नहीं होने से हम बैंक, बीमा, शेयर बाजार, म्यूचुअल फंड तथा पेंशन से जुड़ी शिकायतों को उपयुक्त मंच पर नहीं ले जाते और हमें नुकसान होता है। इन सबका समाधान वित्तीय रूप से साक्षर होना है। यदि आपके पास वित्तीय जानकारी है तो आप सही निर्णय करेंगे और मेहनत की कमाई में अच्छी वृद्धि होगी तथा तरक्की करेंगे।

आपके मन में यह सवाल आएगा कि यार, बचत और निवेश में क्या रखा है? इसमें कौन से आइंस्टाइन (अल्बर्ट आइंस्टाइन) का सिद्धांत है? बिल्कुल सही है। सही मायने में बचत और निवेश करना कोई बड़ी बात नहीं है, बहुत आसान है, लेकिन समय, परिस्थिति, अपनी जरूरत, वित्तीय लक्ष्य और बाजार की चाल को समझकर सही जगह निवेश करना जरूर बड़ी बात है, क्योंकि हमारा अंतिम लक्ष्य तो निवेश पर बेहतर रिटर्न प्राप्त करना है और अगर ऐसा नहीं होता है तो इस कवायद का कोई लाभ नहीं। दुनिया के सफल निवेशकों में से एक वारेन बफे लिखते हैं, "…जीवनपर्यंत सफल निवेश के लिए कोई दिव्य ज्ञान, व्यापार को परखने की अद्‍भुत क्षमता या अंदर की जानकारी की जरूरत नहीं है बल्कि एक तंदुरुस्त बौद्धिक संरचना की जरूरत है, जो सोच-समझकर निर्णय कर सके। साथ ही, निवेश को लेकर भावना को अलग रखने की आवश्यकता है।"[1]

एक उदाहरण देता हूँ। मेरे एक वरिष्ठ सहयोगी हैं। चीजों के बारे में अच्छी जानकारी रखते हैं। उनके पास पेंशन उत्पाद बेचने वाले का फोन आया और उसके कहने पर उन्होंने एक लाख रुपए एल.आई.सी. की पेंशन योजना 'जीवन अक्षय' में लगा दिया। कुछ दिन तो उन्हें खुशी हुई, पर उस पर मिलने वाली राशि को देखने के बाद उन्हें एहसास हुआ कि पेंशन योजना लेने में जल्दबाजी कर दी।

उनकी उम्र लगभग 50 के आस-पास होगी। लगभग 10 साल की नौकरी बची है, अच्छी-खासी तनख्वाह है। ऐसे में इतनी जल्दी पेंशन उत्पाद लेने का मतलब नहीं था, जिस पर लगभग 6,500 रुपए सालाना पेंशन मिले यानी इस पर ब्याज महज 6.50 प्रतिशत बैठता है। अगर वे थोड़ा सोचते तो एक लाख रुपए कहीं और निवेश कर सकते थे, जिससे उनको बेहतर रिटर्न मिलता और उनके निवेश में अच्छी वृद्धि होती, जो रिटायरमेंट के बाद उनके बड़ा काम आता।

कहने का तात्पर्य यह है कि केवल निवेश करना महत्त्वपूर्ण नहीं है, बल्कि सोच-समझकर सही जगह निवेश करना मायने रखता है। हम अगर स्वयं यह नहीं कर सकते तो हमें जानकारों की मदद लेनी चाहिए। मेरा मानना है कि हम जिस प्रकार शरीर को स्वस्थ रखने के लिए योग या कसरत करते हैं, ठीक उसी प्रकार वित्तीय रूप से मजबूत होने के लिए जरूर दिमागी व्यायाम करना चाहिए, क्योंकि पैसा हमारी मेहनत की कमाई है। हमें यह जानकारी प्राप्त करनी चाहिए कि कौन से निवेश उत्पाद बेहतर हैं और जरूरत के मुताबिक बेहतर रिटर्न दे सकते हैं। इसके लिए वित्तीय साक्षरता और नियोजन जरूरी है। हम सबकुछ करते हैं, लेकिन वित्तीय स्थिति को बेहतर बनाने के बारे में ज्यादा ध्यान नहीं देते। चर्चित पुस्तक 'रिच डैड, पुअर डैड' के लेखक रॉबर्ट टी. कियोसाकी[2] लिखते हैं, "··· अगर आपको धनवान बनना है तो आपको वित्तीय रूप से साक्षर होना पड़ेगा।" वह कहते हैं, वास्तव में वित्तीय समस्याओं का मूल कारण वित्तीय साक्षरता का अभाव है। लोगों के पास पैसा होने के बावजूद वे खुद से सही जगह निवेश करने के बारे में नहीं सोच पाते और जोखिम से बचते हैं। वे हमेशा 'सुरक्षित' रहकर बचत व निवेश को तरजीह देते हैं। धनी इसलिए धनवान है, क्योंकि वे वित्तीय रूप से अधिक साक्षर हैं। वे निवेश का जोखिम उठाते हैं, नए विचार पर अमल करने का साहस करते हैं।

इसीलिए अगर बेहतर जीवन चाहते हैं, आप समृद्ध होना चाहते हैं और अपनी संपत्ति का सही प्रबंधन करना चाहते हैं तो वित्तीय रूप से साक्षर होना जरूरी है। वास्तव में, वित्तीय साक्षरता हमें धन के उपयुक्त प्रबंधन में मदद करती है। कई बार देखा गया है, लोग भावना में बहकर अपनी क्षमता से अधिक कीमत का मकान लेते हैं और इसके लिए लंबी अवधि का कर्ज लेते हैं। उसके बाद उसे सजाने, सँवारने, फर्नीचर, कार आदि पर खर्च करते हैं। पैसे कम पड़ने पर क्रेडिट कार्ड का उपयोग करते हैं और इस तरह से कर्ज के जाल में फँसते चले जाते हैं।

बाद में वो कहते हैं, खर्च ही मुश्किल है, बचत और निवेश कैसे करें? उसके बाद पैसे कमाने के लिए और मेहनत करने का प्रयास करते हैं। इस तरह से जीवन का बड़ा हिस्सा कर्ज चुकाने और तनाव में चला जाता है। हम इन सबसे बच सकते हैं और वित्तीय साक्षरता और बेहतर वित्तीय नियोजन से जीवन बेहतर बना सकते हैं। हमें इसके लिए यह समझना होगा कि हमारे लिए क्या जरूरी है, क्या संपत्ति (एसेट) है और क्या 'देनदारी' है। वास्तव में, कर्ज लेकर हम जो मकान खरीदते हैं, वह संपत्ति नहीं बल्कि देनदारी है। कियोसाकी के अनुसार, हमें यह समझना होगा कि कर्ज लेकर जो हम मकान खरीदते हैं, वह 'एसेट' नहीं बल्कि देनदारी है, क्योंकि उसपर हमें लंबी अवधि (20 से 30 साल तक) तक हर महीने अच्छी रकम चुकानी होती है, पर मध्यम वर्ग परिवार इसे संपत्ति समझने की भूल करते हैं। वास्तव में संपत्ति वह है, जो आय सृजित करे और देनदारी वह है, जो जेब से पैसा निकाले। इसे एक तस्वीर से समझा जा सकता है—

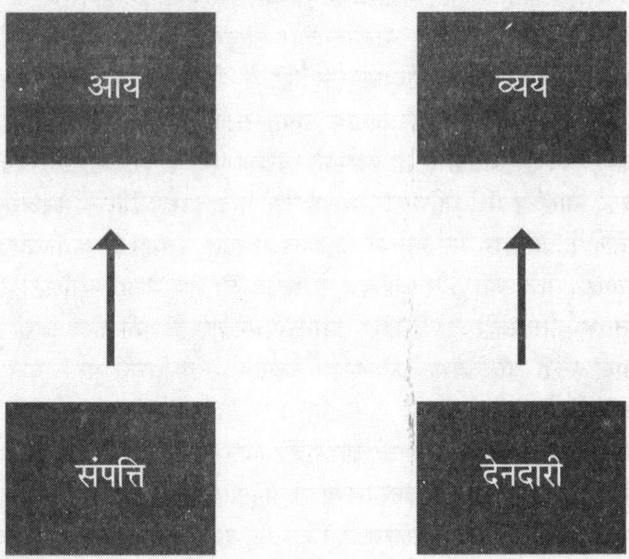

स्रोत : रिच डैड पुअर डैड

इससे आप समझ सकते हैं कि कौन सी चीज आपके लिए संपत्ति है और कौन सी देनदारी? इसके आधार पर आप निर्णय कर सकते हैं। अब सवाल उठता है कि ऐसी कौन सी चीज है, जो 'एसेट' है, जिससे आय सृजित हो? इस श्रेणी

में शेयर, बॉण्ड, आय सृजित करनेवाला रीयल एस्टेट या कोई भी ऐसी चीजों को रखा जा सकता है, जिससे समय-समय पर धन आए या समय के साथ उसका मूल्यवर्धन हो।

जीवन में वित्तीय साक्षरता का इतना महत्त्व होने के बावजूद हमारे देश में विडंबना है कि माता-पिता बच्चों को अच्छी शिक्षा, डॉक्टर, इंजीनियर बनने समेत अच्छी नौकरी आदि के लिए तो प्रोत्साहित करते हैं, लेकिन उसे वित्तीय रूप से साक्षर बनाने के लिए उपाय नहीं करते। पुन: हम स्वयं भी वित्तीय साक्षरता पर ध्यान नहीं देते। अगर व्यक्ति वित्तीय रूप से साक्षर नहीं है तो वह अपने धन का बेहतर प्रबंधन नहीं कर सकता। ऐसे कई उदाहरण हैं कि किसी व्यक्ति के पास लॉटरी लगने या जमीन बिक्री अथवा रिटायरमेंट के बाद अचानक बहुत सारा पैसा आता है, लेकिन वित्तीय रूप से साक्षर नहीं होने से वह उसका उचित प्रबंधन नहीं कर पाते और नुकसान उठाना पड़ता है तथा उसकी स्थिति पहले जैसी हो जाती है। इन चीज को मैंने अपने घर में महसूस किया। मेरे पिता के पास पैसे की कभी कमी नहीं रही, लेकिन उन्होंने उसे बैंक और मियादी जमा में लगाने के अलावा कोई उपयोग नहीं किया और उसका फायदा हम नहीं उठा पाए। पैसे को अगर उत्पादक कार्य या सही जगह निवेश किया जाता तो निश्चित रूप से परिवार को काफी लाभ होता। इसी प्रकार, निजी क्षेत्र में रिटायरमेंट के बाद लोगों को ग्रेच्युटी और भविष्य निधि के रूप में अच्छा-खासा पैसा मिलता है, लेकिन अगर उसे सही जगह निवेश नहीं किया जाए तो भविष्य में आर्थिक समस्याओं का सामना करना पड़ सकता है।

अत: हमें वित्तीय रूप से साक्षर होने और सचेत रहने की जरूरत है। नौकरी की शुरुआत से ही बचत करने की आदत डालनी चाहिए और निवेश की योजना बनानी चाहिए। हमें वित्तीय रूप से मजबूत होने के लिए सोच-समझकर निवेश करने चाहिए। हमें ऐसी जगह निवेश करनी चाहिए, जिससे 'एसेट' बने।

हमें कर्ज लेकर बड़ी संपत्ति, महँगे मोबाइल फोन, अन्य उपभोक्ता सामान खरीदने तथा ऐशो-आराम की जिंदगी से बचना चाहिए, क्योंकि इससे हम ऋण जाल में फँसते चले जाते हैं और जीवन का बड़ा हिस्सा कर्ज की अदायगी में चला जाता है। इस छोटी-सी बात को ध्यान में रखकर हम वर्तमान के साथ भविष्य बेहतर कर सकते हैं तथा स्वयं और अपने परिवार को अच्छा जीवन दे सकते हैं।

लेकिन प्राय: हम इन चीजों को नहीं सोच पाते और सही जानकारी नहीं होने

के कारण हम उपयुक्त ढंग से वित्तीय नियोजन नहीं करते, जिससे हमें आनेवाले समय में आर्थिक मुश्किलों का सामना करना पड़ता है। इस किताब का मकसद इसी कमी को दूर करने में आपकी मदद करना है।

संदर्भ—

1. वारेन बफे ने बेंजामिन ग्राहम की पुस्तक 'द इंटेलिजेंट इनवेस्टर्स' के चौथे संस्करण की भूमिका में यह लिखा है।
2. रॉबर्ट टी कियोसाकी अमेरिकी उद्यमी, निवेशक और लेखक हैं। उन्होंने रिच डैड कंपनी का गठन किया जो वित्तीय शिक्षा के क्षेत्र में काम करती है। उन्होंने रिच डैड, पुअर डैड समेत कई पुस्तकें लिखी हैं।

□

कैसे करें बचत

बचत एक आदत है। यह हमें बनानी होती है। जब भी बचत की बात होती है, प्रायः लोग कहते हैं खर्च तो पूरा होता नहीं, बचत कहाँ से करें? निश्चित रूप से आज के समय में खर्च काफी बढ़ गए हैं। बच्चों की पढ़ाई, बच्चों की जरूरतें, स्वास्थ्य, दैनिक खर्चे, मनोरंजन, कहीं घूमने के लिए जाने पर होनेवाला खर्च। ये सब आज के दिन जरूरी खर्च बन गए हैं। दूसरी तरफ लोगों खासकर नौकरीपेशा लोगों की आय सीमित होती है। हमें उस निश्चित आय में ही ये सब खर्च करने होते हैं, लेकिन फिर भी हम जो भी कमाते हैं, उसका एक हिस्सा जरूर बचाना चाहिए। बचत के संदर्भ में हमें दुनिया के सबसे सफल और प्रख्यात अमेरिकी निवेशक वारेन बफे[1] की यह पंक्ति ध्यान रखनी चाहिए—"Do not save what is left after spending but spend what is left after saving." यानी "खर्च करने के बाद जो बचता है, उसे न बचाएँ, बल्कि बचत करने के बाद जो बच जाता है, उसे खर्च करें।" अर्थात् आय - बचत = खर्च।

सवाल उठता है, हम कैसे बचत करें? छोटी-छोटी चीजों के माध्यम से हम अपने गैर-जरूरी खर्चों को कम कर सकते हैं। इसका एक अच्छा तरीका मेरे एक वरिष्ठ सहयोगी बताते हैं। वह कहते हैं कि हमें अपने दैनिक खर्चों को रोज लिखना चाहिए। प्रायः लोग यह सोचते हैं कि कमाना हमें ही है, हमें ही खर्च करना, फिर खर्च लिखने से क्या फायदा? यह सोच सही नहीं है। आप डायरी या रजिस्टर में रोज के खर्च को लिखिए। महीना पूरा होने के बाद उसपर गौर करें और देखें कि क्या ऐसा खर्च हुआ, जो जरूरी नहीं था। इससे आपको पता चल जाएगा कि कौन से खर्च से बचा जा सकता था? दूसरे महीने में आप वैसे खर्च को अंकुश लगा सकते हैं।

दूसरा, छोटी-छोटी बातों पर गौर कर भी आप एक अच्छी राशि बचा सकते हैं। इसे एक उदाहरण से समझ सकते हैं। मान लीजिए, आपका घर 'ए' प्वॉइंट पर

है और आपको काम करने के लिए 'डी' प्वॉइंट पर जाना है। आप 'ए' प्वॉइंट से 'डी' प्वॉइंट के लिए 'बी' और सी प्वॉइंट होते जाते हैं।

चित्र-----A------B----C-----D------E------

↑ घर ↑ दफ्तर

इसके लिए ऑटो, बस या दूसरे परिवहन का साधन लेते हैं। इसका किराया औसतन 100 रुपए बनता है। अब जरा सोचिए, क्या परिवहन साधन 'ए' प्वॉइंट के बजाय 'बी' प्वॉइंट से लिया जा सकता है, जहाँ से किराया लगभग 80 रुपए बनेगा। अगर कोई 'ए' से 'बी' प्वॉइंट तक पैदल जाए और वहाँ से परिवहन का साधन ले तथा वहाँ से भाड़ा 80 रुपए बनता है तो वह 20 रुपए बचा सकता है। अगर महीने में आप 22 दिन नौकरी के लिए जाते हैं तो आप 220 रुपए मासिक और साल में लगभग 2,500 रुपए बचा सकते हैं। इसका दूसरा फायदा भी है। आप पैदल चलेंगे तो आपके स्वास्थ्य पर भी अच्छा असर पड़ेगा।

इन छोटी-छोटी बातों के साथ हम निम्नलिखित उपायों के जरिए बचत कर सकते हैं और अपने लक्ष्य को हासिल कर सकते हैं—

गैर-जरूरी खर्चों में कटौती आवश्यक : बचत के लिए गैर-जरूरी व्यय में कटौती आवश्यक है। वारेन बफे ने कहा है, "यदि आप उन चीजों को खरीदते हैं, जिनको आपको जरूरत नहीं है तो शीघ्र ही आपको उन चीजों को बेचना पड़ेगा, जिनकी आपको जरूरत है।" कहने का आशय यह है कि हमें जिसकी जरूरत है, वही चीजें खरीदनी चाहिए। दूसरे की नकल करते हुए अनावश्यक या दिखावे के लिए वस्तुओं को खरीदने से बचना चाहिए। प्राय: देखा जाता है कि हमारे पास पर्याप्त कपड़े होते हैं, लेकिन छूट के चक्कर में हम और कपड़े खरीद लेते हैं। इसी प्रकार आज के युवा महँगे मोबाइल खरीदते हैं, फिर कुछ दिन उपयोग कर दूसरा मोबाइल ले लेते हैं।

हमें यह देखना चाहिए कि क्या हमें नए कपड़े या मोबाइल फोन की वाकई में जरूरत है ? अगर जरूरत लगे, तभी चीजें खरीदनी चाहिए। सरल और सहज जीवन न केवल पैसे की बचत में मददगार है, बल्कि कर्ज लेकर खर्च करने के तनाव को दूर कर और प्रसन्न रखने में भी सहायता करता है।

अतिरिक्त पैसा आने पर एक हिस्सा जरूर करें बचत : कई बार नौकरीपेशा लोगों को बोनस मिलता है। साल में तनख्वाह बढ़ती है। अकसर देखा जाता है, जैसे ही बोनस मिला या वेतन बढ़ा, लोग उसी अनुपात में खर्च बढ़ा देते हैं या कोई ऐसा सामान, मसलन नया मोबाइल, दूसरे इलेक्ट्रॉनिक सामान खरीद लेते हैं, जिसकी संभवत: जरूरत नहीं होती। इसी प्रकार व्यापारी वर्ग को कभी मोटी आमदनी या अप्रत्याशित लाभ होता है। ऐसी स्थिति में बोनस या वेतन बढ़ने का एक हिस्सा (उदाहरण के लिए 10 प्रतिशत) जरूर बचत या निवेश करना चाहिए या अगर आप बचत या निवेश कर रहे हैं, उसी अनुपात में उसमें वृद्धि कीजिए। मेरी पत्नी के दादाजी (स्वर्गीय वंशीधर पांडेय) बिहार सरकार में राजपत्रित कर्मचारी थे। वो अकसर कहते थे कि आपका वेतन कितना भी कम क्यों न हो, उसका एक हिस्सा जरूर बचत करनी चाहिए। इसी तरह अगर वेतन में 500 रुपए भी बढ़ोतरी होती है, 100 रुपए जरूर बचाएँ। इससे आप समय के साथ अच्छी-खासी रकम जमा कर सकते हैं। मेरे एक वरिष्ठ सहयोगी थे, जो अब सेवानिवृत्त हो गए हैं। उन्हें साल में लगभग 10,000 रुपए बोनस मिलता था। उन्हें जब भी बोनस मिला, उन्होंने इसे एन.एस.सी. (राष्ट्रीय बचत प्रमाण-पत्र) खरीदने में लगाया। पुन: एन.एस. सी. परिपक्व होने पर उसे दोबारा निवेश किया। लगभग 15 साल तक उन्होंने ऐसा किया। इससे सेवानिवृत्ति के समय उनके पास अच्छी-खासी रकम जमा हो गई। नौकरी करनेवालों को बोनस के रूप में या सालाना वेतन वृद्धि के रूप में अतिरिक्त आय प्राप्त होती है। इसी प्रकार, जो अपना काम करते हैं, उन्हें भी समय-समय पर कुछ-न-कुछ अतिरिक्त आय होती है। उस अतिरिक्त आय एक हिस्सा जरूर बचत और निवेश में लगाना चाहिए, भले ही वह राशि छोटी ही क्यों न हो। इससे दीर्घकाल में एक अच्छा कोष बन जाएगा।

क्रेडिट कार्ड से बचें : लोगों में क्रेडिट कार्ड के उपयोग का चलन बढ़ा है। हम इसके जरिए खरीदारी को अपनी शान समझते हैं, लेकिन वास्तव में इसके जरिए खर्च बहुत महँगा पड़ता है और यह न केवल आपकी बचत पर नकारात्मक प्रभाव डालता है, बल्कि आर्थिक तनाव भी देता है। जब आप क्रेडिट कार्ड के जरिए सामान खरीदते हैं, तो आर्थिक बोझ का पता नहीं चलता। चूँकि आपको उस समय अपनी जेब से पैसे नहीं देने पड़ते, आपको नहीं पता चलता कि आपने कितना खर्च किया और इससे आप कभी-कभी ज्यादा और गैर-जरूरी खर्च कर बैठते हैं, लेकिन यह ध्यान रखना चाहिए कि यह कर्ज बड़ा महँगा होता है। क्रेडिट कार्ड जारी

करनेवाली कंपनियाँ उसपर 30 से 40 प्रतिशत तक ब्याज लेती हैं। इसके अलावा आपको क्रेडिट कार्ड के जरिए खर्च की गई राशि पर माल एवं सेवा कर (जी.एस.टी.) भी देना होता है। इतना ही नहीं, अगर आपने समय पर भुगतान नहीं किया तो ब्याज पर ब्याज, यानी चक्रव्रद्धि ब्याज चुकाना पड़ता है। अतः अगर आपने क्रेडिट कार्ड के जरिए खर्च किया है तो उसका समय पर भुगतान करें और जितनी जल्दी हो, उस ऋण को चुका दें। इससे आप अच्छी-खासी राशि बचा सकेंगे। वास्तव में, अगर आप आर्थिक रूप से सुदृढ होना चाहते हैं तो क्रेडिट कार्ड के उपयोग से बचें।

जरूरत होने पर ही खरीदें कार : प्रायः देखा जाता है कि लोग कार को समाज में प्रतिष्ठा से जोड़कर देखते हैं और जरूरत नहीं होने पर भी खरीद लेते हैं। हमें यह ध्यान रखना चाहिए कि अगर कार हम रखते हैं तो ईंधन पर होनेवाले खर्च के अलावा मूल्य ह्रास भी होता है यानी समय के साथ कार का मूल्य घटता है। दूसरा, अगर वाहन हमने लोन पर लिया है तो मासिक किस्त भी कटेगी। इससे हमारे पास बचत और खर्च के लिए राशि कम होगी। जरूरत पड़ने पर हम एप के जरिए कार बुकिंग सेवा देने वाली कंपनियों की सेवा ले सकते हैं। हम सार्वजनिक परिवहन व्यवस्था का उपयोग कर न केवल जेब पर पड़ने वाले बोझ को कम कर सकते हैं, बल्कि जाने-अनजाने पर्यावरण संरक्षण में भी योगदान देते हैं।

सामाजिक दिखावे से बचें : बचत करने के लिए सामाजिक दिखावे से बचना जरूरी है। प्रायः 'लोग क्या कहेंगे,' यह सोचकर खर्च किया जाता है। बच्चों के जन्मदिन, बिना जरूरत वाला महँगा उपहार, शादी-विवाह में फिजूल खर्च पर अंकुश लगाकर अच्छी-खासी राशि बचत की जा सकती है और हम अपने भविष्य को सुरक्षित रख सकते हैं। महँगे ब्रांडेड कपड़े, मोबाइल फोन, कार, आभूषण जैसी चीजों से बचें। अपनी जरूरत, सहूलियत और जेब के हिसाब से इन चीजों पर खर्च करें। हमेशा ध्यान रखें, जो राशि आपने खर्च नहीं की, वह आपकी बचत है।

स्वास्थ्य पर दें ध्यान : स्वास्थ्य ही धन है। यह सबने सुना होगा, लेकिन लोग इस पर अमल नहीं करते। आपका स्वास्थ्य बेहतर होगा, तभी आप अपने काम पर अच्छे से ध्यान दे सकेंगे और तरक्की कर सकेंगे। पुनः अगर कोई बीमार पड़ता है तो आर्थिक नुकसान तो होता ही है, साथ ही उसके भविष्य और उसका परिवार भी प्रभावित होता है। बीमार पड़ने से हमारा भविष्य का लक्ष्य, जो हमने तय किया है, वह प्रभावित होता है। हमारी बचत का अच्छा-खासा हिस्सा इलाज में

खर्च हो जाता है। विश्व स्वास्थ्य संगठन के अनुसार, कोई बीमार पड़ता है तो इससे देश में होनेवाले उत्पादन और उपभोग भी प्रभावित होता है और कुल मिलाकर सकल घरेलू उत्पाद यानी जी.डी.पी. वृद्धि पर असर पड़ता है। अत: हमें अपने स्वास्थ्य पर ध्यान देना चाहिए और किसी अनहोनी से निपटने के लिए स्वास्थ्य बीमा योजना लेकर रखनी चाहिए, ताकि जरूरत पड़ने पर हमारी आर्थिक स्थिति पर असर नहीं पड़े। इससे हम न केवल अपना भविष्य उज्ज्वल कर सकेंगे, बल्कि देश की प्रगति में भी योगदान दे सकेंगे और उपभोग के लिहाज से बेहतर जीवन स्वयं जी सकेंगे और अपने परिवार को खुश रख सकेंगे। गरुड़ पुराण, में भी कहा गया है कि हर व्यक्ति के लिए बड़ा सुख स्वस्थ शरीर है। यदि शरीर स्वस्थ रहेगा तो जीवन के हर दु:ख को दूर किया जा सकता है।

बचत के लिए राशि का न रखें ध्यान : आपने यह सुना होगा कि बूँद-बूँद से घड़ा भरता है। यह बात बचत पर भी लागू होती है। हम छोटी-छोटी राशि भी जमा कर अच्छा पैसा जमा कर सकते हैं। कभी न सोचें कि 10,000 रुपए या 5,000 रुपए ही हर महीने जमा करेंगे। आप महीने में 1,000 रुपए भी जमा कर सकते हैं और समय पूरा होने पर बड़ी राशि प्राप्त कर सकते हैं। उदाहरण के लिए, अगर आप 1,000 रुपए हर महीने 10 साल तक जमा करते हैं, तो 10 प्रतिशत ब्याज के आधार पर आप 2,07,263 रुपए प्राप्त करेंगे और अगर यही आप 20 साल तक जमा करते हैं तो 20 साल बाद 10 प्रतिशत ब्याज के आधार पर आपको करीब 7.63 लाख रुपए मिलेंगे। एक छोटा-सा उदाहरण देना चाहता हूँ—मेरे एक मित्र हैं। उन्होंने वर्ष 2004 में ज्वॉइन किया और अपने एक वरिष्ठ सहयोगी के बहुत जोर देने पर पी.पी.एफ. यानी लोक भविष्य निधि खाता खोला। दूसरे खर्च अधिक होने से उसमें कभी-कभी छोटी राशि डाली। वर्ष 2017 के फरवरी में उन्होंने अपने खाते को अद्यतन कराया तो उन्हें पता चला कि पी.पी.एफ. में जमा बढ़कर 2.0 लाख रुपए से अधिक हो गया। इससे उनका खुशी का ठिकाना नहीं रहा। कहने का मतलब है कि नियमित रूप से छोटी राशि भी जमा कर आप अच्छा पैसा जमा कर सकते हैं।

अत: जितना संभव हो, बचत जरूर कीजिए। यह मत सोचिए कि इतनी राशि होने पर ही जमा शुरू करूँगा। छोटी रकम नियमित रूप से जमा कीजिए और समृद्ध बनिए तथा भविष्य सुरक्षित रखिए।

लेकिन इन सबके बीच यह भी ध्यान रखना चाहिए कि हम बचत और निवेश

के चक्कर में अपने ऊपर अधिक दबाव नहीं बना लें और उन छोटी-छोटी चीजों को लेकर परेशान हों, जो हमें खुशियाँ दे सकती हैं। यह बात खासकर उन लोगों के लिए ज्यादा उपयुक्त है, जिन्होंने नई-नई नौकरी शुरू की है। प्राय: परिवार में और अन्य 'शुभचिंतक' जैसे सलाह देने वालों की कमी नहीं है, जो अधिक बचत करने, कर्ज से बचने, कर बचत के लिए जल्दी से मकान लेने, अधिक कवर वाला बीमा पॉलिसी लेने की खूब सलाह देते हैं। उनसे कहा जाता है कि सेवानिवृत्ति के लिए जितनी जल्दी हो बचत शुरू करें। यह ठीक नहीं है। किसी भी चीज पर ज्यादा जोर, चाहे वह अच्छे ही के लिए क्यों नहीं हो, ठीक नहीं है।

वास्तव में, युवाओं को अपनी कमाई का आनंद भी लेना चाहिए। कुछ खरीदना है या दोस्तों के साथ घूमने जाना है, यह सब जरूर करना चाहिए, क्योंकि उन्होंने जो पढ़ाई या हुनरमंद बनने में मेहनत की, उसका सुख उन्हें उठाना चाहिए। इनसे उनका जीवन बेहतर और आनंदमय होगा। वैसे भी, समय बीतने के साथ उनकी जिम्मेदारी बढ़ेगी, परिवार बढ़ेगा और उन्हें बचत व निवेश पर ध्यान देना ही होगा।

कहने का मतलब है कि बचत जरूर करनी चाहिए, लेकिन यह दबाव के साथ नहीं होना चाहिए। हमें सोच-समझकर खर्च करना चाहिए, फिजूल खर्च नहीं करना चाहिए, बहुत जरूरत पड़ने पर ही कर्ज लेना चाहिए तथा जब भी खाते में अतिरिक्त पैसा हो, बचत पर भी गौर करना चाहिए।

संदर्भ—

1. वारेन ई. बफे दुनिया के सफलतम उद्योगपति और निवेशक हैं। उनका जन्म 30 अगस्त, 1930 को अमेरिका के ओमाहा के नेब्रास्का में हुआ। बर्कशायर हैथवे के चेयरमैन और सी.ई.ओ. बफे बहुत नीचे से शुरुआत कर दुनिया के सफलतम निवेशक बने। महज 11 साल की उम्र में शेयर बाजार में निवेश शुरू करनेवाले बफे का नेटवर्थ 25 मई, 2019 की स्थिति के अनुसार 83.2 अरब डॉलर है। 'फोर्ब्स' पत्रिका के अनुसार वह दुनिया के तीसरे सबसे धनी व्यक्ति हैं। उन्होंने निवेश की गूढ़ बातों को सरल अंदाज में बयां कर लोगों को सफल निवेश का मंत्र दिया।

□

बचत और निवेश के साधन

बचत और निवेश करना आसान है, लेकिन मेहनत की कमाई सही जगह निवेश करना जरूर एक चुनौती है, जिससे हमें वाजिब रिटर्न मिले। हमें यह देखना होगा कि जो पैसा हमने जमा या निवेश किया, उसमें समय के साथ अच्छी वृद्धि भी हो। वास्तव में, हमें यह ध्यान देने और सुनिश्चित करने की जरूरत है कि हमारी बचत न केवल समय के साथ बढ़े बल्कि वास्तविक रिटर्न भी दे यानी महँगाई दर से अधिक बढ़ोत्तरी हो।

आखिर हमारे निवेश का क्या लक्ष्य हो ? इस बारे में दिग्गज निवेश परामर्शदाता बेंजामिन ग्राहम[1] अपनी पुस्तक 'इंटेलिजेंट इनवेस्टर्स' में लिखते हैं, "निवेश औसत से अधिक धन कमाना नहीं है, बल्कि इतना पर्याप्त धन सृजित करना है, जो हमारी जरूरतों को पूरा करे। निवेश की सफलता के आकलन का बेहतर तरीका यह नहीं है कि आपका रिटर्न बाजार के औसत से आगे रहे, बल्कि यह है कि जो आपने वित्तीय लक्ष्य रखा था, उसे हासिल किया या नहीं… ?" हम इस बात को ध्यान में रखकर निवेश का विकल्प चुन सकते हैं।

प्राय: यह देखा गया है कि हम भारतीय बचत को लेकर बैंक में सावधि जमा पर ही ज्यादा निर्भर करते हैं। पूँजी बाजार नियामक सेबी की तरफ से नेशनल काउंसिल ऑफ एप्लायड इकोनॉमिक रिसर्च द्वारा किए गए एक सर्वे के अनुसार, शहरी क्षेत्रों में करीब 72 प्रतिशत परिवार बचत के लिए वाणिज्यिक बैंकों और बीमा योजनाओं को प्राथमिकता देते हैं।

लेकिन सावधि जमा यानी फिक्स्ड डिपाजिट पर ब्याज 7 प्रतिशत के आसपास ही है और महँगाई को देखते हुए यह हमारी भविष्य की जरूरतों को पूरा करने में असमर्थ है। पुन: बीमा योजना कोई बचत योजना नहीं है, बल्कि यह किसी अनहोनी की स्थिति में हमारे प्रियजनों को कुछ राहत देने का एक जरिया मात्र है। अत: हमें

अपनी बचत को ऐसी जगह निवेश करने की आवश्यकता है, जहाँ से हमें अच्छा रिटर्न मिले और वह मुद्रास्फीति के प्रभाव से निपटने में सक्षम हो। वित्तीय जानकारी के अभाव में हम यह ध्यान नहीं रखते कि पैसे का आज जो मूल्य है, वह कल नहीं रहेगा। इसका कारण मुद्रास्फीति है। इसे एक उदाहरण से समझ सकते हैं। मान लीजिए, मुद्रास्फीति अभी 5 प्रतिशत है और यह स्थिति आगे भी बनी रहती है। तो जो सामान आप अभी 100 रुपए में खरीद रहे हैं, उसके लिए आठ साल बाद आपको करीब 155.09 रुपए देने होंगे यानी आपकी 100 रुपए की बचत और निवेश इस रूप से होना चाहिए, जिससे आपको महँगाई दर से अधिक रिटर्न मिले अर्थात् आपको वास्तविक रिटर्न मिले।

अब सवाल उठता है कि हमें कहाँ निवेश करना है और कितना निवेश करना है, जिससे हमारा न केवल निवेश सुरक्षित रहे, बल्कि वास्तविक लाभ भी मिले। इसके लिए हमारे सामने यह स्पष्ट होना चाहिए कि आखिर हमें जाना कहाँ है अर्थात् हमारा वित्तीय लक्ष्य क्या है ? वित्तीय लक्ष्य से आशय यह है कि हम कब घर खरीदना चाहते हैं, कब कार लेना चाहते हैं, बच्चों की शिक्षा पर कब तथा कितना खर्च होगा, सेवानिवृत्ति के बाद हमारी क्या-क्या जरूरतें होंगी, अकास्मिक खर्चों के लिए कितनी राशि रखने की जरूरत है आदि। लक्ष्य तय करने के बाद हमें समय का निर्धारण करना होगा कि कब कितनी राशि की जरूरत होगी ? इसे हम एक उदाहरण से समझ सकते हैं। मान लीजिए, आपका बच्चा छह साल का है और 12 साल बाद उसे उच्च शिक्षा के लिए 10 लाख रुपए की जरूरत होगी। अब सवाल उठता है कि हम कितना निवेश करें, जो 12वें साल में 10 लाख रुपए उपलब्ध कराए। अब अगर संकीर्ण रूप से 8 प्रतिशत रिटर्न को आधार बनाएँ तो 12 साल तक 4,500 रुपए हर महीने जमा कर हम करीब 10.90 लाख रुपए प्राप्त कर सकते हैं। इस प्रकार के आकलन के लिए बाजार में कई एप उपलब्ध हैं, जो आपकी मदद कर सकते हैं। इसी प्रकार, हम दूसरे वित्तीय लक्ष्यों को पूरा करने के लिए बचत और निवेश की योजना बना सकते हैं।

आप यह सब स्वयं भी कर सकते हैं और जरूरत पड़ने पर प्रमाणित व पंजीकृत वित्तीय सलाहकारों की मदद भी ले सकते हैं। यदि लक्ष्य और समय का आपने निर्धारण कर लिया, समझ लीजिए आपने आधी लड़ाई जीत ली।

वित्तीय लक्ष्य एवं राशि का निर्धारण कर लेने के बाद सवाल उठता है कि निवेश कहाँ किया जाए, जिससे वास्तविक रिटर्न मिलने के साथ वित्तीय लक्ष्य पूरे

हों। यहाँ एक बात ध्यान रखनी होगी कि अगर निवेश अवधि लंबी है तो बाजार में (शेयर और म्यूचुअल फंड) में पैसा लगाकर अधिक रिटर्न प्राप्त किया जा सकता है। म्यूचुअल फंड या शेयर में लंबी अवधि (तीन साल या उससे अधिक) पर रिटर्न औसतन 10 से 12 प्रतिशत के आस-पास रहता है। अब यदि 4,500 रुपया मासिक जमा पर रिटर्न 12 प्रतिशत मान लिया जाए तो 12 साल बाद करीब 14.5 लाख रुपए प्राप्त किया जा सकता है। हालाँकि यह कोई निश्चित नहीं है, क्योंकि इस प्रकार के निवेश बाजार से जुड़े जोखिमों के अधीन हैं और इसीलिए हमें इस प्रकार के निवेश सोच-समझकर करने तथा उसपर लगातार ध्यान देने की आवश्यकता है।

कहने का तात्पर्य यह है कि आपको अपने वित्तीय लक्ष्य और उसे हासिल करने की अवधि के आधार पर निवेश का विकल्प चुनना चाहिए। यदि आपका लक्ष्य छोटी अवधि का है तो आप वैसी जगह निवेश कीजिए, जहाँ रिटर्न सुनिश्चित हो, क्योंकि शेयर और म्यूचुअल फंड में थोड़े समय के लिए निवेश जोखिमपूर्ण हो सकता है। निवेश करते समय यह भी ध्यान रखें कि आपने जो पैसा लगाया, उससे 'एसेट' सृजित हो यानी उससे आपको आय प्राप्त हो।

अब सवाल उठता है कि निश्चित रिटर्न के तहत कौन सी योजनाएँ आती हैं? इसमें रेकरिंग डिपॉजिट समेत बैंक और डाकघर की बचत जमा योजनाएँ, बॉण्ड, लिक्विड फंड शामिल हैं। वहीं लंबी अवधि यानी तीन साल से अधिक अवधि के लिए हम शेयर बाजार और म्यूचुअल फंड में पैसा लगा सकते हैं। हम इस अध्याय में विस्तार से बचत और निवेश के विभिन्न विकल्पों पर विचार करेंगे।

1. मियादी जमा यानी फिक्स्ड डिपॉजिट : यह देश में बचत का सबसे लोकप्रिय माध्यम है। सामान्य तौर पर विभिन्न अवधि व विभिन्न राशि की मियादी जमाओं पर ब्याज दर 6.9 से 7.7 प्रतिशत (1 जुलाई, 2019 से) के आस-पास है। इतना ही नहीं, अगर पाँच साल से कम अवधि के लिए हम पैसा लगाते हैं, तो उसपर मिलने वाले ब्याज पर कर भी लगेगा। हालाँकि फार्म-जी (60 साल से कम उम्र के लोगों के लिए) तथा फार्म-एच (60 साल से अधिक उम्र के लोगों के लिए) भरकर स्रोत पर कर कटौती से बच सकते हैं।

लेकिन महँगाई दर यानी मुद्रास्फीति 6 प्रतिशत के आस-पास है तो हमारा वास्तविक रिटर्न न के बराबर होगा। हम इसे एक चार्ट से समझ सकते हैं। यहाँ ब्याज 6.80 प्रतिशत माना गया है।

एफ.डी. चार्ट 1,00,000 रुपए पर

राशि	जमा अवधि	ब्याज दर	ब्याज राशि	टी.डी.एस. @ 10%	परिपक्वता के समय मूल्य
100000/–	12 महीने	6.80%	6976	698	106278
100000/–	24 महीने	6.80%	14438	1444	112994
100000/–	36 महीने	6.80%	22420	2242	120178
100000/–	48 महीने	6.80%	30959	3096	127863
100000/–	60 महीने	6.80%	40094	4001	136093
100000/–	72 महीने	6.80%	49866	4987	144879
100000/–	84 महीने	6.80%	60320	6032	154288
100000/–	96 महीने	6.80%	71503	7150	164353
100000/–	108 महीने	6.80%	83466	8347	175119
100000/–	120 महीने	6.80%	96263	9626	186637

नोट : आकलन सुविधा के लिए ब्याज दर 6.8 प्रतिशत को आधार बनाया गया है। वैसे लंबी अवधि की जमा राशि पर ब्याज अपेक्षाकृत अधिक होता है।

चार्ट को देखने से पता चलता है कि एक साल के लिए अगर आपने 1,00,000 रुपए एफ.डी. किया तो परिपक्वता मूल्य टी.डी.एस. कटने के बाद 1,06,278 रुपए बनता है। अगर यदि महँगाई दर पूरे साल छह प्रतिशत है तो आपकी वास्तविक बचत मात्र 278 रुपए होगी।

अत: हमें निवेश के इस माध्यम में निवेश करते समय इन बातों को ध्यान में रखना चाहिए।

2. रेकरिंग डिपॉजिट यानी आर.डी. : निवेश का एक और लोकप्रिय माध्यम आर.डी. है। इसे आप बैंकों में न्यूनतम 500 रुपए से खोल सकते हैं। अपनी जरूरत के हिसाब से आप छह महीने से लेकर 10 वर्ष तक के लिए इसमें पैसा निवेश कर सकते हैं। फिलहाल इस पर ब्याज 7 प्रतिशत के आस-पास है। हालाँकि अब इस पर मिलने वाले ब्याज पर भी 10 प्रतिशत की दर से टी.डी.एस. (स्रोत पर कर कटौती) काटा जाता है, लेकिन फार्म-जी और फार्म-एच के जरिए

कर देनदारी से बच सकते हैं। वास्तविक मुद्रास्फीति 5-6 प्रतिशत रहने पर रिटर्न आपका ज्यादा नहीं बनता, लेकिन अल्प अवधि में होनेवाले खर्च, जैसे एडमिशन फी, ट्यूशन फी जैसे निश्चित अवधि वाले खर्चों के लिए बचत के इस विकल्प पर गौर किया जा सकता है।

दोष : ब्याज कम है। साथ ही, ब्याज से प्राप्त आय पर टी.डी.एस. लगता है।

आर.डी. पर मिलने वाला ब्याज और टी.डी.एस. की स्थिति को हम एक चार्ट के जरिए बेहतर तरीके से समझ सकते हैं।

आर.डी. चार्ट 1,000 रुपए मासिक जमा के आधार पर

जमा राशि	जमा अवधि	ब्याज दर	ब्याज राशि	टी.डी.एस. @10%	परिपक्वता मूल्य
1000/- PM	12 महीने	6.80%	449	45	12404
1000/- PM	24 महीने	6.80%	1766	177	25589
1000/- PM	36 महीने	6.80%	4012	401	39611
1000/- PM	48 महीने	6.80%	7252	725	54527
1000/- PM	60 महीने	6.80%	11555	1156	70399
1000/- PM	72 महीने	6.80%	16995	1700	87295
1000/- PM	84 महीने	6.80%	23651	2365	105286
1000/- PM	96 महीने	6.80%	31609	3161	124448
1000/- PM	108 महीने	6.80%	40959	4096	144863
1000/- PM	120 महीने	6.80%	51798	5180	166618

एफ.डी./आर.डी. पर ब्याज : आयकर कानून की धारा 194ए के तहत बैंक अपने ग्राहकों के एफ.डी. पर टी.डी.एस. (स्रोत पर कर कटौती) काटते हैं। यह ब्याज तब कटता है, जब ब्याज राशि 40,000 रुपए से अधिक हो। वित्त वर्ष 2019-20 के अंतरिम बजट में यह प्रावधान किया गया। अबतक यह सीमा, 10,000 रुपए थी। वरिष्ठ नागरिकों के मामले में यह 50,000 रुपए हैं। अगर ग्राहक बैंक को पैन नंबर देते हैं तो टी.डी.एस. 10 प्रतिशत की दर से काटा जाता है और यह नहीं देने पर 20 प्रतिशत की दर से टी.डी.एस. काटा जाता है। हालाँकि

अगर ग्राहक 15-जी (60 साल या उससे अधिक उम्र के व्यक्ति 15 एच) फार्म भरकर बैंक को देते हैं तो उनका टी.डी.एस. नहीं काटा जाता है।

क्या है फार्म-जी और फार्म-एच : फार्म-जी और फार्म एच भरकर हम यह दावा करते हैं कि हमारी आय कर योग्य नहीं है, अत: बैंक टी.डी.एस. नहीं काटे। ये फार्म एक वित्त वर्ष के लिए वैध होता है। अत: अगर आपकी कुल आय कर योग्य नहीं है तो आपको हर वित्त वर्ष की शुरुआत में फार्म भरना बेहतर होगा, ताकि बैंक आपको मिलने वाले ब्याज पर टी.डी.एस. नहीं काटे। आमतौर पर टी.डी.एस. तिमाही आधार पर काटा जाता है। अगर आप 15-जी या 15-एच फार्म भरना भूल गए हैं तो चिंता की कोई बात नहीं है। जब भी मौका मिले, इसे जल्द भर दें, ताकि शेष अवधि के लिए टी.डी.एस. नहीं कटे।

गुण : निश्चित खर्चों को पूरा करने के लिए बेहतर है, लेकिन अब लिक्विड फंड जैसी योजनाएँ हैं, जो इसका विकल्प हो सकती हैं और रिटर्न भी अच्छा मिल सकता है। इस पर पुस्तक में आगे चर्चा की जाएगी।

3. सुकन्या समृद्धि योजना : सरकार ने बच्चियों के बेहतर भविष्य और उनके सशक्तीकरण के इरादे से यह योजना जनवरी 2015 में शुरू की। इसके लिए वित्त मंत्रालय ने 2 दिसंबर, 2014 को अधिसूचना[2] जारी की।

इस योजना के तहत खाता डाकघरों तथा वाणिज्यिक बैंकों की अधिकृत शाखाओं में खोला जा सकता है। यह खाता बालिकाओं के नाम पर जैविक या कानूनी अभिभावक खोल सकते हैं। यह खाता बच्ची के जन्म से लेकर उसके 10 साल पूरा होने तक खोला जा सकता है। सुकन्या समृद्धि खाता नियम, 2014 के तहत जमाकर्ता एक बच्ची के नाम पर केवल एक खाता खोल सकता है। माता-पिता या कानूनी अभिभावक दो बच्चियों के लिए ही खाता खोल सकते हैं, पर जुड़वाँ लड़की होने तथा पहले से एक लड़की होने की स्थिति में तीन बेटियाँ होने के मामले में तीन खाते खोलने की अनुमति है।

योजना की खास बातें—

(क) इस योजना के लिए ब्याज सरकार तय करती है। वित्त मंत्रालय हर तीन महीने पर लघु बचत योजनाओं पर मिलने वाले ब्याज की समीक्षा करता है। 1 जुलाई, 2019 की स्थिति के अनुसार इस पर ब्याज 8.4 प्रतिशत है,

जो किसी भी लघु बचत योजना के मुकाबले अधिक और आकर्षक है।

(ख) एक वित्त वर्ष में न्यूनतम 250 रुपए (पहले 1,000 रुपए था) तथा अधिकतम 1,50,000 रुपए जमा किए जा सकते हैं।

(ग) खाते में जमा खाता खोले जाने की तारीख से 14 साल पूरे होने तक किए जा सकते हैं।

(घ) खाता खोले जाने की तारीख से 21 साल पूरा होने के बाद यह परिपक्व होगा, लेकिन यदि 21 साल पूरा होने से पहले खाताधारक की शादी हो जाती है, तो उसके बाद खाते के संचालन की अनुमति नहीं होगी। इसके अलावा खाताधारक की मृत्यु या गंभीर बीमारी की स्थिति में समय से पहले खाता बंद किया जा सकता है।

(ड़) खाताधारक 21 साल पूरा होने के बाद भी अगर खाते को बंद नहीं करना चाहता है, तो जमा राशि पर योजना के तहत समय-समय पर निर्धारित होनेवाली ब्याज दर के आधार पर ब्याज मिलता रहेगा।

(च) इसमें राशि मासिक आधार पर या साल में एक बार में जमा की जा सकती है।

लाभ–

'सुकन्या समृद्धि योजना' के तहत निवेश राशि पर आयकर कानून की धारा 80 सी के तहत कर छूट है। यह योजना छूट-छूट-छूट यानी तीन (ई) के अंतर्गत आती है अर्थात् मूल राशि, ब्याज और निकासी, तीनों पर छूट प्राप्त है।

क्या योजना के तहत निकासी की अनुमति है–

खाताधारक की उच्च शिक्षा, शादी आदि के लिए वित्तीय जरूरतों को पूरा करने के लिए 18 साल के बाद आंशिक निकासी की छूट है। इसमें पिछले वित्त वर्ष में जमा राशि का अधिकतम 50 प्रतिशत निकाला जा सकता है।

क्या होगा, जब खाते में किसी एक वित्त वर्ष में पैसा जमा नहीं हो–

अगर एक वित्त वर्ष में न्यूनतम राशि जमा नहीं की जाती है तो खाता बंद हो जाएगा। हाल में सरकार ने न्यूनतम राशि 1,000 रुपए सालाना से कम कर 250 रुपए कर दी। खाता बंद होने की स्थिति में इसे 50 रुपए जुर्माने के साथ संबंधित

वर्ष के लिए न्यूनतम राशि जमा कर चालू कराया जा सकता है।

कुल मिलाकर यह योजना एक बेटी के माता-पिता के रूप में बचत का एक बेहतर माध्यम है। इस योजना में आप एक निश्चित राशि हर साल डालते हैं और अपनी बच्ची का भविष्य सुरक्षित करते हैं।

किसान विकास पत्र (के.वी.पी.) : यह एक प्रमुख लघु बचत योजना है। इसे सन् 1988 में शुरू किया गया था, लेकिन इसके दुरुपयोग की आशंका को देखते हुए, इसे 2011 में बंद कर दिया गया था, लेकिन बाद में बचत दर को बढ़ाने के इरादे से इसे फिर से 2014 में शुरू किया गया।

सरकार ने इस संदर्भ में 23 सितंबर, 2014 को अधिसूचना[3] जारी की। इसने किसान विकास पत्र नियम, 1988 का स्थान लिया।

1 जुलाई, 2019 से इस पर ब्याज 7.6 प्रतिशत सालाना है। इस योजना में निवेश राशि 113 महीने में दोगुनी हो जाती है। इसमें न्यूनतम 1,000 रुपए का निवेश किया जा सकता है। उसके बाद 1,000 रुपए के गुणक में निवेश किया जा सकता है। इसमें निवेश की अधिकतम कोई सीमा नहीं है। इसे 1,000 रुपए, 5,000, 10,000 और 50,000 रुपए की राशि में जारी किया जाता है।

योजना की खास बातें–

(क) के.वी.पी. किसी भी डाकघर और बैंकों की अधिकृत शाखाओं (रिजर्व बैंक अधिसूचना आर.बी.आई. 2014-15 : 463) से लिया जा सकता है। इसे 18 साल से अधिक उम्र का कोई भी व्यक्ति अपने नाम पर या छोटे बच्चों के नाम पर ले सकता है। दो व्यक्ति भी मिलकर इसे ले सकते हैं।

(ख) निवेश प्रमाण-पत्र एक व्यक्ति से दूसरे व्यक्ति को हस्तांतरण किया जा सकता है। साथ ही, इसे एक डाकघर से दूसरे डाकघर में स्थानांतरित किया जा सकता है।

(ग) इसे जरूरत पड़ने पर ढाई साल बाद भुनाया जा सकता है यानी इसका लॉक इन पीरियड ढाई साल है, लेकिन खाताधारक की मृत्यु के बाद या अदालत के आदेश से इसे भुनाया जा सकता है।

(घ) शत प्रतिशत सुरक्षित : हम सभी अपने निवेश की सुरक्षा चाहते हैं। किसान विकास पत्र वह सुरक्षा प्रदान करता है। चूँकि यह सरकार की योजना है,

अत: इस पर रिटर्न निश्चित और सुरक्षित है। आपको परिपक्वता पर जो भी राशि मिलेगी, वह प्रमाण–पत्र पर लिखी होती है।

(ङ) किसान विकास पत्र का उपयोग कर्ज लेने में किया जा सकता है। आप बैंक या वित्तीय संस्थान में इसे गिरवी रखकर कर्ज ले सकते हैं।

कर लाभ : यह आयकर कानून की धारा 80 (सी) के तहत कर छूट के अंतर्गत नहीं आता और रिटर्न पूरी तरह कर योग्य है। यह इस योजना की सबसे बड़ी कमी है। इस पर प्राप्त ब्याज कर के दायरे में आता है, लेकिन किसान विकास पत्र को भुनाते समय स्रोत पर कर कटौती नहीं होगी और परिपक्वता अवधि के बाद पूरी राशि के.वी.पी. धारक को मिल जाती है। हालाँकि निवेशक की यह जिम्मेदारी होती है कि वह योजना से मिले ब्याज के बारे में जानकारी रिटर्न में दे और उस पर कर का भुगतान करे।

क्या किया जाए, जब प्रमाण–पत्र गुम हो जाए या नष्ट हो जाए : किसान विकास पत्र नियम, 2014 के तहत प्रमाण–पत्र गुम होने, खराब होने या चोरी होने की स्थिति में संबंधित व्यक्ति डाकघर या बैंक में इसकी डुप्लीकेट प्रति जारी करने के लिए आवेदन दे सकता है। अगर आवेदन दूसरे डाकघर या बैंक शाखा को दिया जाता है, जहाँ से प्रमाण–पत्र जारी नहीं हुआ तो संबंधित डाकघर या शाखा उसे संबंधित डाकघर या बैंक के पास भेजेगी। इसके साथ आपको प्रमाण–पत्र का ब्योरा, गुम या नष्ट होने की परिस्थिति की पूरी जानकारी तथा पहचान–पत्र (अगर कोई है तो) देना होगा।

भारत सरकार ने 29 सितंबर, 2017 को अधिसूचना जारी कर किसान विकास पत्र, नियम 2014 में संशोधन किया। किसान विकास पत्र (संशोधन) नियम, 2017 के तहत खातेधारक की पहचान के लिए आधार को अनिवार्य किया गया। जिनके पास आधार नहीं है, उन्हें किसान विकास पत्र लेते समय जमाकर्ता को आधार के पंजीकरण को लेकर किए गए आवेदन का प्रमाण देना होगा।

राष्ट्रीय बचत प्रमाण–पत्र : राष्ट्रीय बचत प्रमाण–पत्र यानी एन.एस.सी. (नेशनल सेविंग्स सर्टिफिकेट) एक निश्चित आय वाली योजना है। इसे आप किसी भी डाकघर से प्राप्त कर सकते हैं। सरकार ने 10 अक्तूबर, 2017 को अधिसूचना[4] जारी कर सार्वजनिक क्षेत्र के सभी बैंकों, आई.सी.आई.सी.आई. बैंक, एक्सिस बैंक तथा एच.डी.एफ.सी. बैंक लि. को एन.एस.सी. VIII योजना के तहत अभिदान प्राप्त करने के लिए अधिकृत किया। यह मुख्य रूप से छोटे एवं मझोले निवेशकों

को आयकर बचत के साथ निवेश के लिए प्रोत्साहित करता है।

ब्याज दर : इस पर ब्याज हर तीन महीने पर तय होता है। 1 जुलाई, 2019 की स्थिति के अनुसार इस पर ब्याज 7.9 प्रतिशत है। इसमें ब्याज सालाना आधार पर मिलता है और उसे मूल राशि में जोड़ दिया जाता है यानी आपको ब्याज पर ब्याज (कंपाउडिंग) का लाभ मिलता है।

निवेश राशि : इसमें न्यूनतम 100 रुपए तथा उसके बाद 100 रुपए के गुणक में निवेश किया जा सकता है। इसमें निवेश की कोई अधिकतम सीमा नहीं है।

योजना की खास बातें–

(क) देश का 18 साल से अधिक उम्र का कोई भी नागरिक इसमें निवेश कर सकता है। यह खुद के लिए या बच्चों के नाम पर लिया जा सकता है। इसे दो व्यक्ति संयुक्त रूप से ले सकते हैं।

(ख) इसे आप गिरवी रखकर कर्ज भी ले सकते हैं।

(ग) अगर आप सुरक्षित निवेश और निश्चत आय चाहते हैं तो यह वित्तीय उत्पाद आपके लिए उपयुक्त है। इस पर ब्याज की गारंटी होती है और आपकी पूँजी भी सुरक्षित होती है, क्योंकि यह एक तरह से सरकारी बॉण्ड है।

(घ) यह लोगों के लिए शुरू की गई बचत योजना है। इसमें हिंदू अविभाजित परिवार और न्यास निवेश नहीं कर सकते। साथ ही, प्रवासी भारतीय भी इसमें निवेश नहीं कर सकते।

(ङ) तीस जून 2017 को जारी अधिसूचना[5] के अनुसार 1 जुलाई, 2017 को या उसके बाद खरीदे गए एन.एस.सी. प्रमाण–पत्र (एन.एस.सी. VIII) की परिपक्वता अवधि पाँच साल होगी।

(च) एन.एस.सी. VIII के मामले में एक व्यक्ति से दूसरे व्यक्ति को प्रमाण–पत्र का हस्तांतरण किया जा सकता है, लेकिन निर्गम जारी होने तथा परिपक्वता अवधि के दौरान यह केवल एक बार हो सकता है।

कर लाभ : एन.एस.सी. में 1.5 लाख रुपए तक के निवेश पर आयकर कानून की धारा 80 सी के तहत कर छूट प्राप्त है। पुनः इसमें निवेश पर प्राप्त ब्याज को प्रारंभिक निवेश में जोड़ा जाता है और वह भी कर छूट के दायरे में आता है। इस पर ब्याज आपको सालाना मिलता है और उसे आयकर कानून की धारा 80–सी

के तहत मूल राशि में जोड़ दिया जाता है यानी इसमें आपको ब्याज संचयी रूप से अर्थात् ब्याज पर ब्याज मिलता है।

लोक भविष्य निधि (पी.पी.एफ.) : लघु बचत योजनाओं में सर्वाधिक लोकप्रिय और आकर्षक योजना लोक भविष्य निधि यानी पी.पी.एफ. है। यह एक महत्त्वपूर्ण वित्तीय उत्पाद है, जो खासकर वैसे लोगों के लिए है, जो किसी पेंशन योजना या भविष्य निधि के दायरे में नहीं आते, लेकिन इससे वे लोग भी जुड़ सकते हैं, जो कर्मचारी भविष्य निधि या अन्य सरकारी भविष्य निधि के दायरे में आते हैं।

सरकार ने पी.पी.एफ. योजना शुरू करने के लिए 15 जून, 1968 को अधिसूचना[6] जारी की थी। बाद में इसमें समय-समय पर जरूरत के मुताबिक संशोधन किए गए। मसलन, शुरू में यह योजना मुख्य डाकघरों में शुरू की गई। बाद में 1 जुलाई, 1988 को अन्य डाकघरों तथा 1 जनवरी, 1988 को राष्ट्रीकृत बैंकों को पी.पी.एफ. योजना के तहत जमा राशि स्वीकार करने के लिए अधिकृत किया गया। वहीं कॉरपोरेशन बैंक (राष्ट्रीयकृत बैंक) की कुछ शाखाओं को 27 अगस्त, 2003 से इस योजना के तहत जमा राशि स्वीकार करने की अनुमति दी गई।

योजना की खास बातें–

(क) विभिन्न लघु बचत योजनाओं में पी.पी.एफ. नौकरीपेशा के साथ-साथ अन्य लोगों में सर्वाधिक लोकप्रिय और आकर्षक योजना है। इसका कारण निवेश, उसपर मिलने वाला ब्याज तथा उसकी निकासी पर कोई कर का नहीं लगना है। यानी यह 'एग्जेम्प्ट, एग्जेम्प्ट, एग्जेम्प्ट' (ई.ई.ई.) की श्रेणी में आता है।

(ख) इसमें निवेश पर आयकर कानून की धारा 80-सी के तहत कर छूट मिलती है। आप 100 रुपए से खाता खोल सकते हैं, लेकिन एक वित्त वर्ष में न्यूनतम 500 रुपए जमा करने होंगे। इसमें वर्षभर में अधिकतम 1.50 लाख रुपए निवेश किया जा सकता है। इस योजना में वित्त वर्ष में एक मुश्त या 12 किस्तों में पैसा जमा कर सकते हैं। अधिक राशि जमा करने पर आपको कोई ब्याज नहीं मिलेगा तथा वह राशि लौटा दी जाएगी।

(ग) पी.पी.एफ. समेत लघु बचत योजनाओं पर ब्याज अब हर तिमाही तय की जाती है। इसमें घटने की प्रवृत्ति है। इसके बावजूद यह आकर्षक निवेश

योजना है। इसका कारण 'ई.ई.ई.' विशेषता है। 1 जुलाई, 2019 से इस पर ब्याज 7.9 प्रतिशत सालाना है। ब्याज साल के अंत में आपकी मूल राशि में जोड़ा जाता है।

(घ) पी.पी.एफ. खाते का एक डाकघर से दूसरे डाकघर या एक बैंक से दूसरे बैंक में स्थानांतरित किया जा सकता है।[7]

(ङ) इसमें संयुक्त खाता खोलने की अनुमति नहीं है। आप नकद राशि, चेक या ड्राफ्ट के जरिए पैसा जमा कर सकते हैं।

(च) इसमें खाता खोलते समय और उसके बाद नॉमिनेशन की सुविधा है। खाताधारक एक प्रियजन या एक से अधिक प्रियजन को नामित कर सकते हैं। इसमें बाद में भी नॉमिनेशन में बदलाव किया जा सकता है।

हालाँकि छोटे बच्चों के नाम पर जो खाता खोला जाता है, उसपर नॉमिनेशन की सुविधा नहीं है।[8]

(छ) अंशधारक छोटे बच्चों के नाम पर दूसरा खाता खोल सकते हैं, लेकिन दोनों खातों को मिलाकर अधिकतम निवेश सीमा से अधिक राशि जमा नहीं कर सकते।

(ज) पी.पी.एफ. नियम के तहत छोटे बच्चे की तरफ से या तो पिता अथवा माँ लोक भविष्य निधि खाता खोल सकती है। माता-पिता दोनों एक ही बच्चे के नाम पर अलग-अलग खाता नहीं खोल सकते। एक व्यक्ति उस बच्चे के नाम पर पी.पी.एफ. खाता खोल सकता है, जिसका वह अभिभावक या गार्जियन है।[9]

(झ) पी.पी.एफ. नियम-3 (6) के अनुसार, माता-पिता के जीवित होने पर दादा-दादी छोटे बच्चे के नाम पर पी.पी.एफ. खाता नहीं खोल सकते। माता-पिता की मृत्यु के बाद वे अगर कानूनी अभिभावक बनते हैं, तब वे खाता खोल सकते हैं। नियम-3 (7) के अनुसार केवल माता-पिता ही अपने बेटे या बेटी की तरफ से पी.पी.एफ. खाता खोल सकते हैं। अगर बच्चे के माता-पिता जीवित नहीं है या जो जीवित है, वह कार्य करने में सक्षम नहीं है तो कानून के तहत बच्चे की तरफ से उसकी संपत्ति की देखभाल करने के लिए अधिकृत व्यक्ति उसकी तरफ से पी.पी.एफ. खाता खोल सकता है।

(ञ) पी.पी.एफ. खाते की परिपक्वता अवधि खाता खोलने के वर्ष के अंत से

15 साल है। अंशधारक खाते को 15 साल पूरा होने के बाद एक साल के भीतर 5-5 साल के लिए बढ़ा सकता है।[10] उसे लिखित में खाते की अवधि बढ़ाने के बारे में संबंधित डाकघर या बैंक शाखा को सूचना देनी होगी। अगर खाताधारक खाते को जारी रखने के बारे में सूचना नहीं देता है और खाते में पैसा जमा करता रहता है तो इसे अनियमित जमा माना जाएगा और उस पर कोई ब्याज नहीं मिलेगा। पुन: इस जमा पर आयकर की धारा 80 (सी) के तहत छूट भी नहीं मिलेगी। खाते को नियमित करने के लिए खाताधारक को संबंधित डाकघर या बैंक शाखा जरिए वित्त मंत्रालय के आर्थिक मामलों के विभाग को खाता नियमित करने के लिए पत्र लिखना होगा।

अगर अंशधारक खाते की अवधि बढ़ाता है तो पाँच साल की अवधि के दौरान खाते में जमा कुल राशि का अधिकतम 60 प्रतिशत निकाल सकता है।[11] साल में एक बार निकासी की जा सकती है।

पी.पी.एफ. नियम के तहत अंशधारक परिपक्वता अवधि के बाद बिना किसी जमा के अपना खाता रख सकता है।[12] इसके लिए लिखित में कुछ देने की जरूरत नहीं है, यह स्वत: होगा। खाते में जमा राशि पर पी.पी.एफ. के लिए निर्धारित ब्याज मिलता रहेगा। अंशधारक प्रत्येक वित्त वर्ष में खाते से कोई भी राशि निकाल सकता है। अगर खाते में एक साल से अधिक समय तक कोई राशि जमा नहीं की जाती, अंशधारक खाते को और पाँच साल तक चालू रखने का विकल्प नहीं चुन सकता।

(ट) समय से पहले खाते को बंद करने की अनुमति नहीं है। पी.पी.एफ. खाता खोलने के पहले साल के अंत से 15 वित्त वर्ष समाप्त होने पर या उसके बाद बंद किया जा सकता है। खाता बंद होने तक उस पर आपको ब्याज मिलता रहेगा।

लेकिन अगर केंद्र सरकार इस बात से संतुष्ट होती है कि खाताधारक के लिए खाता चलाना मुश्किल है, तो वह नियमों में छूट दे सकती है।[13] इसके तहत अगर समय से पहले खाता बंद करने तथा जमा राशि वापस करने का कोई अनुरोध आता है तो इस पर योजना के उक्त नियम के अनुसार गौर किया जा सकता है।

चूँकि खाता खोलने के वर्ष को छोड़कर पाँचवें साल के बाद से अंशधारक अपने खाते से पैसा निकाल सकता है, अत: उक्त अवधि समाप्त होने के बाद ही समय से पहले खाता बंद करने के अनुरोध पर गौर किया जा सकता है।[14] इस संबंध

में अनुरोध वित्त मंत्रालय को भेजा जाता है, जिसमें खाता बंद करने के कारण समेत तमाम जानकारी देनी होती है।

(ठ) खाता खोलने के वित्त वर्ष से सातवें वित्त वर्ष से निकासी की सुविधा उपलब्ध है। पी.पी.एफ. योजना के तहत खाता खोलने के वर्ष को छोड़कर पाँचवें साल के बाद से अंशधारक अपने खाते से पैसा निकाल सकते हैं।[15] अब सवाल उठता है कि आप कितना पैसा पी.पी.एफ. खाते से निकाल सकते हैं? नियम के अनुसार निकासी राशि जिस साल पैसा निकालने जाते हैं, उससे ठीक पिछले वर्ष से चौथे वर्ष के अंत या जिस वर्ष पैसा निकालना है, उसके ठीक पिछले साल जमा राशि, जो भी न्यूनतम हो, उसकी 50 प्रतिशत होगी। अगर आपने कोई कर्ज ले रखा है तो वह राशि न्यूनतम रकम में से घटा दी जाएगी।

इसे एक उदाहरण से समझ सकते हैं। अगर पी.पी.एफ. खाता 2010-11 में खुला है तो पहली निकासी 2016-17 में की जा सकती है। निकासी की राशि जिस वर्ष पैसा निकालने जाते हैं, उस वर्ष से ठीक पिछले वर्ष से लेकर चौथे वर्ष के अंत, यानी 31 मार्च, 2013 या निकासी के साल के ठीक पिछले वर्ष 31 मार्च, 2016 को जमा राशि, जो भी न्यूनतम हो, उसकी 50 प्रतिशत होगी।

अंशधारक साल में एक बार ही राशि निकाल सकता है तथा इस राशि के लौटाने की जरूरत नहीं होती।

(ड) पी.पी.एफ. खाते के आधार पर तीसरे वित्त वर्ष से (जमा वर्ष को छोड़कर) कर्ज लिया जा सकता है।[16] यह कर्ज छठे वित्त वर्ष तक लिया जा सकता है। कर्ज की राशि आपके ऋण के लिए दिए गए आवेदन के वर्ष के ठीक दो वर्ष पहले (वित्त वर्ष के अंत में) कुल जमा राशि की 25 प्रतिशत होगी।

इसे एक उदाहरण से समझ सकते हैं। मान लीजिए खाता वित्त वर्ष 2015-16 में खुला तो पहला कर्ज वित्त वर्ष 2018-19 से लिया जा सकता है। अगर आप 2018-19 में कर्ज के लिए आवेदन करते हैं तो यह कर्ज 31 मार्च, 2017 के अंत में कुल जमा राशि का अधिकतम 25 प्रतिशत होगा।

यह कर्ज पहले योगदान के वर्ष के बाद पाँच वित्त वर्ष समाप्त होने तक लिया जा सकता है। पहला कर्ज चुकाने के बाद दूसरा कर्ज मिलेगा। अगर आप चौथे, पाँचवें या छठे वित्त वर्ष में कर्ज लेना चाहते हैं तो क्रमशः दूसरे, तीसरे या चौथे वित्त

वर्ष के अंत में जमा राशि का 25 प्रतिशत मिलेगा। खाता खोले जाने के वित्त वर्ष से छठे वित्त वर्ष के बाद कर्ज नहीं लिया जा सकता है।

पी.पी.एफ. खाते पर लिया गया कर्ज 36 महीने में लौटाना होता है। यह कर्ज एक बार में या किस्तों में लौटाया जा सकता है, जिस पर पीपीएफ से मिलनेवाले ब्याज से 2 प्रतिशत अधिक ब्याज लगता है। ध्यान रखें कि पीपीएफ पर ब्याज दर हर तिमाही संशोधित की जाती है। हालाँकि कर्ज राशि पर ब्याज तय होने के बाद ऋण लौटाने तक की अवधि के दौरान इसमें कोई बदलाव नहीं होगा।

(ढ) हिंदू अविभाजित परिवार (एच.यू.एफ.) तथा ट्रस्ट को 13 मई, 2005 के बाद पी.पी.एफ. खाता खोलने की अनुमति नहीं है। साथ ही, व्यक्तियों के समूह को भी यह खाता खोलने की अनुमति नहीं है।[17] अगर इस प्रकार का खाता खोला जाता है तो उसे अवैध माना जाएगा तथा ऐसे खातों को बंद करने तथा बिना ब्याज पैसा लौटाने की तत्काल काररवाई की जाएगी।

(ण) लोक भविष्य निधि योजना के नियम 3 (3) के तहत प्रवासी भारतीय पी.पी.एफ. योजना के तहत खाता खोलने के पात्र नहीं हैं। यह नियम 25 जुलाई, 2003 से लागू हुआ।[18]

क्या होगा, जब खाते में एक वर्ष या अधिक समय तक पैसा जमा नहीं किया जाए—अगर अंशधारक किसी वर्ष में निर्धारित सीमा के अंतर्गत न्यूनतम राशि पी.पी.एफ. खाते में जमा नहीं करता है, वह खाते को नियमित करने के लिए संबंधित डाकघर या बैंक की शाखा में जाकर चूक को लेकर आवेदन देकर खेद प्रकट कर सकता है। इसके साथ अंशधारक को 50 रुपए के शुल्क के साथ चूक वाले वर्ष के लिए 500 रुपए की निर्धारित राशि जमा करनी होगी।[19]

ब्याज के बारे में महत्त्वपूर्ण बात : पी.पी.एफ. में निवेश करने का सही समय माह की पहली तारीख से पाँच तारीख है, क्योंकि पाँच तारीख के बाद जमा करने से ब्याज आपको अगले महीने से मिलेगा यानी अगर आप 6 मार्च को 50,000 रुपए जमा करते हैं, तो आपको ब्याज अप्रैल से मिलेगा। हालाँकि इस पर आप कर छूट मार्च से ले सकते हैं। पी.पी.एफ. संशोधित नियम 2014 के नियम-8 के तहत ब्याज दर महीने के पाँचवें दिन के बाद से अंतिम दिन तक खाते में जमा न्यूनतम राशि पर देय होगी। ब्याज प्रत्येक वर्ष के अंत में खाते में जोड़ा जाएगा।

स्वैच्छिक भविष्य निधि (वी.पी.एफ.) : वी.पी.एफ. निवेश का एक

बेहतर और सुरक्षित जरिया है। इसमें आपको कर छूट के साथ उतना ही ब्याज मिलता है, जितना कि ई.पी.एफ. पर। इसमें आप भविष्य निधि की सीमा 12 प्रतिशत से अधिक निवेश कर सकते हैं, लेकिन कर छूट 80 (सी) के तहत 1.5 लाख रुपए तक ही मिलेगी। इसमें आप मूल वेतन का अधिकतम 100 प्रतिशत तक निवेश कर सकते हैं। लेकिन छूट प्राप्त कुछ संगठनों की इस मामले में अपनी नीति हो सकती है यानी वे यह तय कर सकते हैं कि वी.पी.एफ. में मूल वेतन का कितना प्रतिशत कटेगा। कुछ कंपनियों में यह मूल वेतन और अन्य भत्तों का 10 प्रतिशत है।

इसकी खासियत यह है कि इसमें जमा राशि खुद-ब-खुद हर महीने कट जाती है यानी आपको बैंक या डाकघर में जाकर हर महीने पैसा जमा करने की आवश्यकता नहीं है। दूसरा, इस पर ब्याज भी पी.पी.एफ. की तुलना में ज्यादा है। इस पर वही ब्याज मिलता है, जो कर्मचारी भविष्य निधि पर है। वर्ष 2018-19 के लिए यह ब्याज दर 8.65 प्रतिशत है यानी यह ब्याज दर पी.पी.एफ. से भी अधिक है।

इसका एक और लाभ यह है कि इसमें राशि पर कर्ज भी लिया जा सकता है। हालाँकि कर्ज स्वीकार्य नियम तथा परिस्थितियों पर निर्भर करता है। मकान खरीदने, बच्चों की शिक्षा, शादी आदि के लिए कर्ज लिये जा सकते हैं। अगर कोई कर्मचारी चाहे तो वी.पी.एफ. में जमा राशि सेवा में बने रहने के दौरान निकाल सकता है। राशि के लिए सेवानिवृत्ति तक इंतजार करने की जरूरत नहीं है।

इस योजना के जरिए आप अपनी भविष्य निधि की रकम अच्छी-खासी बढ़ा सकते हैं। उदाहरण के लिए, यदि आपका मूल वेतन और डी.ए. 30,000 रुपए है और 10 प्रतिशत यानी 3,000 रुपए स्वैच्छिक भविष्य निधि में डालने का फैसला करते हैं। अब अगर आपकी उम्र तीस साल तथा ब्याज 8.5 प्रतिशत माना जाए तो यह राशि अगले 30 साल में करीब 49.9 लाख रुपए हो जाएगी। यह राशि और अधिक होगी, क्योंकि हर साल आपके वेतन में भी इंक्रीमेंट के रूप में कुछ-न-कुछ वृद्धि भी होगी।

हालाँकि इसका उपयोग वही नौकरीपेशा कर सकते हैं, जो ई.पी.एफ. के दायरे में आते हैं। इसे आप अपने प्रतिष्ठान में वित्त या मानव संसाधन अधिकारी को आवेदन देकर खोल सकते हैं।

राष्ट्रीय पेंशन प्रणाली (एन.पी.एस.) : एन.पी.एस. यानी राष्ट्रीय पेंशन प्रणाली भारत सरकार द्वारा नियंत्रित एक महत्त्वपूर्ण वित्तीय उत्पाद है। वास्तव में,

पेंशन योजना वृद्धावस्था के दौरान उस समय वित्तीय सुरक्षा और स्थायित्व प्रदान करती है, जब लोगों के पास आय का कोई नियमित स्रोत नहीं होता। सेवानिवृत्ति योजना से यह सुनिश्चित होता है कि लोगों के पास इज्जत से जीवन जीने और बढ़ती उम्र के साथ अपने जीवन स्तर में किसी समझौते के बिना उसे अच्छा बनाए रखने की सुविधा हो। पेंशन योजना से लोगों को निवेश करने और अपनी बचत संचित करने का अवसर मिलता है, जिससे सेवानिवृत्ति के समय एक नियमित आय का जरिया प्राप्त करने में मदद मिल सके।

सरकार ने देश में पेंशन क्षेत्र के विकास और विनियमन के लिए 10 अक्तूबर, 2003 को 'बीमा नियामक एवं विकास प्राधिकरण' का गठन किया। एन.पी.एस. 1 जनवरी, 2004 को सभी नागरिकों को सेवानिवृत्ति आय प्रदान करने के मकसद से आरंभ की गई। शुरू में एन.पी.एस. सरकारी कर्मचारियों (सशस्त्र बलों को छोड़कर) के लिए प्रारंभ की गई। बाद में 1 मई, 2009 से स्वैच्छिक आधार पर असंगठित क्षेत्र के कामगारों सहित देश के सभी नागरिकों के लिए यह योजना शुरू की गई।

इसके अलावा केंद्र सरकार ने सेवानिवृत्ति के लिए असंगठित क्षेत्र में कार्यरत कर्मचारियों को स्वैच्छिक बचत का बढ़ावा देने के लिए केंद्रीय बजट 2010-11 में स्वावलंबन योजना शुरू की। इस योजना के तहत सरकार उन प्रत्येक एन.पी.एस. अंशदाता को 1,000 रुपए की राशि प्रदान करती है, जो न्यूनतम 1,000 रुपए तथा अधिकतम 12,000 रुपए का योगदान करता है। यह योजना वर्ष 2016-17 तक थी।

एन.पी.एस. के तहत खाता खोलने वाले को विशिष्ट स्थायी सेवा निवृत्ति खाता संख्या (पी.आर.ए.एन.—प्रान) प्रदान की जाती है। इस विशिष्ट पी.आर.ए.एन. को देश में किसी भी स्थान पर उपयोग किया जा सकता है।

इसमें दो तरह के खाते खोले जाते हैं—

टियर-1 खाता : यह सेवानिवृत्ति की बचत के लिए बनाया गया खाता है। इसमें निकासी नहीं की जा सकती।

टियर-2 खाता : यह एक स्वैच्छिक बचत खाता है। अंशदाता अपनी इच्छानुसार इस खाते से बचत राशि निकालने के लिए स्वतंत्र है। सरकारी कर्मचारियों को छोड़कर अन्य के लिए इस खाते पर कोई कर लाभ उपलब्ध नहीं है।

एन.पी.एस. की खास बातें–

(क) यह एक स्वैच्छिक, परिभाषित योगदान आधारित बचत योजना है। देश के सभी नागरिक 18 वर्ष से लेकर 65 साल तक की उम्र का कोई भी व्यक्ति खाता खोल सकता है। टियर-1 खाते में न्यूनतम एक साल में 6,000 रुपए जमा करना होगा। न्यूनतम योगदान एक बार में 500 रुपए है, वहीं टियर-2 के लिए न्यूनतम योगदान साल में कम-से-कम 2,000 रुपए तथा एक बार में 250 रुपए जमा करना होता है। अधिकतम राशि की कोई सीमा नहीं है। साल में कम-से-कम एक बार पैसा जमा करना होगा। हालाँकि अधिकतम लेन-देन की कोई सीमा नहीं है।

(ख) 60 साल से पहले आप टियर-1 फंड से पैसा नहीं निकाल सकते। वहीं टियर-2 से आप अपनी इच्छानुसार राशि निकाल सकते हैं। टियर-1 प्राथमिक खाता है। खाताधारक को टियर-2 खाता खोलने के लिए टियर-1 खाता खोलना जरूरी है।

(ग) साठ वर्ष पूरा होने पर अधिकतम 60 प्रतिशत राशि निकाल सकते हैं। शेष 40 प्रतिशत बची हुई राशि पेंशन उत्पाद में लगाना होगा। अगर आप पूरा पैसा निकालते हैं तो 40 प्रतिशत पर आपको कर देना होगा।

(घ) नेशनल सिक्योरिटीज डिपॉजिटिरी लिमिटेड (एन.एस.डी.एल.) केंद्रीय रिकॉर्ड कीपिंग एजेंसी है, यानी रिकॉर्ड के रख-रखाव का जिम्मा इसी के पास है।

(ङ) इसमें आपके कोष का प्रबंधन पेशेवर पेंशन कोष प्रबंधक करते हैं। ये कोष प्रबंधक हैं—

1. एस.बी.आई. पेंशन फंड्स प्राइवेट लि.
2. आई.सी.आई.सी.आई. प्रूडेंशियल पेंशन फंड मैनेजमेंट कंपनी लि.
3. आई.डी.एफ.सी. पेंशन फंड मैनेजमेंट कंपनी लि.
4. कोटक महिंद्रा पेंशन फंड लि.
5. रिलायंस कैपिटल पेंशन फंड लि.
6. यू.टी.आई. रिटायरमेंट सोल्यूशंस लि.

(च) चूँकि इसमें प्राप्त राशि को शेयर बाजार, सरकारी बॉण्ड आदि में लगाया जाता है। अतः इस पर कोई निश्चित रिटर्न नहीं मिलता, पर पेंशन कोष नियामक पी.एफ.आर.डी.ए. के अनुसार, पिछले पाँच साल में एन.पी.

एस. का सालाना रिटर्न 10 प्रतिशत से अधिक रहा है, जो परंपरागत योजनाओं से बेहतर है।

(छ) यह योजना उन लोगों के लिए उपयुक्त है, जिनके पास नौकरी से सेवानिवृत्त होने के बाद पेंशन का लाभ नहीं है। योजना अंशधारक को लंबी अवधि में पेंशन कोष बनाने का मौका देती है, ताकि सेवानिवृत्ति के बाद उसे एक निश्चित पेंशन मिल सके।

यह ध्यान रखें कि इस योजना में आप पेंशन कोष में पैसा जमा करते हैं और 60 साल बाद आप उस राशि से पेंशन उत्पाद खरीद सकते हैं, जिससे आपको मासिक पेंशन मिलेगी। यह एक स्वैच्छिक, परिभाषित अंशदायी सेवानिवृत्त बचत योजना है, जिसमें सेवानिवृत्ति के समय नियमों के मुताबिक पेंशन उत्पाद लेने/एक मुश्त निकासी हेतु पेंशन संपत्ति के लिए अंशदान किया जाता है।

एन.पी.एस. के तहत कर लाभ : कर्मचारियों के मामले में वे 80 सी.सी.डी. (1) के तहत आय (बेसिक + महँगाई भत्ता) के 10 प्रतिशत तक कर कटौती के लिए पात्र हैं। यह आयकर अधिनियम की धारा 80 सी.सी.ई. के तहत 1.50 लाख रुपए की कुल सीमा के अंतर्गत है।

अपना काम करनेवाले कर्मचारी धारा 80 सी.सी.डी. (1) के तहत कुल आय के 20% तक पर कर कटौती के लिए पात्र हैं। यह धारा 80 सी.सी.ई. के तहत 1.50 लाख रुपए की कुल सीमा के भीतर है।

इसके अलावा आयकर अधिनियम की धारा 80 सी.सी.डी. (1) के तहत स्वीकार्य कटौती के अतिरिक्त अंशदाता को एन.पी.एस. खाते में अतिरिक्त अंशदान पर भी छूट प्राप्त है। यह छूट आयकर कानून की धारा 80 सी.सी.डी. (1बी) के तहत अधिकतम 50,000 रुपए है। वित्त वर्ष 2015-16 के बजट में इसका प्रावधान किया गया।

कहाँ खोलें खाता : यह एक समस्या होती है। हम एन.पी.एस. के बारे में जानते तो हैं, पर खाता खोलने की प्रक्रिया आदि के बारे में जानकारी के अभाव में कदम आगे नहीं बढ़ा पाते। पेंशन विनियामक ने खाता खोलने के लिए कई प्वॉइंट ऑफ प्रजेंस (पी.ओ.पी.) बनाए हैं, जहाँ आप अपने आसपास खाता खोल सकते हैं। आप पी.ओ.पी. की जानकारी वेबासाइट 'npscra.nsdl.co.in' पर जाकर प्राप्त कर सकते हैं।

एन.पी.एस. को लेकर सरकार का महत्त्वपूर्ण फैसला : इस महत्त्वपूर्ण

सेवानिवृत्ति उत्पाद को आकर्षक बनाने के लिए केंद्रीय मंत्रिमंडल ने 6 दिसंबर, 2018 को बैठक में महत्त्वपूर्ण फैसला किया। इसके तहत 60 साल की आयु पूरी होने या उसके बाद एन.पी.एस. से निकलने पर एक मुश्त निकासी पर कर छूट सीमा बढ़ाकर 60 प्रतिशत कर दी गई है। इसके साथ अब पूरी निकासी पर कोई कर नहीं लगेगा, जबकि 40 प्रतिशत राशि सेवानिवृत्त उत्पाद खरीदने में करना होगा, जिस पर पहले से कर छूट है। अब तक जमा कुल कोष में 40 प्रतिशत का उपयोग सेवानिवृत्ति उत्पाद खरीदने में किया जाता है, जिस पर पहले से कर छूट है। वहीं सेवानिवृत्ति के समय शेष 60 प्रतिशत की निकासी में 40 प्रतिशत पर कर छूट तथा शेष 20 प्रतिशत पर कर लगता था यानी यह उत्पाद अब एक्जेम्प्ट, एक्जेम्प्ट, एक्जेम्प्ट की श्रेणी की तरफ बढ़ रहा है।

अन्य महत्त्वपूर्ण फैसले—

1. एन.पी.एस. टियर-1 के दायरे में आनेवाले केंद्र सरकार के कर्मचारियों के लिए केंद्र सरकार का अनिवार्य योगदान मौजूदा 10 प्रतिशत के बजाय 14 प्रतिशत किया गया।
2. केंद्र सरकार के कर्मचारियों को पेंशन कोष और निवेश प्रतिरूप के चयन की आजादी दी गई।
3. सरकारी कर्मचारियों का एन.पी.एस. के टियर-2 में योगदान अब 80 सी के तहत 1.50 लाख रुपए तक की कर छूट के दायरे में आएगा। यह ठीक उसी प्रकार है, जैसा कि भविष्य निधि में जमा राशि के मामले में है। हालाँकि इसके लिए शर्त है कि पैसा तीन साल तक रखा जाए यानी इसमें तीन साल का 'लॉक-इन पीरियड' है।

यह उत्पाद ई.ई.टी. यानी एक्जेम्प्ट, एक्जेम्पट, कर की श्रेणी में आता है, जो इसका सबसे बड़ा दोष है यानी अगर आप 60 साल या उसके बाद पूरा पैसा निकालते हैं, तो आपको कुछ कर राशि पर कर देना होगा। नियम के तहत सेवानिवृत्ति यानी 60 साल पूरा होने के बाद आप पैसा निकालते हैं तो कुल कोष में से 60 प्रतिशत राशि पर कोई कर नहीं लगेगा। साथ ही, 40 प्रतिशत राशि अनिवार्य रूप से पेंशन उत्पाद (एन्यूटी) खरीदने में खर्च करने होंगे। नियम के मुताबिक, अगर आप पूरी राशि निकालेंगे तो 40 प्रतिशत राशि पर कर देना होगा।

गुण : लंबी अवधि की योजना है। इसमें पैसा पेशेवर अंशधारक की उम्र के हिसाब से शेयर बाजार तथा बॉण्ड में लगाते हैं। इससे बेहतर रिटर्न के साथ सेवानिवृत्ति के समय आपके पास अच्छी-खासी रकम मिलने की पूरी संभावना है।

अटल पेंशन योजना (ए.पी.वाई.) : देश के नागरिकों को गारंटीशुदा पेंशन उपलब्ध कराने के लिए इस योजना की शुरुआत की गई है। यह योजना असंगठित क्षेत्र में काम करनेवाले कर्मचारियों पर केंद्रित है, पर यह योजना देश का कोई भी नागरिक ले सकता है। इसके तहत अंशदान के आधार पर 1,000 रुपए, 2,000 रुपए, 3,000 रुपए, 4,000 रुपए और 5,000 रुपए प्रति माह न्यूनतम पेंशन दिए जाने की व्यवस्था की गई हैं।

कौन ले सकता है योजना : देश का कोई भी नागरिक 'अटल पेंशन योजना' (ए.पी.वाई.) में शामिल हो सकता है। इसके लिए निम्न पात्रता है—

1. व्यक्ति की उम्र 18 वर्ष से 40 के बीच होनी चाहिए। अंशदाता की आयु 39 वर्ष 364 होने तक वह योजना चुन सकता है।
2. उसका बैंक या डाकघर में बचत खाता हो।

ए.पी.वाई. योजना के लाभ : सरकार इस योजना के तहत न्यूनतम पेंशन की गारंटी देती है यानी योगदान अवधि के दौरान निवेश राशि पर रिटर्न न्यूनतम पेंशन के लिए निर्धारित रिटर्न से कम होता है तो कमी की भरपाई सरकार करेगी। दूसरी तरफ, अगर रिटर्न अधिक रहता है तो अतिरिक्त राशि अंशधारक के खाते में डाल दी जाएगी। इससे अंशधारक को योजना के तहत अधिक लाभ मिलेगा।

कैसे खोलें खाता—

1. सबसे पहले, उस बैंक शाखा/डाकघर से संपर्क करें, जहाँ आपका बचत खाता है।
2. ए.पी.वाई. पंजीकरण फार्म लेकर उसे भरे।
3. आधार/मोबाइल नंबर उपलब्ध कराएँ। हालाँकि यह अनिवार्य नहीं है, लेकिन अंशदान के बारे में सूचना के लिए यह जरूरी है।
4. योजना के तहत मासिक/तिमाही/छमाही आधार पर योगदान किया जा सकता है। इसमें खाते से पैसा स्वत: कटने की सुविधा है। अत: यह सुनिश्चित करें कि अपनी सुविधानुसार मासिक/तिमाही/छमाही अंशदान के लिए खाते में जरूरी राशि रहे।

क्या होगा, जब खाते में अंशदान के लिए जरूरी राशि नहीं हो : अंशधारक के खाते में अगर अंशदान वाले महीने के अंतिम तारीख तक योगदान के लिए पर्याप्त राशि नहीं है तो इसे चूक माना जाता है और अगले महीने में योगदान में देरी को लेकर ब्याज के साथ राशि जमा करनी होगा। इसके तहत बैंक अंशदान

जमा नहीं करने की स्थिति में प्रत्येक महीने प्रति 100 रुपए पर एक रुपए का ब्याज वसूलेंगे। यह ब्याज 100 रुपए तक के योगदान एक रुपया प्रति महीना, 101 से 500 रुपए तक पर 2 रुपए, 501 से 1,000 रुपए पर 5 रुपए तथा 1,001 रुपए या उससे अधिक के योगदान पर 10 रुपए प्रति महीना है। वसूली गई यह राशि अंशधारक के पेंशन कोष का हिस्सा होगी।

योगदान में लगातार चूक की स्थिति में क्या होगा : अगर अंशधारक के खाते में शून्य राशि रहती है और योगदान में निरंतर चूक होती है तो ऐसी स्थिति में खाते को बंद कर दिया जाएगा। नियम के अनुसार, अगर छह महीने तक योगदान नहीं आता तो खाते पर रोक लगा दी जाती है। 12 महीने बाद खाते को निष्क्रिय घोषित कर दिया जाता है तथा 24 महीने बाद खाते को बंद कर दिया जाता है। जिन अंशधारकों ने सरकार के योगदान का लाभ उठाया है, अगर उनके खाते से उनके योगदान एवं सरकार के योगदान को घटाकर बची राशि रख-रखाव शुल्क, प्रभार और देय ब्याज के बराबर हो तो खाते को शून्य माना जाएगा। ऐसी स्थिति में वह राशि सरकार को वापस कर दी जाएगी।

सरकार का योगदान : योजना को आकर्षक बनाने और लोगों को पेंशन योजना लेने के लिए प्रोत्साहित करने के इरादे से सरकार ने भी शुरू में अंशधारकों के खातों में कुछ राशि योगदान करने का फैसला किया था। इसके तहत एक जून 2015 से 31 मार्च, 2016 तक जुड़ने वाले अंशधारकों के खाते में पाँच साल के लिए (2015-16 से 2019-20) अधिकतम 1,000 रुपए की राशि के साथ खाते में जमा रकम का 50 प्रतिशत अंशधारक के बचत खाते में जमा किया जाता है, लेकिन यह लाभ उन्हीं को मिलेगा, जो ई.पी.एफ. जैसी सांविधिक सामाजिक सुरक्षा योजना के दायरे में नहीं आते तथा जो आयकर दाता नहीं हैं। यह सहायता तभी मिलती है, जब सेंट्रल रिकॉर्ड कीपिंग एजेंसी इस बात की पुष्टि करती है कि अंशधारक ने पूरे वर्ष के लिए सभी किस्तें जमा की हैं।

क्या होगा, जब अंशधारक की 60 साल बाद मृत्यु हो जाए : ऐसी स्थिति में पेंशन पति/पत्नी को मिलेगी। दोनों के निधन (अंशधारक और पति या पत्नी) की स्थिति में 60 साल की उम्र तक जमा राशि नामित व्यक्ति को लौटा दी जाएगी।

क्या योजना बीच में छोड़ी जा सकती है : शुरू में सामान्य रूप से 60 साल की उम्र से पहले योजना से निकलने की अनुमति नहीं थी, पर गंभीर बीमारी या कुछ अपवादस्वरूप स्थिति में निकलने की अनुमति प्रदान की गई थी, लेकिन बाद

में योजना बीच में छोड़ने की मंजूरी देने की विभिन्न तबकों की माँग के बाद इसकी अनुमति दी गई है। खाते को बीच में बंद कराने के लिए आपको संबंधित शाखा में जाकर फार्म भरना होता है।

गुण : यह योजना उन लोगों के लिए बेहतर है, जिनके पास सेवानिवृत्त होने के बाद पेंशन सुविधा उपलब्ध नहीं है। इससे एक 60 साल के बाद एक निश्चित राशि मिलने की गारंटी मिलती है।

दोष : पेंशन राशि बहुत कम है। इसमें अधिकतम 5,000 रुपए तक ही पेंशन प्राप्त कर सकते हैं। आज से 20–30 साल बाद यह राशि बहुत ज्यादा नहीं होगी।

(विभिन्न पेंशन राशि के लिए कितना अंशदान देना होगा, इसका चार्ट संलग्न में दिया गया है)

बीमा : बीमा एक महत्त्वपूर्ण वित्तीय उत्पाद है। यह असामयिक परिस्थिति में (कमाने वाले व्यक्ति के निधन) संबंधित व्यक्ति पर आश्रित लोगों को राहत प्रदान करता है। बीमा की बात की जाए तो इसे तीन श्रेणी में रखा जा सकता है—पहला, जीवन बीमा, दूसरा, साधारण बीमा तथा तीसरा, पुनर्बीमा। यहाँ हम जीवन बीमा और साधारण बीमा की चर्चा करेंगे।

दरअसल, बीमा दो चीजों को पूरा करता है—बचत और दूसरा, वित्तीय सुरक्षा। चाहे जीवन बीमा हो या फिर साधारण बीमा के अंतर्गत आनेवाला स्वास्थ्य बीमा या फिर यात्री बीमा अथवा व्यापार संबंधी बीमा। किसी भी चीज के वित्तीय जोखिम प्रबंधन के लिए पहला कदम है।

बीमा के बारे में एक चीज ध्यान रखा जाना चाहिए कि बीमा शुद्ध रूप से वित्तीय उत्पाद नहीं है, जहाँ आप निवेश करें। हर बीमा उत्पाद में जीवन कवर जुड़ा होता है। जीवन बीमा बचत उत्पाद का उद्देश्य यह होता है कि हम चाहे दुनिया में रहें या न रहें, हम अपने वित्तीय लक्ष्यों को पूरा कर पाएँगे।

हालाँकि प्राय: यह देखा जाता है कि लोग निवेश और कर बचाने के लिए इसमें निवेश करते हैं, जो ठीक नहीं है। हमें अप्रत्याशित घटनाओं को ध्यान में रखकर ही जरूरत के मुताबिक बीमा उत्पाद लेने चाहिए न कि निवेश के मकसद से। इस क्रम में सबसे महत्त्वपूर्ण टर्म प्लान है। टर्म प्लान में हम कम प्रीमियम में अच्छी-खासी रकम का बीमा ले सकते हैं। प्रीमियम की राशि संबंधित व्यक्ति की उम्र और बीमा राशि पर निर्भर करती है। एक 25 साल का व्यक्ति 50 लाख रुपए तक का बीमा 5 से 7 हजार में ले सकता है। वहीं 35 साल के व्यक्ति को इसके

लिए ज्यादा राशि चुकानी होगी। सवाल उठता है कि एक व्यक्ति को कितनी राशि का टर्म प्लान लेना चाहिए? बीमा विशेषज्ञों का मानना है कि यह आपके सालाना वेतन या कमाई का 8 से 10 गुना होना चाहिए।

टर्म प्लान में एक चीज ध्यान रखनी चाहिए कि इसमें परिपक्वता अवधि पर आपको कुछ नहीं मिलता, लेकिन बीमा अवधि के दौरान अगर बीमाधारक की मृत्यु होती है तो उसके द्वारा नामित व्यक्ति को राशि मिल जाएगी। यह राशि बीमाधारक के न रहने पर उसके परिवार एवं आश्रित लोगों के लिए कितना महत्त्वपूर्ण होगी, इसका अंदाजा लगाया जा सकता है।

लोग अकसर कहते हैं कि ऐसे बीमा उत्पाद का क्या फायदा, जो परिपक्व होने पर कुछ भी न दे? मेरे एक मित्र हैं, जो अर्थशास्त्र को समझते हैं। उन्हें जब पता चला कि मैंने टर्म प्लान लिया है और 30 साल तक हर साल 12,000 रुपए दूँगा और उसके बाद मुझे कुछ नहीं मिलेगा। उन्होंने तपाक से कहा, "जब हमारे रहने पर कुछ मिलेगा ही नहीं तो ऐसी पॉलिसी का फिर क्या फायदा?" इसका उत्तर यही है कि अगर आप हैं तो अपने माता-पिता, पत्नी, बच्चे एवं अन्य आश्रित का देखभाल कर लेंगे, लेकिन आपके नहीं रहने पर क्या होगा? वास्तव में, हम बीमा उत्पाद अपने उन प्रियजनों के लिए लेते हैं, जो हम पर आश्रित हैं ताकि उन्हें हमारे न रहने पर कोई तकलीफ नहीं हो। इस लिहाज से टर्म प्लान बेहतर विकल्प है और सही मायने में यह शुद्ध रूप से बीमा उत्पाद है। वास्तव में, यह किसी के भी निवेश पोर्टफोलियो का एक महत्त्वपूर्ण हिस्सा है, जो सबको लेना चाहिए।

सरकार ने दो सस्ती बीमा योजनाएँ शुरू की हैं, जिसमें प्रीमियम काफी कम है। कम प्रीमियम देकर आप 2-2 लाख रुपए का बीमा कवर ले सकते हैं। ये दो योजनाएँ निम्नलिखित हैं—

प्रधानमंत्री जीवन ज्योति बीमा योजना : यह एक साल के लिए टर्म जीवन बीमा योजना है। इसमें किसी भी कारण मृत्यु की स्थिति में जीवन बीमा कवर दिया जाता है। अन्य बीमा योजना की तरह इसका नवीनीकरण हर साल करने की जरूरत है। इस योजना के तहत बीमाधारक की मृत्यु होने पर 2 लाख रुपए की राशि नामित व्यक्ति को दी जाती है। इसमें प्रीमियम 330 रुपए सालाना है। इसमें प्रीमियम का भुगतान खातेधारक के बचत बैंक खाते से स्वत: 'डेबिट' सुविधा के जरिए होता है।

योजना की पेशकश भारतीय जीवन बीमा निगम तथा इसमें रुचि रखनेवाले अन्य जीवन बीमा कंपनियों के जरिए की जाएगी। इसके लिए बैंक बीमा कंपनियों

से गठजोड़ करेंगे। वह योजना के क्रियान्वयन के लिए किसी भी जीवन बीमा कंपनी को चुन सकते हैं।

कौन ले सकता है योजना : 18 साल से 50 साल आयु वर्ग के सभी बचत बैंक खाताधारक इस योजना से जुड़ सकते हैं। अगर किसी व्यक्ति के पास कई बचत बैंक खाते हैं तो वह किसी एक बचत बैंक खाते के जरिए ही इस योजना से जुड़ सकता है।

इस योजना के तहत सदस्य का जीवन बीमा पॉलिसी निम्न स्थिति में समाप्त हो जाएगी—

1. व्यक्ति की उम्र 55 साल पूरा होने तक। यानी 55 साल तक व्यक्ति इस बीमा योजना का लाभ ले सकता है और नवीनीकरण करा सकता है। हालाँकि इस योजना से जुड़ने की अधिकतम उम्र 50 साल है।
2. बीमा को जारी रखने के लिए जरूरी राशि के अभाव में संबंधित बैंक द्वारा खाते को बंद करना।
3. अगर कोई सदस्य एक खाते से अधिक के जरिए बीमा दायरे में आ रहा है और बीमा कंपनियाँ अनजाने में प्रीमियम ले रही हैं तो ऐसी स्थिति में बीमा कवर दो लाख रुपए तक सीमित होगा और अतिरिक्त प्रीमियम जब्त कर लिया जाएगा।

प्रधानमंत्री सुरक्षा बीमा योजना : यह व्यक्तिगत दुर्घटना बीमा योजना है, जो 2015 में अमल में आया। इसके तहत महज 12 रुपए सालाना प्रीमियम के भुगतान के साथ मृत्यु या अपंगता की स्थिति में बीमा कवर उपलब्ध कराया जाता है। अन्य बीमा योजनाओं की तरह इसमें आपको योजना जारी रखने तक हर साल प्रीमियम देना होगा।

योजना का लाभ–

1. मृत्यु होने पर दो लाख रुपए नामित व्यक्ति को मिलेगा।
2. दोनों आँखों या दोनों हाथ या पैर से अपाहिज होने पर 2 लाख रुपए का बीमा।
3. एक आँख की रोशनी जाने, एक हाथ या पैर से अपाहिज होने की स्थिति में एक लाख रुपए।

प्रीमियम का भुगतान खाताधारक के बचत बैंक खाते से 'स्वतः' डेबिट सुविधा के जरिए किया जाएगा।

इस योजना का लाभ 18 से 70 साल आयु वर्ग के सभी बचत खाताधारक ले सकते हैं।

इसके अलावा हम बच्चों की पढ़ाई के लिए वित्तीय सलाहकारों की मदद से उपयुक्त बीमा उत्पाद ले सकते हैं।

स्वास्थ्य बीमा : यह साधारण बीमा की श्रेणी में आता है, लेकिन अब एल.आई.सी. जैसी जीवन बीमा कंपनियाँ भी यह उत्पाद उपलब्ध कराती हैं। बीमारी एक ऐसी चीज है, जो अच्छे-खासे परिवार को भी समस्या में डाल देती है। इसे एक उदाहरण से हम समझ सकते हैं।

मेरा दोस्त रोहन एक अच्छी कंपनी में चार्टेड एकाउंटेंट है। उसका वेतन करीब 1.20 लाख रुपए था। घर में माँ-बाप, पत्नी और उसकी नौ साल की बेटी है। माता-पिता और पूरा परिवार रोहन की कमाई पर आश्रित है। रोहन ने कर्ज लेकर मकान खरीदा था, जिसका ई.एम.आई. करीब 35,000 रुपए मासिक जाता था। बेटी नोएडा के अच्छे स्कूल में पढ़ती थी और उसपर उसका मासिक 10,000 रुपए खर्च होता था। उसने एक बड़ी कार ले रखी थी, जिसकी किस्त 12,000 रुपए मासिक जाती थी। उसके पास घर खर्च के लिए 63,000 रुपए बचते थे, जो उसके लिए काफी थे। जीवन की मुश्किलों से अनजान रोहन की जिंदगी आराम से कट रही थी। हर हफ्ते मॉल जाना, बाहर का खाना और सिनेमा देखना होता था। लेकिन रोहन की माँ अचानक बीमार हो गई। पहले तो घर के पास के डॉक्टर का ही इलाज चला, लेकिन काफी समय निकल जाने के बाद भी फायदा नहीं हुआ। बाद में जब दूसरे डॉक्टर से दिखाया तो पता चला दोनों किडनियाँ खराब हैं। घर में कमाने वाला रोहन अकेला था। माँ की दवा, डायलिसिस, खान-पान पर उसका करीब हर महीने 25,000 से 30,000 रुपए खर्च होने लगा। इससे उसकी समस्या बढ़ गई। हर सप्ताह मॉल जाना, छुट्टियों में बाहर जाना, सिनेमा देखना छूट गया और वह मानसिक तनाव में आ गया, पर अगर रोहन स्वास्थ्य बीमा पॉलिसी लिये होता तो संभवतः इतनी समस्या नहीं होती।

अतः हमें जितनी जल्दी हो, अपना और अपने आश्रितों का स्वास्थ्य बीमा लेना चाहिए। बीमारी किसी को भी हो सकती है। अतः इसकी तैयारी पहले से होनी चाहिए और स्वास्थ्य बीमा इसका अच्छा जवाब है।

स्वास्थ्य बीमा का प्रीमियम उम्र व बीमारी (यदि कोई है) से तय होती है। 25 साल का व्यक्ति 5-7 हजार में 5 लाख रुपए का स्वास्थ्य बीमा ले सकता है।

स्वास्थ्य बीमा लेते समय हमें यह ध्यान रखना चाहिए कि वह गंभीर बीमारी को कवर करता है या नहीं? हमें गंभीर बीमारी (कैंसर, किडनी) को कवर करनेवाली स्वास्थ्य पॉलिसी ही लेनी चाहिए।

वास्तव में, अगर कोई नौकरी शुरू करता है, उसे दो चीजें—टर्म प्लान और स्वास्थ्य बीमा—जरूर लेनी चाहिए। यह उसके बचत और निवेश योजना का महत्त्वपूर्ण उत्पाद है। इससे उसे अपने और अपने ऊपर आश्रितों की उम्मीदों को पूरा करने में मदद मिलेगी।

कंपनी फिक्स्ड डिपोजिट : इसके जरिए कंपनियाँ अल्पकाल (छह महीने) से लेकर मध्यम अवधि (तीन से पाँच साल) के लिए कर्ज लेती हैं। इस पर ब्याज स्थिर होता है और इसका भुगतान मासिक, छमाही या सालाना किया जाता है। यह संचयी मियादी जमा हो सकती है, जहाँ मूल राशि के साथ ब्याज कर्ज अवधि के अंत में दिया जाता है। कंपनी एफ.डी. पर ब्याज कर कटौती के बाद दिया जाता है।

इन उत्पादों के अलावा निवेश रीयल एस्टेट क्षेत्र, बॉण्ड, सरकारी स्वर्ण बॉण्ड, ई.टी.एफ., शेयर बाजार और म्यूचुअल में किया जा सकता है। इसके अलावा रीयल एस्टेट इनवेस्टमेंट ट्रस्ट (रीट्स) और इन्फ्रास्ट्रक्चर इनवेस्टमेंट ट्रस्ट (इनविट) भी निवेश के विकल्प हो सकते हैं। बॉण्ड, स्वर्ण बॉण्ड तथा ई.टी.एफ. यानी एक्सचेंज ट्रेडेड फंड के बारे में सेवानिवृत्ति अध्याय में लिखा गया है। शेयर बाजार और म्यूचुअल फंड के बारे में हम विस्तार से अगले अध्याय में चर्चा करेंगे। रीयल एस्टेट, रीट्स और इनविट के बारे में दूसरे अध्याय में चर्चा की गई है।

संदर्भ—

1. बेंजामिन ग्राहम अर्थशास्त्र के प्रोफेसर और निवेशक थे। उनका जन्म ब्रिटेन में हुआ, लेकिन बाद में उनका परिवार अमेरिका चला गया। उन्होंने 1934 में डेविड डाड के साथ मिलकर निवेश से संबंधित पुस्तक 'सिक्योरिटी एनालिसिस' लिखी। 1949 में उन्होंने 'इंटेलिजेंट इनवेस्टर' लिखी, जिसे निवेश पर अब तक की बेहतरीन पुस्तकों में गिना जाता है। इसमें शेयर बाजार और बॉण्ड में निवेश से जुड़ी विभिन्न पहलुओं को बड़े ही सरल अंदाज में लिखा गया है। उनके कई नामचीन शिष्य रहे, जिसमें वारेन बफे भी शामिल हैं। उनका निधन 82 साल की उम्र में 21 सितंबर, 1976 को हुआ।
2. अधिसूचना संख्या जी.एस.आर., 863 (ई)।
3. अधिसूचना संख्या जी.एस.आर., 705 (ई)।
4. अधिसूचना संख्या एफ.एन.ओ., 7 अक्तूबर, 2014 एन.एस.।
5. जी.एस.आर. 863 (ई)।

6. अधिसूचना संख्या जी.एस.आर. 1136।
7. पी.पी.एफ. योजना (संशोधन) नियम, 2014 (6)।
8. अधिसूचना संख्या जी.एस.आर. 477 (ई), तारीख 25 मई, 1994।
9. वित्त मंत्रालय पत्र संख्या 7/34/88 एन.एस. 11, तारीख 17 नवंबर, 1989।
10. पी.पी.एफ. नियम 9 (3ए)।
11. पी.पी.एफ. नियम 9 (3बी)।
12. पी.पी.एफ. योजना संशोधन नियम, 2014 के नियम 9 (3)।
13. पी.पी.एफ. नियम योजना नियम 13।
14. पी.पी.एफ. योजना संशोधन नियम, 2014 के पैरा नौ।
15. पी.पी.एफ. योजना संशोधन नियम, 2014 के पैरा नौ।
16. पी.पी.एफ. योजना संशोधन नियम 2014 का नियम 10।
17. वित्त मंत्रालय की अधिसूचना संख्या जी.एस.आर. 291 (ई)।
18. अधिसूचना संख्या जी.एस.आर. 585 (ई)।
19. वित्त मंत्रालय अधिसूचना संख्या जी.एस.आर. 768 (ई) तारीख 15 नवंबर, 2002।

□

शेयर बाजार व म्यूचुअल फंड

इस अध्याय में हम शेयर बाजार और म्यूचुअल फंड की बारीकियों को समझने की कोशिश करेंगे। निवेश का एक महत्त्वपूर्ण माध्यम शेयर बाजार है। यह आपको दीर्घकाल में निवेश पर एक ऐसा रिटर्न दे सकता है, जो मुद्रास्फीति से निपटने और भविष्य की जरूरतों को पूरा करने में मददगार हो सकता है, लेकिन शेयर में निवेश को लेकर जोखिम होने तथा जानकारी की कमी से देश में लोग इसमें निवेश से बचते हैं।

सेबी के एक सर्वे में विभिन्न अध्ययन के हवाले से कहा गया है कि जहाँ विकसित अर्थव्यवस्थाओं में आबादी का 50 प्रतिशत तक पूँजी बाजार में निवेश करता है, वहीं भारत में यह संख्या काफी कम है। शेयर बाजार में निवेश में कमी का एक प्रमुख कारण वित्तीय साक्षरता का अभाव और जोखिम नहीं लेने की प्रवृत्ति है। प्रायः यह देखा गया है कि जो परिवार या क्षेत्र वित्तीय रूप से जागरूक है, वहाँ से पूँजी बाजार में निवेश होता है।

शेयर बाजार पर चर्चा करने से पहले निम्न शब्दावली और उससे जुड़ी बातों को समझना बेहतर होगा।

1. **शेयर बाजार यानी स्टॉक एक्सचेंज :** प्रतिभूति अनुबंध (नियमन) कानून, 1956 के अनुसार ऐसा निकाय, जिसका गठन प्रतिभूतियों की खरीद, बिक्री या लेन-देन के कारोबार को सुगम बनाने, नियमन या नियंत्रित करने के लिए किया गया है, शेयर बाजार कहलाता है।

शेयर बाजार क्षेत्रीय शेयर बाजार हो सकते हैं, जिनका काम व क्षेत्र निर्धारित हो सकता है। वहीं राष्ट्रीय शेयर बाजार (बॉम्बे स्टॉक एक्सचेंज तथा नेशनल स्टॉक एक्सचेंज) को देशव्यापी कारोबार की अनुमति है।

पूँजी बाजार नियामक सेबी की वेबसाइट के अनुसार (25 मई, 2018 की

स्थिति के मुताबिक) शेयर बाजारों की सूची इस प्रकार है—

(क) बी.एस.ई. लि.

(ख) कलकत्ता स्टॉक एक्सचेंज लि.

(ग) इंडिया इंटरनेशनल एक्सचेंज (इंडिया आई.एन.एक्स.)

(घ) मगध स्टॉक एक्सचेंज (सेबी ने 3 सितंबर, 2007 को दिए आदेश में मगध स्टॉक एक्सचेंज को दी गई मान्यता के नवीनीकरण से इनकार कर दिया)

(ङ) मेट्रोपोलिटन एक्सचेंज ऑफ इंडिया लि.

(च) नेशनल स्टॉक एक्सचेंज लि.

(छ) एन.एस.ई. आई.एफ.एस.सी. लि.

2. **शेयर या इक्विटी :** किसी कंपनी में किया गया कुल निवेश 'शेयर पूँजी' कहलाता है। इसकी गणना कंपनी के स्वामित्व में आनेवाली सभी संपत्ति का अनुमान लगाकर और उसमें देनदारी घटाकर की जाती है। अब इस शेयर पूँजी को छोटी राशि की इकाइयों से विभाजित कर दिया जाए तो प्रत्येक यूनिट 'शेयर' या 'इक्विटी' कहलाएगा। इसे एक उदाहरण से समझ सकते हैं। मान लीजिए, किसी कंपनी की कुल शेयर पूँजी पाँच करोड़ रुपए है। अब इसे 10-10 रुपए के 50 लाख इकाइयों से विभाजित कर दिया जाए तो 10 रुपए का प्रत्येक यूनिट 'शेयर' कहलाएगा। इसके आधार पर हम कह सकते हैं कि संबंधित कंपनी के पास 10-10 रुपए के 50 लाख शेयर हैं। ऐसे शेयर रखनेवाले कंपनी के सदस्य होते हैं और उनके पास मतदान का अधिकार होता है।

3. **ब्रोकर :** शेयर ब्रोकर एक पंजीकृत प्रतिनिधि होता है और उसे निवेश सलाहकार भी कहा जाता है। वह पेशेवर व्यक्ति होता है, जो शेयर बाजार के जरिए शेयर और अन्य प्रतिभूतियों की खरीद और बिक्री ऑर्डर को अंजाम तक पहुँचाता है। इसके लिए वह शुल्क या कमीशन लेता है। सामान्य रूप से शेयर ब्रोकर ब्रोकरेज कंपनी से जुड़ा होता है और खुदरा तथा संस्थागत निवेशकों के लिए सौदा करता है।

4. **डिमैट (डिमैटेरियलाइजेशन) :** प्रौद्योगिकी ने हमारे जीवन में काफी बदलाव लाया है। इसमें शेयर बाजार भी शामिल है। डिमैट के जरिए हमें शेयर प्रमाण-पत्र भौतिक रूप से रखने की जरूरत नहीं है। हम इलेक्ट्रॉनिक फॉर्मेट में शेयर रख सकते हैं। यह शेयर प्रतिभूति के लिए

बैंक खाते की तरह है। शेयर की खरीद-बिक्री के लिए इसे खोलना जरूरी है।

डिमैट एक खाता है, जिसमें आपके सभी शेयर इलेक्ट्रॉनिक या डिमैटिरियलाइज्ड रूप में रखे जाते हैं। बैंक खाते की तरह डिमैट खाता में आपके शेयर, बॉण्ड, सरकारी प्रतिभूति, म्यूचुअल फंड और एक्सचेंज ट्रेडेड फंड (ई.टी.एफ.) जैसे वित्तीय उत्पाद के प्रमाण-पत्र रखे जाते हैं।

पहले इन उत्पादों के प्रमाण-पत्र भौतिक रूप से रखने की आवश्यकता होती थी, लेकिन 1996 में डिमैट व्यवस्था आने से फर्जी शेयर, चोरी, गलत डिलीवरी और कागजी काम खत्म हो गया है।

कैसे शुरू करें शेयर में निवेश : शेयर बाजार में निवेश शुरू करने से पहले आपको डिमैट खाता खोलना पड़ता है। आप ब्रोकरेज कंपनियों में अपना डिमैट खाता खोल सकते हैं। प्रमुख ब्रोकरेज कंपनियों में शेयर खान, इंडिया बुल्स, मोतीलाल ओसवाल, एंजल ब्रोकिंग, आई.सी.आई.सी.आई. डायरेक्ट, एच.डी. एफ.सी. सिक्योरिटीज, कोटक सिक्योरिटीज, रिलायंस मनी, एस.बी.आई. कैप तथा एक्सिस डायरेक्ट शामिल हैं। डिमैट खाता खोलने के लिए आपको पैन, आधार, बैंक का ब्योरा, फोटो तथा पते का प्रमाण-पत्र देना होता है। ज्यादातर ब्रोकरेज कंपनियाँ डिमैट खाता मुफ्त खोलती हैं। हालाँकि कुछ आपसे सालाना शुल्क ले सकती हैं। इसके अलावा आपको ट्रेडिंग के लिए कुछ प्रतिशत शुल्क देना होता है। कुछ ब्रोकर प्रति सौदा 15 या 20 रुपए लेते हैं, भले ही सौदे कितने का क्यों न हो। इन्हें डिस्काउंट ब्रोकर कहा जाता है।

डिमैट खाता खोलने के बाद आप अपनी रुचि की कंपनी के शेयर में स्वयं या ब्रोकरेज कंपनी की मदद से निवेश शुरू कर सकते हैं।

शेयर बाजार में निवेश करते समय इतना जरूर ध्यान रखना चाहिए कि यह निवेश जोखिमपूर्ण है और इसमें निवेश पर रिटर्न की कोई गारंटी नहीं है। वास्तव में, निवेश करना मुश्किल नहीं है, लेकिन उसमें सफल होना जरूर चुनौती है। विभिन्न अध्ययनों एवं आँकड़ों से पता चलता है कि जो खुदरा निवेशक दूसरे की देखा-देखी निवेश करते हैं और पेशेवर रुख नहीं रखते, अपने निवेश को लेकर सजग नहीं रहते, उन्हें निवेश राशि गँवानी पड़ती है। वित्तीय साक्षरता की कमी इसकी एक प्रमुख वजह है। इसके अलावा लोगों के पास इतना समय नहीं होता कि वे खासकर शेयर बाजार में निवेश करने से पहले संबंधित कंपनी की पड़ताल करें। यही कारण

है कि इस प्रकार से किए गए खुदरा निवेशकों के निवेश नुकसानदायक साबित होते हैं। किसी भी शेयर में तब तक निवेश नहीं करें, जब तक आप यह नहीं जानते हैं कि कंपनी क्या बनाती है, किस प्रकार की सेवा देती है, उनका प्रमुख उत्पाद क्या है, किन-किन देशों में काम करती हैं? उसका कारोबार और लाभ कैसा है? क्या वह लाभांश दे रही है? उस कंपनी के कारोबार की संभावना क्या है? इन बातों को जानने के बाद ही आप संबंधित कंपनी में निवेश के बारे में सोचें। जिस तरीके से आप किसी अपरिचित से जल्दी दोस्ती नहीं करते, उसके साथ कहीं जाना या समय बिताना उचित नहीं समझते, ठीक उसी प्रकार निवेश में यही रुख अपनाएँ। पहले उससे परिचित हों, फिर निवेश करें।

एक सवाल उठता है कि आखिर यह सब जानकारी कैसे प्राप्त की जा सकती है? यह सब बहुत आसान है। आप जिस कंपनी में निवेश करना चाहते हैं, आप उस कंपनी की वेबसाइट पर जाकर यह सब जानकारी प्राप्त कर सकते हैं। इसके अलावा इंटरनेट के माध्यम से भी आप कंपनी से जुड़ी जानकारी ले सकते हैं। इन सबके लिए आपको थोड़ा समय देना होगा और थोड़ी दिमागी कसरत करनी होगी।

इन्हीं चीजों को ध्यान में रखते हुए यहाँ कुछ बातों का जिक्र किया जा रहा है, जिसपर ध्यान देने से आप बेहतर जगह निवेश कर सकते हैं और नुकसान से बचते हुए लाभ कमा सकते हैं।

1. बाजार में उतार-चढ़ाव आना तय है। अत: आपकी निवेश राशि घट-बढ़ सकती है। ऐसे में सोचकर-समझकर कंपनियों के शेयरों में निवेश करे। किसी ब्रोकर और मित्रों के कहने मात्र से निवेश नहीं करे।
2. पूँजी बाजार दीर्घकाल की चीज है। अगर आप अल्पकाल यानी तीन महीने या छह महीने के लिए निवेश करना चाहते हैं तो शेयर बाजार से बचें। अगर आप मध्यम अवधि तीन साल, पाँच साल या दीर्घकाल यानी पाँच साल से अधिक के लिए निवेश करना चाहते हैं तो फिर शेयर बाजार आपके लिए उपयुक्त है।
3. सभी निवेश राशि एक जगह निवेश न करें। इस बारे में हमें चर्चित निवेशक वारेन बफे के इस कथन को ध्यान रखना चाहिए—"Never test the depth of water with both the feet." अर्थात् "दोनों पैरों से एक साथ नदी की गहराई का परीक्षण नहीं करें।"

प्रमुख शेयर बाजार नेशनल स्टॉक एक्सचेंज के अनुसार शेयर बाजार में

निवेश करते समय निम्न सतर्कता बरतें—

1. यह सुनिश्चित कीजिए कि आपका ब्रोकर पूँजी बाजार नियामक सेबी के पास पंजीकृत हो और गैर-पंजीकृत मध्यस्थों के साथ सौदा नहीं करता हो।
2. यह सुनिश्चित करें कि आपने जो भी कारोबार किया है, आपको ब्रोकर से एक कार्यदिवस के भीतर अनुबंध नोट अवश्य मिल जाए।
3. हर निवेश में कुछ-न-कुछ जोखिम होता है, अतः निवेशकों को यह पता होना चाहिए कि वे कैसा जोखिम ले रहे हैं? उन्हें उसी हिसाब से निवेश करना चाहिए, जितना वे जोखिम ले सकते हैं।
4. बाजार अफवाह, आकर्षक विज्ञापन या 'आज दिन के सुझाव' पर ध्यान न दें।
5. कंपनी की बुनियाद का अच्छी तरह अध्ययन कर निर्णय करें। कंपनी के कारोबार, भविष्य की संभावना, प्रबंधन की गुणवत्ता, पिछला रिकॉर्ड आदि बातों का पता लगाएँ। आप इसका पता संबंधित कंपनी की वेबसाइट, सालाना रिपोर्ट, आर्थिक पत्रिका या अपने वित्तीय सलाहकार के पास उपलब्ध आँकड़ों को देखकर लगा सकते हैं।
6. अगर आपका वित्तीय सलाहकार या ब्रोकर किसी कंपनी में निवेश के लिए कहता है, उसकी बात पर ध्यान मत दीजिए। सतर्क रहिए। निवेश से पहले कंपनी के बारे में जानकारी प्राप्त करें।
7. किसी कंपनी के शानदार वित्तीय परिणाम, खबर या रिपोर्ट से आकर्षित मत होइए। किसी भी शेयर में निवेश करने से पहले खुद से पूरी जानकारी जुटाइए।
8. कम मूल्य और कारोबार वाले शेयर (पेनी स्टॉक) अधिक रिटर्न की गारंटी नहीं हैं।
9. वैसे शेयरों को लेकर सतर्क रहिए, जिसकी कीमत या कारोबार गतिविधियों में अचानक तेजी आई।
10. ऐसी किसी सलाह पर ध्यान मत दीजिए, जिसमें बड़े रिटर्न की संभावना का दावा किया गया है। यह जोखिमपूर्ण हो सकता है और आपको नुकसान हो सकता है।

इन बातों को ध्यान में रखकर आप जोखिम लेने की अपनी स्थिति के आधार

पर शेयर बाजार में निवेश कर सकते हैं। इतना तय है कि अगर आप सोच-समझकर शेयर में निवेश करते हैं और अपने निवेश पर नियमित नजर रखते हैं, आपको दीर्घकाल में वास्तविक लाभ अन्य वित्तीय उत्पादों में निवेश के मुकाबले कहीं बेहतर होगा, बशर्तें आप सचेत रहें और निश्चित समय पर अपने पोर्टफोलियो की समीक्षा करें।

कुछ महत्त्वपूर्ण सवाल और उसके जवाब–

शेयर बाजार में क्या रिटर्न मिलेगा ? : मियादी जमा, पी.पी.एफ. जैसे वित्तीय उत्पादों के मुकाबले शेयर बाजार में निवेश पर कोई निश्चित रिटर्न की गारंटी नहीं है, लेकिन सोच-समझकर लंबे समय तक आप इसमें निवेश करते हैं और इसमें बने रहते हैं तो आप अच्छे रिटर्न की उम्मीद कर सकते हैं और यह अन्य वित्तीय उत्पादों पर मिलने वाले रिटर्न से अधिक होगा। यह ऐसा निवेश माध्यम है, जो दीर्घकाल में संपत्ति सृजन का अच्छा विकल्प देता है। मुद्रास्फीति से बचत को या निवेश को जो नुकसान होता है, शेयर बाजार में निवेश उससे बचाने में मददगार है। यह महँगाई दर से अधिक रिटर्न देता है। पिछले 10 साल में देखा जाए तो इक्विटी फंड ने औसतन लगभग 12 से 15 प्रतिशत सालाना रिटर्न दिया है।

शेयर बाजार में आप बेहतर रिटर्न की उम्मीद कर सकते हैं, लेकिन उसके लिए निम्न बातों को ध्यान में रखें—

1. कम-से-कम तीन साल तक निवेश करें। आप जितना समय निवेश में बने रहेंगे तो निवेश राशि में अच्छी वृद्धि की उम्मीद होगी।
2. अच्छी कंपनियों के शेयरों और सही शेयरों में निवेश करें। जिस प्रकार आप कपड़े या इलेक्ट्रॉनिक सामान खरीदने से पहले उसके भाव, ब्रांड, मॉडल आदि का अध्ययन करते हैं, ठीक उसी प्रकार किसी कंपनी का शेयर लेने से पहले थोड़ा होमवर्क जरूर करें। कम-से-कम इतना जरूर देखें कि कंपनी का कारोबार या लाभ पिछले तीन-चार साल से कैसा है ? इसको जाँचने का आसान तरीका लाभांश है। यह देखिए कि कंपनी लाभांश दे रही है या नहीं। लाभांश वह लाभ है, जो कंपनी शेयरधारकों के साथ साझा करती है।
3. नियमित तौर निवेश करते रहें। एक बार में एक ही शेयर में मोटा पैसा लगाने से बचें।

4. शेयर बाजार में निवेश के कुछ नियम हैं। हमेशा ध्यान रखें कि जब बाजार का प्रदर्शन अच्छा नहीं हो, उस समय निवेश करना बेहतर है, न कि जब तेजी हो। चर्चित निवेशक वारेन बफे के अनुसार जब सब लालच करें, आप निवेश से बचें और जब सब बाजार और निवेश से दूर हों, आप निवेश करें। प्रायः देखा गया है कि जब बाजार में तेजी होती है, लोग निवेश करते हैं और जब गिरावट का दौर होता है, लोग शेयर बेचकर पैसा निकालते हैं।
5. किसी कंपनी की संचालन व्यवस्था, प्रबंधन का स्तर और कारोबार की संभावना भी काफी महत्त्वपूर्ण है। कंपनी के शेयर में निवेश करते समय इस पर भी गौर करना चाहिए।
6. पी.ई. अनुपातः कीमत आय अनुपात या पीई अनुपात यह बताता है कि कंपनी की एक रुपए की कमाई के लिए आप कितना भुगतान करते हैं। उदाहरण के लिए, अगर किसी शेयर का पी.ई. अनुपात 15 है तो इसका मतलब है कि एक रुपए की कमाई के लिए आप 15 रुपए देने को तैयार हैं। किसी शेयर के मूल्य के आकलन के लिए यह काफी लोकप्रिय साधन है। अधिक पी.ई. का मतलब है कि आप एक रुपए की कमाई के लिए अधिक भुगतान करने को तैयार हैं और यह शेयर ज्यादा महँगा है।

पी.ई. अनुपात का उपयोग दो मकसद से किया जाता है। पहला, एक ही प्रकार के क्षेत्र में काम करनेवाली कंपनियों के शेयरों की तुलना में। जिस शेयर का पी.ई. अनुपात कम होगा, वह सस्ता होगा और बेहतर निवेश विकल्प हो सकता है। दूसरा, समय के साथ उस शेयर की तुलना करने में। अगर पीई अनुपात पहले के स्तर से कम है तो यह शेयर खरीद का संकेत देता है।

लेकिन पीई के आधार पर निवेश का निर्णय नुकसानदायक भी हो सकता है। अगर किसी शेयर का पीई कम है तो सबसे पहले यह देखना चाहिए कि आखिर ऐसा क्यों है ? अगर पीई इसलिए कम है, क्योंकि कंपनी का परिदृश्य नकारात्मक है यानी आय कम होने जा रही है, तब ऐसे शेयर खरीदना जोखिमपूर्ण हो सकता है।

अगर पीई अनुपात कम होने का कारण कीमतों में अस्थायी रूप से कमी है और अगर कंपनी की कमाई का ठोस आधार है तथा उसका परिदृश्य सकारात्मक है तो संबंधित शेयर में निवेश किया जा सकता है।

यह ध्यान रखा जाना चाहिए कि कोई जरूरी नहीं है कि अधिक पी.ई. वाली

कंपनी का शेयर लेना नुकसानदायक है और कम पीई वाले का लाभदायक। अगर कंपनी अच्छी है और उसका प्रदर्शन बेहतर है तो अधिक पीई के बावजूद उसके शेयर को लिया जा सकता है, क्योंकि उसमें तीव्र वृद्धि की संभावना है और वह अच्छा रिटर्न दे सकती है। दूसरी तरफ, कम पीई वाली कंपनी का भविष्य बेहतर नहीं दिखता तो उसे लेना लाभदायक नहीं है।

पीई अनुपात भी दो तरीके से निकालते हैं। पहला, इसमें पिछले 12 महीने की कमाई का उपयोग किया जाता है। इसे पिछला पीई अनुपात (ट्रेलिंग पीई) कहते हैं। दूसरा, इसमें अगले 12 महीने की कमाई के अनुमान का उपयोग किया जाता है। इसे अग्रिम पीई (फॉर्वर्ड पीई) अनुपात कहा जाता है। अग्रिम पीई अनुपात बेहतर संकेतक माना जाता है, लेकिन आय अनुमान पर आधारित है, अतः यह थोड़ा अनिश्चितता भरा हो सकता है।

कैसे निकालते हैं पीई अनुपात—पीई अनुपात को शेयर भाव को प्रति शेयर कमाई से भाग देकर निकाला जाता है।

$$\text{पी.ई. अनुपात} = \frac{\text{प्रति शेयर बाजार भाव}}{\text{प्रति शेयर कमाई (ई.पी.एस.)}}$$

यहाँ प्रति शेयर बाजार भाव से आशय कंपनी के शेयर मूल्य से है। पीई अनुपात निकालने के लिए शेयर के मौजूदा भाव या औसत मूल्य को लिया जा सकता है। इसे सरकारी कंपनी इंडियन ऑयल कॉरपोरेशन के उदाहरण से समझ सकते हैं।

कंपनी का शेयर भाव 1 अक्तूबर, 2018 को बी.एस.ई. (बंबई शेयर बाजार) में 153.80 रुपए था। वहीं कंपनी का मार्च 2018 को समाप्त वित्त वर्ष में ई.पी.एस. 22.52 रुपए था। इस लिहाज से कंपनी का पीई अनुपात होगा =

$$\frac{153.80}{22.52} = 6.829$$

ई.पी.एस. यानी प्रति शेयर कमाई निकालने के लिए पिछली चार तिमाहियों (12 महीने) की शुद्ध आय में से लाभांश को घटाकर प्राप्त राशि को कंपनी के कुल शेयर से भाग दिया जाता है।

$$\text{ई.पी.एस.} = \frac{\text{शुद्ध आय—लाभांश}}{\text{कंपनी का कुल शेयर}}$$

ई.पी.एस. आप खुद भी निकाल सकते हैं और कंपनियाँ भी वित्तीय परिणाम के समय इसकी घोषणा करती हैं, जिसे आप इंटरनेट के जरिए ले सकते हैं। इसके अलावा बी.एस.ई. और नेशनल स्टॉक एक्सचेंज की वेबसाइट से भी जानकारी ली जा सकती है। कंपनी की शुद्ध आय, लाभांश, कंपनी का कुल शेयर आदि सभी जानकारी कंपनी की वेबसाइट या बी.एस.ई. अथवा एन.एस.ई. की वेबसाइट से प्राप्त की जा सकती है।

हालाँकि पीई अनुपात के साथ कुछ समस्या भी है। अगर कंपनी को नुकसान होता है और उसकी कमाई घटती होती है तो पीई अनुपात भी नकारात्मक होगा और उससे कोई सार्थक विश्लेषण नहीं हो पाएगा। पीई की एक अन्य खामी यह है कि कंपनियाँ अपनी आय को दिखाने में गड़बड़ी कर सकती हैं। मूल्य ह्रास, लेखा विसंगतियों जैसे विभिन्न कारणों से मुनाफा प्रभावित हो सकता है और उसका असर पीई पर भी पड़ेगा। इसीलिए प्राइस बुक वैल्यू तथा दूसरे कारकों पर भी गौर किया जाता है।

7. **प्राइस टू बुक वैल्यू :** वैसे तो पीई अनुपात निवेशकों के लिए काफी प्रासंगिक है, पर कई मामलों में प्राइस टू बुक वैल्यू, कर्ज इक्विटी अनुपात आदि भी मायने रखते हैं। प्राइस टू बुक वैल्यू (P/BV) से आशय कंपनी की कुल संपत्ति (बुक-वैल्यू) के बाजार मूल्य से है। इसका उपयोग कंपनी की कुल संपत्ति के बाजार भाव से तुलना करने में किया जाता है। इसका आकलन प्रति शेयर कीमत को प्रति शेयर बुक वैल्यू से भाग देकर निकाला जाता है। इसे कीमत इक्विटी अनुपात भी कहा जाता है।

$$\text{P/BV अनुपात} = \frac{\text{प्रति शेयर बाजार भाव}}{\text{प्रति शेयर बुक वैल्यू}}$$

प्रति शेयर बुक वैल्यू को निम्न फॉर्मूले से निकाला जाता है।

$$\text{प्रति शेयर बुक वैल्यू} = \frac{\text{कुल संपत्ति} - \text{कुल देनदारी}}{\text{कुल शेयरों की संख्या}}$$

कम P/BV अनुपात का मतलब है कि शेयर का मूल्य कम है। हालाँकि इसका यह भी तात्पर्य हो सकता है कि कंपनी के साथ बुनियादी तौर पर कुछ समस्या है।

सरल शब्दों में कहा जाए तो यह वह राशि है, जो कंपनी की कुल संपत्ति के परिसमापन तथा देनदारी के भुगतान के बाद बचेगी। अगर P/BV अनुपात एक से कम है तो यह शेयर के कम मूल्य (अंडरवैल्यू) को बताता है यानी कंपनी के बही-खाते में संपत्ति का मूल्य बाजार द्वारा कंपनी को दिए जानेवाले मूल्य से अधिक है। यह कंपनी के मजबूत बुनियाद का संकेत देता है। यह अनुपात यह भी बताता है कि क्या आप उसके लिए अधिक भुगतान कर रहे हैं, जो कंपनी के दिवालिया होने पर बचेगी।

8. **कर्ज-इक्विटी अनुपात :** यह अनुपात कंपनी के कर्ज की स्थिति को बयां करता है। यानी कंपनी के कारोबार में कितना कर्ज और कितनी पूँजी इक्विटी है? आमतौर पर यह जितना कम होता है, उतना बेहतर समझा जाता है, लेकिन अगर कंपनी ब्याज लागत के मुकबले अधिक कमाई कर रही है तो कोई समस्या नहीं है। यानी कर्ज से कंपनी बेहतर कमाई कर रही है। हालाँकि अगर ऐसा नहीं है तो शेयरधारकों को नुकसान होगा।

साथ ही, अगर किसी कंपनी का इक्विटी के मुकाबले कर्ज कम है तो यह माना जा सकता है कि कोष जुटाने के बेहतर विकल्प के साथ उसमें विस्तार की काफी संभावना है, लेकिन यह इतना आसान नहीं है। विनिर्माण जैसे पूँजी गहन उद्योग में लगी कोई कंपनी का कर्ज-इक्विटी अनुपात अधिक हो सकता है। अधिक कर्ज इक्विटी अनुपात समस्या कर्ज लौटाने में चूक का संकेत दे सकती है। हालाँकि यह कंपनी के भविष्य में बेहतर रिटर्न देने वाली परियोजनाओं में निवेश करने का भी संकेत हो सकता है।

9. **परिचालन लाभ मार्जिन (ओ.पी.एम.) :** यह कंपनी की परिचालन क्षमता एवं कीमत कुशलता को बताता है। इसकी गणना निम्न फॉर्मूले से की जाती है।

$$= \frac{\text{परिचालन लाभ}}{\text{शुद्ध बिक्री}}$$

अधिक ओ.पी.एम. कच्चे माल की खरीद और तैयार उत्पाद बनाने में कंपनी

की दक्षता को अभिव्यक्त करता है। अर्थात् मार्जिन ऊँचा होने का मतलब है कि संबंधित कंपनी में निवेश बेहतर है। निवेशक एक ही उद्योग में काम करनेवाली कंपनियों में निवेश को लेकर एक-दूसरे के ओ.पी.एम. की तुलना कर सकते हैं।

10. **इक्विटी पर रिटर्न :** इक्विटी रिटर्न (आर.ओ.ई.) यह बताता है कि शेयरधारक को अपने निवेश पर कंपनी के कारोबार और कुल कमाई से कितना रिटर्न मिल रहा है।

$$\text{आर.ओई.} = \frac{\text{कंपनी की शुद्ध आय}}{\text{शेयरधारकों के पास उपलब्ध इक्विटी}}$$

इससे निवेशकों को एक ही उद्योग में लगी कंपनियों के लाभ को तुलना करने में मदद मिलती है। यह अनुपात कंपनी प्रबंधन की क्षमता को बताता है, लेकिन इसमें एक समस्या भी है। कंपनी जो कर्ज लेती है, वह भी इसमें प्रतिबिंबित होता है। अत: इसकी गणना करते समय कर्ज का ध्यान रखा जाना चाहिए।

11. **लाभांश :** किसी कंपनी के शेयर में निवेश करते समय उसके द्वारा दिए गए लाभांश को जरूर देखें और वैसे शेयरों में निवेश को तरजीह दें, जो अधिक लाभांश दे रहे हैं। वास्तव में, अगर कोई कंपनी लगातार अपने शेयरधारकों को अच्छा लाभांश देती है तो यह बताता है कि कंपनी की वित्तीय स्थिति और बुनियाद मजबूत है। कंपनियाँ नियमित रूप से (प्रत्येक तिमाही) अपने लाभ का कुछ हिस्सा लाभांश के रूप में शेयरधारकों को देती हैं। लाभांश ठीक उसी प्रकार है, जिस तरह आपको अपने बचत खाते पर ब्याज मिलता है।

उक्त बातों को ध्यान में रखकर आप निवेश के लिए बेहतर शेयर का चयन कर सकते हैं। इतना ध्यान रखें कि शेयर बाजार में निवेश करने से पहले थोड़ा होमवर्क जरूर करें, क्योंकि बाजार में पैसा लगाना जोखिमपूर्ण है। अगर आप बहुत समय नहीं दे सकते तो वैसे शेयरों में निवेश करें जिनका प्रदर्शन साल-दर-साल बेहतर रहा है और उन्होंने लाभांश दिया है। किसी के कहने मात्र या सलाह से निवेश नहीं करें। यह जोखिम भरा हो सकता है। यह भी ध्यान रखें कि कोई भी कारक अपने आप में पर्याप्त नहीं है, जिसके आधार पर यह सुनिश्चित हो कि शेयर में निवेश लाभदायक होगा। आप समय, परिस्थिति और अपनी जोखिम लेने की क्षमता के आधार पर शेयर में निवेश का निर्णय करें।

क्या किसी शेयर में लंबे समय तक बने रहना बढ़िया रिटर्न की गारंटी है ? प्राय: यह कहा जाता है कि शेयर बाजार में लंबे समय तक निवेश से आपको अच्छा रिटर्न मिलेगा और कोई जोखिम नहीं होगा। इसके लिए 10 साल-15 साल के पिछले आँकड़े दिखाए जाते हैं, जिसमें संबंधित शेयरों ने अच्छा रिटर्न दिया। हालाँकि ऐतिहासिक आँकड़ों से यह भ्रम नहीं होना चाहिए कि संबंधित शेयरों में लंबे समय तक निवेश से जरूर अच्छा रिटर्न मिलेगा। पिछले रिकॉर्ड के आधार पर निवेश का निर्णय करना सही नहीं है क्योंकि हो सकता है कि जो अनुकूल माहौल संबंधित कंपनियों के लिए पिछले 10 साल में रहे, वो आगे नहीं हों। समय के साथ चीजें बदलती हैं। हो सकता है, नई प्रौद्योगिकी आने से मौजूदा कंपनी का कारोबार प्रभावित हो। उदाहरण के लिए, फिनलैंड की कंपनी नोकिया। एक समय मोबाइल फोन में इसके अलावा दूसरी कंपनियों को लोग भाव नहीं देते, लेकिन स्मार्ट फोन का चलन बढ़ने और कंपनी के नई प्रौद्योगिकी के साथ तालमेल ठीक से नहीं बैठाने के कारण उसे नुकसान हुआ और उसे अपना कारोबार तक बेचना पड़ा। उसकी जगह सैमसंग, शियोमी एच.टी.सी. जैसी कंपनियाँ आ गईं।

यह हो सकता है कि आपने किसी उद्देश्य विशेष के लिए 10 साल के लिए 50,000 रुपए किसी शेयर में लगाए। नौवें साल में यह राशि बढ़कर 1.5 लाख रुपए हो जाती है, लेकिन जरूरत के अनुसार जब आप 10वें साल पैसा निकालने का सोचते हैं तो उस समय आपको पता चलता है कि बाजार में नरमी की वजह से आपकी राशि 20 प्रतिशत घटकर 1.20 लाख रुपए पर आ गई यानी अगर निवेशक नौवें साल में पैसा निकालता तो उसे 1.50 लाख रुपए मिलते। दसवें साल में उसे 30,000 रुपए का नुकसान हुआ। यह स्थिति बड़ी-से-बड़ी कंपनियों के साथ हो सकती है। कहने का तात्पर्य है कि दीर्घकाल में भी शेयर बाजार में निवेश जोखिमपूर्ण है।

एक प्रमुख कंपनी के शेयर के हिसाब से भी यह समझा जा सकता है। रिलायंस इंडस्ट्रीज लि. देश की मूल्यवान कंपनियों में से एक है। इसकी बुनियाद और मजबूत स्थिति को लेकर कोई सवाल नहीं उठा सकता, पर यह देखा गया कि कंपनी में लंबे समय तक निवेश पर भी रिटर्न शून्य मिला। इसे उदाहरण से समझा जा सकता है। पाँच जनवरी 2010 को कंपनी का शेयर भाव 535.35 रुपए प्रति इक्विटी था। अब अगर किसी ने 5 साल के लिए इसमें निवेश किया और उक्त भाव पर 100 शेयर लिये। उसका कुल निवेश 535.35 X 100 = 53,535 रुपए होगा।

अब वह जरूरत के अनुसार जनवरी 2015 में अपना पैसा इक्विटी से निकालना चाहता है, पर उसे पता चलता है कि रिलायंस का शेयर भाव बढ़ने की बजाय घटकर 418.05 रुपए (6 जनवरी, 2015 का भाव) पर आ गया यानी उसकी निवेश राशि 41,805 रुपए (418.05 X 100) पर आ गई। उसे कुल 11,730 रुपए (53,535-41,805) का नुकसान हुआ। अब वह हैरान और परेशान हुआ। उसने सोचा कि भाई, मैंने तो लंबे समय के लिए अच्छी कंपनी में पैसा लगाया, फिर यह बढ़ने के बजाय घट क्यों गया? इसके बाद देखिए। अगर किसी ने जनवरी 2015 में 418 रुपए के भाव पर 100 शेयर खरीदे यानी उसने 41,800 रुपए निवेश किया। 20 जुलाई, 2018 को यह 1,128.65 रुपए पर आ गया यानी उसका निवेश महज साढ़े तीन साल में 1,12,865 रुपए हो गया। उसे 71,065 रुपए का लाभ हुआ अर्थात् उसे शानदार 170 प्रतिशत का लाभ हुआ। इसके साथ कंपनी ने 7 सितंबर, 2017 को 1:1 अनुपात में बोनस भी दिया। कहने का तात्पर्य है कि शेयर बाजार जोखिमपूर्ण है और निवेश बाजार की स्थिति, कंपनी के कारोबार के भविष्य और आगे की संभावना पर निर्भर है। रिलायंस इंडस्ट्रीज ने 2016 में दूरसंचार क्षेत्र में दस्तक दी, जिसका असर उसके कारोबार और अंततः शेयर भाव पर पड़ा।

कहने का मतलब है शेयर बाजार में निवेश जोखिमपूर्ण है। वास्तव में, कोई शेयर, बॉण्ड, म्यूचुअल फंड, ई.टी.एफ., जमीन-जायदाद समेत सभी निवेश (गारंटी वाली लघु बचत योजनाओं को छोड़कर) में कुछ-न-कुछ जोखिम जरूर है। आप जितनी जल्दी और बेहतर तरीके से जोखिम की प्रकृति को समझेंगे और उससे निपटने के उपाय करेंगे, आप अपने वित्तीय लक्ष्य को हासिल करने के लिहाज से बेहतर स्थिति में होंगे।

कैसे करें जोखिम को कम : अब सवाल उठता है कि निवेश को लेकर जोखिम को कैसे कम किया जा सकता है? वास्तव में, कोई भी निवेश पर जोखिम को समाप्त नहीं कर सकता और अच्छे रिटर्न के लिए आपको जोखिम उठाना पड़ता है। दो चीजें जोखिम को कम कर सकती हैं—

1. **एक उत्पाद में निवेश नहीं करें (एसेट एलोकेशन) :** सभी निवेश राशि एक उत्पाद यानी शेयर या फिर बॉण्ड या लघु बचत योजनाओं में निवेश नहीं करें। निवेश का पोर्टफोलियो बनाएँ यानी शेयर, बॉण्ड, रीयल एस्टेट, लघु बचत योजनाओं, जैसे निवेश के विभिन्न विकल्पों में निवेश करें। इससे आपका जोखिम कम होगा। इनमें से कोई निवेश आपको

बेहतर रिटर्न देगा, जबकि कुछ सामान्य और कुछ में नुकसान भी हो सकता है, लेकिन इसमें संभावना आपको बेहतर रिटर्न की है।

2. **किसी एक शेयर में निवेश नहीं करें (डायवर्सिफिकेशन) :** यानी अपने निवेश को विविध जगहों पर लगाएँ। जो भी निवेश राशि है, उसे अलग-अलग क्षेत्र (वित्तीय, प्रौद्योगिकी, विनिर्माण, पी.एस.यू.) में तथा विभिन्न बाजार पूँजीकरण वाली कंपनियों (बड़ी कंपनियों, मझोली कंपनियाँ और छोटी कंपनियों) में निवेश करें यानी सभी अंडे एक टोकरी में नहीं रखें (वारेन बफे)।

क्या सस्ता शेयर लेना अच्छा होता है?

किसी भी शेयर में निवेश का निर्णय उसके भाव के आधार पर करना उचित नहीं है। यह ठीक उसी प्रकार है कि जैसे कि हम किसी अनजाने व्यक्ति के बारे में उसके केवल पहनावे के आधार पर फैसला करें और बिना उसे जाने दोस्ती करें। कई बार देखा गया है कि लोग सस्ते के चक्कर में अपना काफी पैसा वैसी कंपनी के शेयर में लगा देते हैं, जिसकी हालत अच्छी नहीं होती और बाद में नुकसान उठाते हैं। अभी भी कई लोग यह मान लेते हैं कि कम कीमत वाला शेयर बेहतर है और महँगा शेयर में अधिक पैसा लगेगा और कम यूनिट मिलेंगे। इस तर्क के आधार पर निवेशक गलत निर्णय करते हैं और नुकसान उठाते हैं।

सस्ता शेयर यानी पेनी स्टॉक जोखिम भरा हो सकता है। किसी कंपनी का शेयर 100 रुपए से 15 रुपए पर आता है और हो सकता है कि कुछ दिन में वह 5 रुपए पर पहुँच जाए। वहीं 1,000 रुपए का शेयर अगले दो-तीन साल में 1,400-1,500 रुपए पर पहुँच जाए। शेयर का भाव देखना तभी उपयोगी है, जब कंपनी के कारोबार की स्थिति, आय, उत्पादन, लाभ आदि समेत अन्य तत्त्वों पर गौर करते हैं।

इसे एक वास्तविक उदाहरण से बेहतर तरीके से समझा जा सकता है। मेरे एक अभिन्न मित्र हैं। उन्हें लगभग 25 हजार रुपए निवेश करने थे। उन्होंने निवेश के लिए बैंक क्षेत्र का चयन किया। बजट के हिसाब से दिसंबर 2015 में भारतीय स्टेट बैंक के 100 शेयर लगभग 230 रुपए (21 दिसंबर, 2015 का मूल्य) के भाव पर खरीदे। चूँकि शेयर बाजार में यह उनका पहला निवेश था, अत: उन्होंने कई लोगों से राय ली कि किस शेयर में निवेश किया जाए। कुछ जानकारों ने उन्हें वित्तीय क्षेत्र में निजी क्षेत्र के एच.डी.एफ.सी. बैंक की सलाह दी। उस समय एच.डी.एफ.सी. बैंक का शेयर भाव 1,075 रुपए के आसपास था, पर उन्होंने

कहा, "भाई, 25,000 रुपए में मुझे देश के सबसे बड़े बैंक के 100 शेयर (230 रुपए के भाव पर) मिल रहे हैं, जबकि एच.डी.एफ.सी. बैंक के मुझे 25 से भी कम शेयर मिलेंगे।" हालाँकि एस.बी.आई. ब्लूचिप कंपनी है और उसकी बुनियाद भी मजबूत है, पर गैर-निष्पादित परिसंपत्ति या फँसा कर्ज (एन.पी.ए.) और बैंक क्षेत्र की स्थिति का उसपर भी असर पड़ा। आज (21 दिसंबर, 2018) उसका शेयर बी.एस.ई. में 291.65 रुपए पर है, जबकि एच.डी.एफ.सी. बैंक 2,100 रुपए से ऊपर (2,111.50 रुपए) है। मेरे मित्र ने सस्ते के चक्कर में एस.बी.आई. में पैसा लगाया और आज उनको करीब 6,165 रुपए का फायदा हुआ (23,000 रुपए—29,165)। अगर उन्होंने सस्ता-महँगा नहीं देखा होता और एच.डी.एफ.सी. में पैसा लगाया होता तो उनकी निवेश राशि लगभग दोगुनी हो गई होती।

कुछ खुदरा निवेशकों को 500 रुपए का कोई शेयर महँगा और 20 रुपए का शेयर आय दोगुना करने के लिए बेहतर दिख सकता है, लेकिन यह विचार ठीक नहीं है, क्योंकि हो सकता है कि 20 रुपए का शेयर भी कंपनी की स्थिति के हिसाब से महँगा हो और 500 रुपए का शेयर कंपनी के बेहतर काम करने और अच्छी वृद्धि संभावना के कारण सस्ता हो। हालाँकि उल्टी स्थिति भी हो सकती है, यानी 20 रुपए का शेयर वाली कंपनी का भविष्य बेहतर हो, जबकि 500 रुपए शेयर वाली कंपनी का कारोबार आगे खराब होने की आशंका हो। अत: किसी शेयर के भाव को देखकर उसके बारे में राय मत बनाए। ऊपर बताई गई अन्य चीजों पर भी गौर करें।

उम्मीद है कि इससे आप सस्ता और महँगा के मतलब को समझ गए होंगे और आगे से निवेश कंपनी के कारोबार के भविष्य की संभावना और ऊपर चर्चा किए गए तत्त्वों को ध्यान में रखकर करेंगे।

निष्कर्ष : वास्तव में, ऐसा कोई एक सिद्धांत नहीं है, जो निवेश पर निश्चित गारंटी दिलाने का वादा करे। यह भी सही है कि आज के समय में थोड़ा बेहतर रिटर्न के लिए शेयर बाजार में निवेश करना चाहिए, लेकिन वहाँ जोखिम भी है, पर निम्न बातों का ध्यान रखकर आप जोखिम को कम कर सकते हैं और लाभ कमा सकते हैं—

1. एक ही कंपनी के शेयर में पूरी राशि निवेश नहीं करें। आप जो भी निवेश करना चाहते हैं, उसे विभिन्न कंपनियों के शेयरों में निवेश करें यानी निवेश को विविध (डायवर्सिफाई) रूप दें। बेंजामिन ग्राहम कहते हैं कि आप कम-से-कम 10 अलग-अलग शेयरों या अधिकतम 30 शेयरों में निवेश करें।

2. एक ही तरह का काम करनेवाली कंपनियों के शेयरों में निवेश नहीं करे। अर्थात् कुछ पैसा अगर वित्तीय कंपनियों में लगा रहे हैं तो कुछ पैसा उपभोक्ता सामान बनाने वाली कंपनी में लगाएँ। कुछ बुनियादी ढाँचा कंपनियों में लगाए।
3. बेहतर कंपनियों का चयन करें यानी ऐसी कंपनी चुनें, जो बेहतर काम कर रही हैं, उनकी वित्तीय स्थिति बेहतर हो और उसका प्रबंधन बेहतर हाथ में हो।
4. कंपनी लगातार लाभांश दे रही हो।
5. अनुशासन के साथ निवेश करें यानी थोड़ा-थोड़ा पैसा निश्चित समय अंतराल पर लगाते रहें।
6. ग्राहम के शब्दों में, बाजार में उतार-चढ़ाव से घबराएँ नहीं। बड़ी-से-बड़ी कंपनियों में उतार-चढ़ाव आना तय है। वह कहते हैं कि गंभीर निवेशक कभी भी रोजाना या यहाँ तक कि मासिक आधार पर भी उतार-चढ़ाव से परेशान नहीं होते।
7. शेयरों में तेजी के समय खरीदारी से बचें और हो सके तो मुनाफावसूली करें। जब बाजार में गिरावट हो, तब लिवाली यानी खरीदारी करें।
8. शेयर बाजार में निवेश करते समय अपना दिमाग खुला रखें और उस कंपनी का पूरा खाका देखें, जिसमें आपको निवेश करना है।

इन बातों को ध्यान में रखकर आप शेयर बाजार से लाभ कमा सकते हैं और जोखिम को कम कर सकते हैं।

म्यूचुअल फंड

म्यूचुअल फंड उन लोगों के लिए निवेश का एक अच्छा माध्यम है, जो समय, संसाधन या जानकारी के अभाव में शेयर या बॉण्ड में निवेश नहीं करते। इस प्रकार के कोष का परिचालन म्यूचुअल फंड कंपनियाँ करती हैं, जिन्हें संपत्ति प्रबंधन कंपनियाँ या फंड हाउस कहा जाता है। ये कंपनियाँ लोगों से धन जुटाकर निर्धारित लक्ष्य के हिसाब से शेयर, डिबेंचर्स आदि में निवेश करती हैं यानी म्यूचुअल फंड एक तरह से वित्तीय मध्यस्थता का काम करते हैं। ये लोगों से धन एकत्रित कर निवेशकों की तरफ से शेयर, बॉण्ड, डिबेंचर्स आदि में निवेश करते हैं।

म्यूचुअल फंड का लाभ : इस माध्यम से निवेश का फायदा यह है कि इसमें

पेशेवरों द्वारा धन का प्रबंधन होता है। इसमें आप छोटी राशि (न्यूनतम 500 रुपए) से निवेश शुरू कर सकते हैं। इसमें आपको विविधीकरण (डायवर्सिफिकेशन) का लाभ मिलता है यानी आप छोटी राशि से भी विविध उत्पादों (बॉण्ड, शेयर, सोना) में निवेश कर सकते हैं।

जब आप म्यूचुअल फंड में निवेश करते हैं, तब कोष प्रबंधक कंपनी यूनिट्स जारी करती है। इस यूनिट का मूल्य कोष के शुद्ध संपत्ति मूल्य (एन.ए.वी.) पर आधारित होता है। जिस प्रतिभूति, शेयरों में निवेश किया जाता है, उसका मूल्य बढ़ने पर निवेशकों के पास उपलब्ध यूनिट का मूल्य भी बढ़ता है। अब सवाल उठता है एन.ए.वी. का आकलन कैसे होता है? इसका आकलन कोष द्वारा रखे संबंधित शेयर के मूल्य को खर्च से घटाकर तथा जारी यूनिट से भाग देकर निकाला जाता है।

$$\text{एन.वी.ए.} = \frac{\text{शेयर या बॉण्ड का मूल्य–खर्च}}{\text{यूनिट की संख्या}}$$

म्यूचुअल फंड के यूनिट्स को जब हम बेचते हैं तो हमें उसके एन.ए.वी. के आधार पर ही राशि प्राप्त होती है।

म्यूचुअल फंड सामान्य तौर पर दीर्घकालीन निवेश का जरिया है। हालाँकि मनी मार्केट म्यूचुअल फंड, लिक्विड फंड जैसे कुछ म्यूचुअल फंड अल्पकालीन वित्तीय उत्पाद हैं।

म्यूचुअल फंड कंपनियाँ निवेश कहाँ करेंगी, यह उनके दस्तावेज (प्रॉस्पेक्टस) में लिखा होता है। आप निवेश शुरू करते समय स्वयं चयन कर सकते हैं कि अपना पैसा कहाँ लगाना चाहते हैं अर्थात् आप यह चयन कर सकते हैं कि आप निवेश पूरी तरह शेयर (इक्विटी फंड) में करना चाहते हैं या फिर बॉण्ड में अथवा इक्विटी और बॉण्ड के मिले-जुले कोष में? अगर आप शेयर बाजार में निवेश का चयन करते हैं तो 'इक्विटी फंड' कहा जाता है। वहीं बॉण्ड और बॉण्ड तथा शेयर के मिले-जुले कोष को क्रमश: 'डेट फंड' या 'बैलेंस्ड फंड' कहा जाता है।

इक्विटी फंड में भी आप यह चयन कर सकते हैं कि आप ब्लू चिप यानी रिलायंस इंडस्ट्रीज, भारतीय स्टेट बैंक, इन्फोसिस जैसी बड़ी कंपनियों के शेयर में निवेश करना चाहते हैं या फिर मझोली या छोटी कंपनियों के शेयरों में। इसे क्रमश: 'ब्लू चिप फंड', 'मिड कैप फंड' और 'स्मॉल कैप फंड' के नाम से जाना जाता है।

वास्तव में, म्यूचुअल फंड कंपनियाँ विभिन्न वित्तीय उत्पाद, जैसे शेयर,

बॉण्ड, डिबेंचर्स, सरकारी प्रतिभूति आदि में निवेश करती हैं। म्यूचुअल फंड कंपनियाँ जिस योजना की पेशकश करती हैं, वह कोष-दर-कोष अलग होती है। कुछ पूरी तरह इक्विटी योजना होती है, कुछ शेयर और बॉण्ड का मिश्रण होता है।

म्यूचुअल फंड में निवेशकों को लाभांश प्राप्त करने का विकल्प होता है। लाभांश की घोषणा निश्चित समय पर म्यूचुअल फंड कंपनियाँ करती हैं। आप पूँजी वृद्धि (ग्रोथ) की योजना भी चुन सकते हैं। इस विकल्प में आपको लाभांश नहीं मिलेगा, पर समय के साथ निवेश राशि में वृद्धि होगी।

म्यूचुअल फंड में कैसे करें निवेश : प्राय: यह देखा जाता है कि पर्याप्त जानकारी नहीं होने और सूचना के अभाव के कारण लोग चाहकर भी म्यूचुअल फंड में निवेश नहीं कर पाते। कहाँ खाता खोलें? किस फंड हाउस कंपनी के पास जाएँ? कौने से वित्तीय उत्पाद को चुनें? एक मुश्त राशि लगाई जाए या फिर मासिक निवेश का विकल्प चुना जाए? ये सवाल निवेश के रास्ते मे उलझन पैदा करते हैं। यहाँ हम इन्हीं सवालों का जवाब तलाशने का प्रयास करेंगे।

कहाँ और कैसे खोलें खाता : एसोसिएशन ऑफ म्यूचुअल फंड इन इंडिया (ए.एम.एफ.आई.) के अनुसार, सेबी के पास पंजीकृत संपत्ति प्रबंधन कंपनियों की संख्या 42 है। आप इन कंपनियों के पास सीधे जाकर अपनी रुचि के हिसाब से कोष का चयन कर निवेश शुरू कर सकते हैं। इसके अलावा अधिकृत पी.ओ.ए. (प्वॉइंट ऑफ एक्सेप्टेंस) के पास जाकर निवेश शुरू कर सकते हैं। आप सलाहकार, वितरक बैंक या ब्रोकर जैसे किसी आधिकारिक मध्यस्थ की सहायता भी ले सकते हैं। साथ ही, आप इन कंपनियों की वेबसाइट पर जाकर ऑनलाइन भी निवेश शुरू कर सकते हैं।

म्यचुअल फंड में निवेश से पहले 'अपने ग्राहक को जानो' (के.वाई.सी.) प्रक्रिया पूरी करनी होती है। के.वाई.सी. फार्म को पूरा कर योजना से संबद्ध आवेदन पत्र (इसे सूचना ज्ञापन के नाम से जाना जाता है) के साथ जमा करना होता है। ए.एम.एफ.आई. के अनुसार आवेदन पत्र ध्यान से भरने की जरूरत होती है, क्योंकि इसमें महत्त्वपूर्ण जानकारी देनी होती हैं, जिसमें नाम के अलावा पैन संख्या, बैंक खाता का ब्योरा आदि शामिल हैं।

आप निवेश सलाहकार की मदद ले सकते हैं, जिससे पूरी प्रक्रिया सरल और सुगम हो जाएगी, लेकिन अगर आप स्वयं संपत्ति प्रबंधन कंपनी की शाखा या अधिकृत पी.ओ.ए. में जाकर अपनी चुनी योजना में निवेश करते हैं तो इससे

आपको लाभ होगा, क्योंकि निवेश सलाहकार या मध्यस्थ के माध्यम से निवेश पर कुछ राशि आपको उन्हें देनी पड़ सकती है। यह राशि म्यूचुअल फंड कंपनियाँ आपके निवेश राशि में से देंगी। एक बात और। चुनी गई योजना में निवेश करने से पहले सभी संबंधित दस्तावेज ध्यान से पढ़ें और उससे जुड़े जोखिम को समझें।

सेबी के पास पंजीकृत कुछ प्रमुख संपत्ति प्रबंधन कंपनियों की सूची : एक्सिस ऐसेट मैनेजमेंट कंपनी लि., बिड़ला सनलाइफ ऐसेट मेनेजमेंट कंपनी लि., बी.एन.पी. परिबा ऐसेट मैनेजमेंट कंपनी इंडिया प्राइवेट लि., बी.ओ.आई. एक्सा इनवेस्टमेंट मैनेजर्स प्राइवेट लि., केनरा रोबेको एसेट मैनेजमेंट कंपनी लि., डी.एच. एफ.एल. प्रामेरिका एसेट मैनेजर्स प्राइवेट लि., डी.एस.पी. ब्लैक रोक इनवेस्टमेंट मैनेजर्स प्राइवेट लि., एडलविस एसेट मैनेजमेंट लि., फ्रैंकलिन टेम्पल्टन एसेट मैनेजमेंट (इंडिया प्राइवेट लि.), एच.डी.एफ.सी. ऐसेट मैनेजमेंट कंपनी लि., एच.एस.बी.सी. ऐसेट मैनेजमेंट (इंडिया) प्राइवेट लि., आई.सी.आई.सी.आई. प्रूडेंशियल ऐसेट मैनेजमेंट कंपनी लि., आई.डी.बी.आई. ऐसेट मैनेजमेंट लि., आई.डी.एफ.सी.ए. ऐसेट मैनेजमेंट कंपनी लि., आई.आई.एफ.सी.एल. ऐसेट मेनेजमेंट कंपनी लि., आई.आई.एफ.एल. ऐसेट मैनेजमेंट लि., आई.एल. एंड एफ.एस. इन्फ्रा ऐसेट मैनेजमेंट लि., इंडिया बुल्स ऐसेट मैनेजमेंट कंपनी लि., कोटक महिंद्रा ऐसेट मैनेजमेंट कंपनी लि., एल. एंड टी. इनवेस्टमेंट मैनेजमेंट लि., एल.आई.सी. म्यूचुअल फंड ऐसेट मैनेजमेंट कंपनी लि., महिंद्रा ऐसेट मैनेजमेंट कंपनी प्राइवेट लि., मिरा ऐसेट ग्लोबल इनवेस्टमेंट्स (इंडिया) प्राइवेट लि., मोतीलाल ओसवाल ऐसेट मैनेजमेंट कंपनी लि., रिलायंस निप्पन लाइफ ऐसेट मैनेजमेंट लि., एस.बी.आई. फंड्स मैनेजमेंट कंपनी प्राइवेट लि.।

म्यूचुअल फंड योजना का चयन कैसे किया जाए : म्यूचुअल फंड योजना का चयन इस बात पर निर्भर करता है कि हमारा लक्ष्य क्या है? हमारी जरूरतें क्या हैं? हम कितना जोखिम उठा सकते हैं? योजना के चयन के लिए निम्न बातों को ध्यान में रखना जरूरी है—

1. अपने वित्तीय लक्ष्यों को पहचानें। कुछ म्यूचुअल फंड योजनाएँ छोटी अवधि की जरूरतों को पूरा करती हैं, जबकि कुछ लंबी अवधि के लिए बेहतर हैं।
2. आप कितना जोखिम उठा सकते हैं? जोखिम उठाने की क्षमता हर व्यक्ति की अलग-अलग होती है। कुछ जोखिम लेने की स्थिति में हैं, जबकि

कुछ हर हाल में निश्चित रिटर्न चाहते हैं। जोखिम क्षमता आकलन के लिए निवेश सलाहकारों की मदद ली जा सकती है।

म्यूचुअल फंड में निवेश राशि : म्यूचुअल फंड में आप न्यूनतम 500 रुपए से और अधिकतम आप जो भी राशि चाहें, निवेश शुरू कर सकते हैं। यह निर्णय आप अपनी क्षमता के हिसाब से कर सकते हैं।

साथ ही, आप एक मुश्त राशि निवेश कर सकते हैं या फिर हर महीने निश्चित राशि निवेश का विकल्प चुन सकते हैं। सवाल उठता है कि कौन सा विकल्प बेहतर है? विशेषज्ञों का मानना है कि म्यूचुअल फंड में हर महीने निश्चत राशि निवेश यानी सिप (सिस्टेमैटिक इनवेस्टमेंट प्लान) बेहतर है। इससे 'एवरेजिंग' का लाभ मिलता है। इसे एक उदाहरण से समझ सकते हैं। मान लीजिए, आप हर महीने 2,000 रुपए निवेश का विकल्प चुनते हैं। आप जिस फंड में निवेश का विकल्प चुनते हैं, हो सकता है, उसके यूनिट का मूल्य किसी महीने अधिक हो और किसी महीने कम। अगर संबंधित कोष के यूनिट का मूल्य जिस महीने कम है, उस महीने आपको ज्यादा यूनिट्स मिलेंगे और अगर अधिक है तो कम यूनिट्स मिलेंगे। इससे आपको दीर्घकाल में लाभ होगा।

सिप क्या है : सिप यानी सिस्टेमैटिक इनवेस्टमेंट प्लान बैंकों के रेकरिंग डिपोजिट (आर.डी.) की तरह है, जहाँ आप हर महीने निश्चित राशि लगा सकते हैं। फर्क यह है कि जहाँ आर.डी. में आपको निश्चत ब्याज मिलता है और इसका पता आपको पहले से होता है कि परिपक्वता अवधि पर कितनी राशि मिलेगी, वहीं सिप के जरिए म्यूचुअल फंड में निवेश पर रिटर्न बाजार से निर्धारित होता है। आप सिप का उपयोग शेयर बाजार में शेयर खरीदने में भी कर सकते हैं, यानी हर महीने एक निश्चित राशि आप किसी शेयर में लगा सकते हैं।

म्यूचुअल फंड और शेयर में निवेश के समय यह ध्यान रखें कि यह दीर्घकाल का निवेश है यानी छोटी अवधि—छह महीने से एक साल—में हो सकता है आपको नुकसान हो। हालाँकि अब म्यूचुअल फंड कंपनियाँ छोटी अवधि के लिए भी निवेश का विकल्प दे रही हैं।

दूसरी बात, अगर आपने लंबी अवधि तीन से पाँच साल का समय चुना है, तो भी अपने निवेश पर ध्यान रखें यानी कोई जरूरी नहीं है कि अगर आपका निवेश तीन साल का है तो परिपक्वता अवधि पर आपको लाभ ही हो। हो सकता है, परिपक्वता के समय कोष का मूल्य कम हो और आपको उतनी राशि नहीं मिले,

जितनी आपने अपेक्षा की हो या जितनी मिलना चाहिए।

ऐसे में सवाल उठता है कि क्या किया जाए, जब परिपक्वता अवधि के समय कोष का मूल्य कम हो? ऐसी स्थिति में आप समय पर पूरा होने पर भी कोष को संपत्ति प्रबंधन कंपनी के पास छोड़ सकते हैं और जब कोष का मूल्य अधिक हो तो निकासी करें। एक चीज का ध्यान रखें कि म्यूचुअल फंड या शेयर में निवेश करते समय आप अपनी आँखें, कान खुले रखें और कोष का मूल्य जब अधिक हो तो कुछ मुनाफा वसूली भी करें या वैसे समय धन निकालें, जब संबंधित कोष का मूल्य अधिक हो।

क्या म्यूचुअल फंड में निवेश सुरक्षित है : अकसर लोगों के मन में म्यूचुअल फंड में निवेश को लेकर आशंका रहती है कि उनका पैसा सुरक्षित है या नहीं? वास्तव में, म्यूचुअल फंड को एक अच्छा निवेश उपाय माना जा सकता है। इसका कारण इसमें कई लाभ हैं यथा, पोर्टफोलियो, विविधीकरण, पेशेवरों द्वारा प्रबंधन, नकदी (तरलता), पारदर्शिता और वृद्धि संभावना। वैसे भी देश में नियमन व्यवस्था मजबूत है। ऐसे में निवेश को लेकर घबराने की जरूरत नहीं है। म्यूचुअल फंड का नियमन पूँजी बाजार नियामक सेबी करता है, जो निवेशकों के हितों की रक्षा करता है। हाँ, यह जरूर है कि आप संपत्ति प्रबंधन कंपनी और निवेश योजना का चयन करते समय जरूर सतर्कता बरतें और कंपनी का रिकॉर्ड जरूर देखें।

एक चीज और। यह कोई जरूरी नहीं है कि जिस योजना ने पिछले तीन साल में अच्छा रिटर्न दिया है, वह आगे भी बढ़िया रिटर्न दे। रिटर्न बाजार की चाल पर निर्भर है। हो सकता है, पिछले तीन साल में जिस फंड ने अच्छा रिटर्न दिया, वह आगे उतना अच्छा रिटर्न नहीं दे।

हालाँकि म्यूचुअल फंड निवेश पर रिटर्न की कोई गारंटी नहीं देता है, पर निवेशकों के पास जोखिम उठाने की स्थिति के अनुसार कई योजनाओं का विकल्प होता है। इससे उन्हें निवेश लक्ष्यों को हासिल करने में मदद मिलेगी।

म्यूचुअल फंड का वर्गीकरण : सेबी के अनुसार, परिपक्वता अवधि के आधार पर म्यूचुअल फंड को दो भागों में बाँटते हैं—

क. **सतत खुली योजना (ओपन एंडेड फंड : स्कीम) :** सतत खुली योजना से आशय ऐसे कोष से है, जिसमें कभी भी यानी सतत आधार पर खरीद या निवेश का विकल्प खुला रहता है। इन योजनाओं की निश्चित परिपक्वता अवधि नहीं होती। निवेशक अपनी सुविधा और जरूरत के

आधार पर यूनिट एन.ए.वी. के तहत बेच सकते हैं। एन.ए.वी. की घोषणा दैनिक आधार पर की जाती है। इस प्रकार की योजनाओं की विशेषता तरलता है यानी जब चाहें, आप कोष से पैसा भुना सकते हैं।

ख. **निश्चित समय की योजना (क्लोज एंडेड फंड : स्कीम) :** निश्चित समय की योजनाओं की परिपक्वता अवधि निर्धारित होती है। इस प्रकार की योजना में निवेश तभी किया जा सकता है, जब यह बाजार में पेश होती हैं। यह योजना निश्चित समय के लिए खुलती हैं, जिसमें आपको निवेश करना होता है। निवेशक इसमें आरंभिक सार्वजनिक निर्गम (आई. पी.ओ.) के समय निवेश कर सकते हैं। बाद में वे योजना की यूनिट शेयर बाजारों में बेच सकते हैं, जहाँ यूनिट सूचीबद्ध होती हैं। म्यूचुअल फंड की इन योजनाओं में एन.ए.वी. की घोषणा आमतौर पर साप्ताहिक आधार पर होती है।

निवेश लक्ष्यों के हिसाब से वर्गीकरण–

विभिन्न लोगों की अलग-अलग जरूरतों को पूरा करने के लिए बाजार में कई म्यूचुअल फंड उपलब्ध हैं। मोटे तौर पर ये तीन प्रकार के होते हैं—

1. **इक्विटी या ग्रोथ फंड :** इसके तहत निवेश राशि का इक्विटी यानी कंपनियों के शेयरों में निवेश किया जाता है। इसका मुख्य मकसद पूँजी वृद्धि है। विशेषज्ञों के अनुसार दीर्घकालीन निवेश के लिए यह बेहतर विकल्प है। इसमें उच्च लाभ मिलने की अच्छी संभावना है। इक्विटी फंड में भी निवेश के कई विकल्प हैं। यथा—

क. **लार्ज कैप फंड :** बड़ी कंपनियों के शेयरों वाले फंड को 'लार्ज कैप फंड' कहा जाता है। इसके जरिए बड़ी कंपनियों के शेयरों में निवेश किया जाता है।

ख. **मिड कैप फंड :** इसके तहत मझोले आकार की कंपनियों में निवेश किया जाता है।

ग. **स्मॉल कैप फंड :** छोटी आकार की कंपनियों के शेयरों वाले फंड को 'स्मॉल कैप फंड' कहते हैं। इसमें छोटे आकार की कंपनियों के शेयरों में निवेश किया जाता है।

घ. **मल्टी कैप फंड :** बड़ी, मझोली तथा छोटी कंपनियों के मिले-जुले फंड

को 'मल्टी कैप फंड' कहा जाता है।

ड. **सेक्टर फंड :** इसके तहत उन कंपनियों में निवेश किया जाता है, जो एक प्रकार के व्यवसाय से संबंधित होती हैं। जैसे प्रौद्योगिकी फंड। इसमें प्रौद्योगिकी कंपनियों में ही निवेश किया जाता है।

च. **थिमैटिक फंड :** इसका मतलब है, साझा विचार वाली कंपनियाँ। यह सेक्टर फंड से थोड़ा व्यापक है। इसके तहत उन क्षेत्रों और कंपनियों में निवेश किया जाता है, जो विचार यानी एक 'थीम' से संबद्ध होती हैं। बुनियादी ढाँचा फंड इसका अच्छा उदाहरण है।

छ. **कर बचत फंड :** इसका उदाहरण इक्विटी लिंक्ड सेविंग स्कीम (ई.एल.एस.एस.) है। इसके तहत आयकर कानून, 1961 की धारा 80 सी के तहत 1.50 लाख रुपए तक कर बचत में मदद मिलती है। यह योजना के तहत निवेश के दिन से तीन साल की 'लॉक इन' अवधि होती है यानी इस अवधि में निकासी पर पाबंदी होती है। यह अवधि समाप्त होने के बाद योजना के तहत आबंटित राशि भुनाई जा सकती है या दूसरी योजना मे लगाई जा सकती है। इसमें वृद्धि तथा लाभांश, दोनों का विकल्प उपलब्ध है। इसमें सिप के जरिए निवेश किया जा सकता है।

ज. **निश्चित आय या बॉण्ड फंड :** इसके तहत निश्चित आय वाले उत्पादों यानी सरकारी प्रतिभूतियों या बॉण्ड, कमर्शियल पेपर या डिबेंचर, ट्रेजरी बिल आदि में निवेश करते हैं। इसे तुलनात्मक रूप से सुरक्षित निवेश माना जाता है और आय निर्माण के लिहाज से उपयुक्त हैं। इसमें लिक्विड फंड, लघु अवधि के बॉण्ड, कंपनी ऋण, डायनेमिक बॉण्ड, सरकारी बॉण्ड आदि आते हैं।

झ. **हाइब्रिड फंड :** इसके तहत शेयर और बॉण्ड, दोनों में निवेश किया जाता है। वृद्धि संभावनाओं के साथ-साथ आय निर्माण के लिहाज से इसे बेहतर माना जाता है। इसके अंतर्गत एग्रेसिव बैलेंस्ड फंड, कंजर्वेटिव बैलेंस्ड फंड, पेंशन फंड, चाइल्ड प्लान और मासिक आय योजना आदि आते हैं।

लिक्विड फंड : आजकल लिक्विड फंड के बारे में खूब सुना जा रहा है। इसके तहत हम छोटी अवधि के लिए वैसी राशि निवेश कर सकते हैं, जो हमें फिलहाल जरूरत नहीं है, लेकिन जल्दी ही (मान लीजिए तीन महीने या छह महीने बाद) इसकी जरूरत होगी। इसके लिए आपके पास मियादी जमा का भी विकल्प है,

लेकिन लिक्विड फंड की खासियत इसका लचीलापन है यानी आप जब चाहें पैसा निकाल सकते हैं। यह सुविधा मियादी जमा में नहीं है। इसमें संपत्ति प्रबंधन कंपनियाँ इस बात का ध्यान रखती हैं कि आपको आपके निवेश पर कुछ प्रतिफल भी मिले और आपका निवेश सुरक्षित भी हो। लचीलापन यानी जरूरत के समय कभी भी पैसा निकालने की सुविधा इस योजना को मियादी जमा से बेहतर बनाता है।

म्यूचुअल फंड और एग्जिट लोड : भारतीय प्रतिभूति एवं विनिमय बोर्ड (सेबी) ने 2012 में संपत्ति प्रबंधन कंपनियों को कोष को भुनाने पर लगने पर एग्जिट लोड को समाप्त कर दिया था और इसकी जगह अतिरिक्त खर्च लगाने की व्यवस्था दी। सेबी (म्यूचुअल फंड) नियन 1996 के नियमन 52 (6A) (c) में किए गए संशोधन के तहत अतिरिक्त खर्च को कम कर 0.05 प्रतिशत किया गया है। यह केवल उन्हीं योजनाओं पर लगता है, जहाँ एक्जिट लोड का प्रावधान है, वह अतिरिक्त शुल्क लगा सकते हैं। इसे इस रूप से समझा जा सकता है कि निवेशक जब बाजार में अपनी यूनिट्स बेचते हैं, तब उनसे यह शुल्क वसूला जाता है। यह ओपन एंडेड स्कीम पर लागू है। क्लोज एंडेड स्कीम, यानी जिसमें लॉक इन पीरियड होता है, वहाँ एक्जिट लोड लागू नहीं है।

एंट्री लोड : जून 2009 में जारी सेबी के परिपत्र संख्या सेबी : आई.एम. डी. : के सी.आई.आर. नं. 4/168230/09 अनुसार 1 अगस्त, 2009 से योजना की खरीद, अतिरिक्त खरीद, एक योजना से दूसरी योजना में जाने के लिए कोई 'एंट्री' शुल्क नहीं लगेगा।

एस.डब्ल्यू.पी. (सिस्टेमेटिक विड्रॉल प्लान) : इसके तहत निवेशक म्यूचुअल फंड योजना से निश्चित राशि अपनी जरूरत के मुताबिक मासिक या तिमाही आधार पर निकाल सकते हैं। आप किसी कोष में निवेश के साथ इसकी शुरुआत कर सकते हैं या जब कभी नियमित तौर पर राशि की जरूरत महसूस होती है, मौजूदा योजना में एस.डब्ल्यू.पी. विकल्प चुन सकते हैं। इसके लिए आपको अपनी प्रबंधन अधीन परिसंपत्ति कंपनी के पास एक छोटा फार्म भरना होता है।

महत्त्वपूर्ण बात–

1. सेबी के अनुसार, संबंधित कंपनियों को सभी म्यूचुअल फंड योजनाओं का प्रति यूनिट एन.ए.वी. ए.एम.एफ.आई. की वेबसाइट तथा संबंधित म्यूचुअल फंड की वेबसाइट पर उसी दिन रात नौ बजे तक अद्यतन करना

है। फंड ऑफ फंड्स[1] के मामले में अगले कारोबारी दिवस में सुबह 10 बजे तक एन.ए.वी. अद्यतन करना होगा।

2. म्यूचुअल फंड में निवेश को भुनाने के लिए अगर कंपनी को आवेदन दोपहर तीन बजे तक मिल जाता है तो उसी दिन यानी आवेदन वाले दिन का बंद एन.ए.वी. मिलेगा। वहीं तीन बजे के बाद आवेदन प्राप्त होने पर अगले कारोबारी दिवस का बंद एन.ए.वी. मिलेगा।

संदर्भ—

1. फंड ऑफ फंड्स निवेश की एक रणनीति है, जिसमें कोई कोष (फंड) अन्य प्रकार के कोष में निवेश करता है।

□

निवेश का नया माध्यम : रीट और इनविट

सबसे पहले हम रीट यानी रीयल एस्टेट निवेश ट्रस्ट की चर्चा करते हैं। सरकार ने भारतीय प्रतिभूति एवं विनिमय बोर्ड कानून, 1992 की धारा 30 में दी गई शक्तियों का उपयोग करते हुए रीट को लेकर 26 सितंबर, 2014 को अधिसूचना जारी की।[1] यह सेबी (रीयल एस्टेट इनवेस्टमेंट ट्रस्ट) नियमन, 2014 कहलाता है। बाद में इसमें समय-समय पर संशोधन किए गए। इसके तहत निवेशकों को जमीन-जायदाद, यानी रीयल एस्टेट में अप्रत्यक्ष रूप से छोटी राशि के जरिए निवेश का मौका दिया गया है।

रीयल एस्टेट इनवेस्टमेंट ट्रस्ट (रीट) की शुरुआत 1960 में अमेरिका से हुई। यह अमेरिका, सिंगापुर, ऑस्ट्रेलिया जैसे देशों में लोकप्रिय है। यह ठीक उसी प्रकार से काम करता है जैसे कि म्यूचुअल फंड यानी जिस प्रकार म्यूचुअल फंड में निवेशकों से पैसा लेकर इक्विटी, सरकारी बॉण्ड या अन्य जगह लगाया जाता है, रीट में निवेशकों का पैसा आय सृजित करनेवाले मकान, दुकान, अस्पताल जैसी संपत्ति में लगाया जाता है। इसकी तुलना स्वर्ण बॉण्ड से भी की जा सकती है, जिसमें निवेशक सीधे सोने में निवेश करने के बजाय एक निश्चित राशि निवेश कर स्वर्ण बॉण्ड खरीदते हैं। वास्तव में, रीट एक निवेश माध्यम है, जो नियमित रिटर्न के लिए आय सृजित करनेवाली संपत्ति खरीदती है, परिचालन करती है या उसका प्रबंधन करती है।

निर्धारित नियम के अनुसार, किसी भी इकाई को रीट के रूप में काम करने के लिए जरूरी है कि वह सेबी के पास पंजीकरण कराए। रीट को सार्वजनिक निर्गम के जरिए आरंभिक सार्वजनिक निर्गम लानी होती है, लेकिन इसके लिए जरूरी है कि वह निम्नलिखित शर्तों को पूरा करे—

1. रीट बोर्ड (सेबी) के पास पंजीकृत हो।

2. रीट के स्वामित्व वाली संपत्ति का मूल्य 500 करोड़ रुपए से कम नहीं हो।
3. प्रायोजक, उससे जुड़े पक्षों तथा एसोसिएट्स के अलावा यूनिट धारकों की न्यूनतम संख्या 200 से कम नहीं हो।
4. पेशकश का आकार 250 करोड़ रुपए से कम नहीं होगा।

रीट में इस बात को निर्धारित किया गया है कि संबंधित कंपनियाँ कहाँ निवेश करेंगी। इसके तहत रीट खाली जमीन या कृषि जमीन में निवेश नहीं करेगी। हालाँकि अगर खाली जमीन विभिन्न चरणों में विस्तार की जानेवाली परियोजना का हिस्सा है तो उसमें निवेश किया जा सकता है।

सेबी (रीयल एस्टेट इनवेस्टमेंट ट्रस्ट) नियमन के उपनियम 4 के तहत रीट संपत्ति की कम-से-कम 80 प्रतिशत राशि पूरी हो चुकी और किराया सृजित करनेवाली संपत्ति में निवेश करना अनिवार्य है।

उप-नियम 5 के अनुसार रीट अपनी संपत्ति का अधिकतम 20 प्रतिशत हिस्सा निर्माणधीन संपत्ति, मौजूदा आय सृजित करनेवाली संपत्ति से संबद्ध निर्माणधीन संपत्ति, रीयल एस्टेट क्षेत्र से संबद्ध कंपनी के बॉण्ड, गिरवी समर्थन वाली प्रतिभूति, आय का 75 प्रतिशत हिस्सा रीयल एस्टेट से आय प्राप्त करनेवाली कंपनी के शेयर, सरकारी प्रतिभूति आदि में निवेश कर सकता है।

इसमें व्यक्तिगत निवेशकों को वाणिज्यिक रीयल एस्टेट पोर्टफोलियो में हिस्सेदारी खरीदने की अनुमति मिलती है। इससे उन्हें किराए के रूप में आय प्राप्त होती है। ऐसी संपत्तियों में अपार्टमेंट परिसर, अस्पताल, दफ्तर, गोदाम, होटल और शॉपिंग माल शामिल हैं। वास्तव में रीट एक कंपनी है, जो आय देने वाली रीयल एस्टेट खरीदती है, उसका परिचालन या वित्त पोषण करती है। कोई कंपनी अगर रीट के रूप में काम करना चाहती है तो उसे निश्चित नियमकीय दिशा-निर्देशों का पालन करना जरूरी है। रीट अन्य प्रतिभूतियों की तरह शेयर बाजारों में कारोबार करता है और निवेशकों को रीयल एस्टेट में कम राशि में अप्रत्यक्ष रूप से निवेश का मौका उपलब्ध कराता है।

निवेश का यह माध्यम अपने देश में अभी लोकप्रिय नहीं है, लेकिन अमेरिका, सिंगापुर जैसे देशों में काफी लोकप्रिय है। अन्य देशों को देखें तो निवेशकों को इसने नियमित आय, विविधीकरण और दीर्घकालीन पूँजी वृद्धि का जरिया उपलब्ध कराया है। यह निवेशकों को लाभांश और संपत्ति सृजन में मददगार है। इसमें

निवेशक सीधे निवेश करने के साथ शेयर, म्यूचुअल फंड और ई.टी.एफ. की तरह खरीद-बिक्री कर सकते हैं।

सेबी के नियमों के तहत भारतीय रीट को शेयर बाजारों में सूचीबद्ध कराने और धन जुटाने के लिए आरंभिक सार्वजनिक निर्गम लाने की जरूरत है। म्यूचुअल फंड की तरह रीट में तीन स्तरीय ढाँचा है—प्रायोजक, कोष प्रबंधक और न्यासी। प्रायोजक रीट स्थापित करता है और न्यासी की नियुक्ति करता है। कोष प्रबंधक कंपनी निवेश के लिए संपत्ति का चयन और परिचालन के लिए जवाबदेह होता है। कोष प्रबंधक यह सुनिश्चित करता है, रीट का निवेश निर्धारित नियमों और रीट की निवेश रणनीति के अनुसार हो। न्यासी यह सुनिश्चित करते हैं कि धन का प्रबंधन यूनिटधारकों के हित में हो। वह यूनिटधारकों के हितों को ध्यान में रखते हुए प्रबंधक की गतिविधियों पर नजर रखता है। वह समय-समय पर यूनिटधारकों की शिकायतों और उसके समाधान के लिए प्रबंधक द्वारा उठाए गए कदमों की समीक्षा करता है।

आप रीट में प्राथमिक या सेकेंडरी बाजार में निवेश कर सकते हैं और जब चाहें निकल सकते हैं, लेकिन इसमें निवेश के लिए न्यूनतम राशि निर्धारित है। इसके तहत कम-से-कम आपको 50,000 रुपए निवेश करने होंगे। पहले यह सीमा 2 लाख रुपए थी। साथ ही, रीट में पेशकश का न्यूनतम आकार 250 करोड़ रुपए है।

हालाँकि अमेरिका तथा सिंगापुर जैसे देशों में रीट्स बेहतर रिटर्न दे रहा है, लेकिन भारत में किराए से कम प्राप्ति तथा संपत्ति बाजार में पारदर्शिता का अभाव तथा इसमें तरलता की कमी रीट के रास्ते में रोड़ा है।

सेबी के दिशा-निर्देशों के तहत रीट कुल अर्जित आय में 90 प्रतिशत छमाही आधार पर निवेशकों को वितरित करेगा। साथ ही, बिक्री से प्राप्त रकम अगर दूसरी संपत्ति में निवेश नहीं किया जाता है, तो 90 प्रतिशत रकम भी यूनिटधारकों को दिया जाएगा। इसका तात्पर्य है कि इसमें निवेश करनेवालों को न केवल नियमित आय प्राप्त होती है, बल्कि कीमत में वृद्धि का भी लाभ मिलता है।

यह सीधे संपत्ति खरीदने के मुकाबले ज्यादा सस्ता है। आप केवल न्यूनतम 50,000 रुपए लगाकर जमीन-जायदाद में निवेश कर सकते हैं। यह एक नया संपत्ति वर्ग है। कई निवेशक निवेश के लिहाज से मकान या दुकान में पैसा लगाना चाहते हैं। उनके लिए कम निवेश में यह एक बेहतर विकल्प हो सकता है। यह संपत्ति में सीधे निवेश के जोखिम को कम करता है, क्योंकि रीट का 80 प्रतिशत मूल्य पूर्ण एवं आय

सृजित करनेवाली संपत्ति में होना चाहिए। इसमें यह जरूरी है कि इसका संचालन पेशेवर प्रबंधक करें, जिनके पास सेबी द्वारा निर्धारित अनुभव हो।

इनविट

सेबी भारतीय प्रतिभूति एवं विनियम बोर्ड कानून, 1992 की धारा 30 के तहत रीट की तरह इनविट, यानी इन्फ्रास्ट्रक्चर इनवेस्टमेंट ट्रस्ट के लिए नियमन जारी किया है। राजपत्र में 26 सितंबर, 2014 को इस नियमन का प्रकाशन किया गया।[2] इसे सेबी इन्फ्रास्ट्रक्चर इनवेस्टमेंट ट्रस्ट रेगुलेशन 2014 कहा जाता है। बाद में इसमें समय-समय पर जरूरी संशोधन किए गए।

रीट की तरह इनविट भी ठीक वैसे ही काम करता है, जैसे कि म्यूचुअल फंड। इनविट को इस रूप से तैयार किया गया है, जिससे निवेशकों से छोटी-छोटी राशि प्राप्त की जा सके और उसे वैसी संपत्ति में निवेश किया जाए, जिससे नकदी प्राप्त हो।

वास्तव में सड़क या राजमार्ग जैसी ढाँचागत परियोजनाओं को आय सृजित करने में वक्त लगता है। इस दौरान संबंधित बुनियादी ढाँचा कंपनी को बैंकों से लिये कर्ज पर ब्याज देना होता है। संबंधित कंपनियों को बेहतर वित्त व्यवस्था उपलब्ध कराने के लिए यह पहल की गई। इनविट कंपनी को तेजी से कर्ज संबंधी देनदारी को पूरा करने का मौका देता है।

इनविट के चार महत्त्वपूर्ण पक्ष हैं—प्रायोजक, निवेश प्रबंधक, परियोजना प्रबंधक तथा न्यासी। सेबी इन्फ्रास्ट्रक्चर इनवेस्टमेंट ट्रस्ट रेगुलेशन 2014 को पूरा करने के बाद इनविट का गठन किया जाता है, जो बुनियादी ढाँचा कंपनी लोगों से धन प्राप्त करने में रुचि रखती हैं, उन्हें ट्रस्ट बनाना होगा। उसके बाद उन्हें निवेश प्रबंधक नियुक्त करना होगा, जिसके पास इनविट की संपत्ति और निवेश के प्रबंधन की जिम्मेदारी होगी। इसके अलावा एक परियोजना प्रबंधक होगा, जो परियोजनाओं का क्रियान्वयन करेगा। इसकी देख-रेख निवेश प्रबंधक करेगा। चूँकि यह उत्पाद एक ट्रस्ट है, अतः कंपनी ट्रस्टी की नियुक्ति करेगा, जो यह सुनिश्चित करेगा कि इनविट, निवेश प्रबंधक तथा परियोजना प्रबंधक सेबी के नियमों का अनुपालन करें।

निवेशकों को लाभ : इनविट के तहत निर्गम जारी करनेवालों को कुछ नियमों का पालन करना होता है। इन नियमों को निवेशक के हितों की रक्षा के लिए तैयार किया गया है। पहला, प्रायोजक को न्यूनतम 15 प्रतिशत इनविट यूनिट

रखना है। इसका लॉक इन पीरियड तीन साल है। दूसरा, इनविट को 90 प्रतिशत शुद्ध नकदी प्रवाह निवेशकों के बीच वितरित करना है और अंत में ट्रस्ट को 80 प्रतिशत आय सृजित करनेवाली बुनियादी ढाँचा संपत्ति में निवेश करना है। शेष राशि का उपयोग निर्माणधीन संपत्ति में किया जा सकता है। ट्रस्ट से लाभांश का वितरण निवेशकों को किया जाएगा, जो नकदी प्रवाह पर निर्भर करेगा और इनविट यूनिट पर लाभांश वितरण कर नहीं लगेगा।

कौन कर सकता है निवेश : इसमें न्यूनतम एक लाख रुपए लगाकर निवेश किया जा सकता है। पहले यह सीमा 10 लाख रुपए थी। अत: इनविट खुदरा निवेशकों के अलावा धनाढ्य निवेशकों, म्यूचुअल फंड, पेंशन कोष, विदेशी पोर्टफोलियो निवेशकों, बैंक तथा बीमा कंपनियाँ जैसे संस्थागत और गैर-संस्थागत निवेशकों के लिए उपयुक्त है। इनविट शेयरों की तरह आई.पी.ओ. के जरिए शेयर बाजारों में सूचीबद्ध होता है।

संदर्भ—

1. अधिसूचना संख्या एल.ए.डी.-एन.आर.ओ./जी.एन./2014-15/11/1576
2. एल.ए.डी.-एन.आर.ओ./जी.एन./2014-15/10/1577

□

मकान खरीदना : समझदारी या दुश्वारी

मकान खरीदना हर किसी का सपना होता है। नौकरी प्राप्त करने के बाद हर व्यक्ति चाहता है कि उसके पास अपना मकान हो। हमारे आस-पास के लोग भी यह कहते हैं कि नौकरी हो गई है छोटा ही सही, मकान ले लो। ई.एम. आई. यानी मासिक किस्त के साथ संपत्ति सृजित होगी और इससे जीवन में स्थिरता आएगी। कर भी बचेगा। क्या वाकई में ऐसा है? इस अध्याय में हम इस बात का विश्लेषण करने का प्रयास करेंगे कि मकान लेना क्या वाकई में सशक्तीकरण है या कहीं हम अनजाने में कर्ज के जाल में फँस तो नहीं रहे हैं, जिससे हमारा कॅरियर या दूसरी योजनाएँ प्रभावित हों? अगर ऐसा है तो हमें कब अपना मकान खरीदने का सोचना चाहिए?

इस संदर्भ में दो विचारधाराएँ हैं, जिनका यहाँ जिक्र किया जाएगा और उसके आधार पर हम निष्कर्ष पर पहुँचेंगे कि क्या सही है?

पहली विचारधारा : इस विचारधारा को लोकप्रिय विचारधारा भी कह सकते हैं। इस विचारधारा के समर्थकों का मानना है कि नौकरी मिलने के बाद संभव होने पर जितनी जल्दी हो, घर खरीदना बेहतर है। किराए में पैसे देने का कोई मतलब नहीं है, क्योंकि उसका कोई रिटर्न नहीं मिलेगा। वहीं दूसरी तरफ, जब हम घर खरीदते हैं, हमें कर्ज पर मासिक किस्त देनी होती है, जो एक प्रकार से अनिवार्य बचत है। साथ ही, कर की भी बचत होती है।[1] और समय के साथ कर्ज चुक जाता है तथा मकान के रूप में एक बड़ी संपत्ति सृजित होती है। यह हमें वित्तीय रूप से संबल प्रदान करता है और सशक्त बनाता है।

वास्तव में, देश में विकास का केंद्रीकरण है यानी कुछ शहर ज्यादा विकसित हैं, जबकि कुछ राज्य या शहर विकास में पीछे छूट गए हैं। नौकरियाँ भी उन्हीं विकसित शहरों में हैं। इन शहरों में राष्ट्रीय राजधानी क्षेत्र दिल्ली, नोएडा,

गाजियाबाद, गुरुग्राम, पुणे, मुंबई, बेंगलुरु, चेन्नई आदि शामिल हैं। छोटे शहरों में रहनेवाले युवाओं को नौकरी के लिए दूसरे शहर में जाना पड़ता है। वहाँ जाकर उन्हें संबंधित कंपनी की तरफ से रहने की व्यवस्था नहीं होने पर किराए पर घर लेना होता है और किराए के रूप में अच्छी-खासी राशि चली जाती है और उस पर मिलता कुछ नहीं है। इसे एक उदाहरण से समझा जा सकता है। बिहार का रहनेवाला सुमित भुवनेश्वर से इंजीनियरिंग की डिग्री लेता है और नौकरी की तलाश में दिल्ली आता है। उसे नोएडा की एक कंपनी में 40,000 रुपए मासिक वेतन पर नौकरी मिल जाती है। ऑफिस की तरफ से रहने की व्यवस्था नहीं होने से वह दफ्तर के पास ही किराए पर मकान लेता है। मकान का किराया प्रतिमाह 10,000 रुपए है। मकान मालिक ने मकान देते समय यह शर्त रखी कि उसे किराए में हर साल 10 प्रतिशत वृद्धि करनी होगी। अगर मान लिया जाए कि वह वहाँ दो साल रहता है। तो उसे पहले साल किराए के रूप में 1,20,000 रुपए (10,000 x 12) तथा दूसरे साल 1,32,000 रुपए (10 प्रतिशत किराया बढ़ा) देने होंगे। अब देखा जाए तो सुमित ने किराए के रूप में 2,52,000 रुपए दिए। बदले में उसे क्या रिटर्न मिला? कुछ नहीं। इस पर सुमित के घरवाले और वरिष्ठ सहयोगी कहते हैं कि मकान ले लो। जितना किराया देते हो, उतना ही मासिक किस्त (ई.एम.आई.) देना होगा। ई.एम.आई. एक तरह से अनिवार्य बचत है और समय के साथ एक संपत्ति सृजित हो जाएगी। कर से भी राहत मिलेगी। सुमित को यह बात अच्छी लगती है। सवाल है, सुमित कैसे घर खरीदेगा?

मान लिया जाए कि दूसरे साल सुमित का वेतन भी 10 प्रतिशत बढ़ता है। ऐसे में उसका वेतन नौकरी के दूसरे साल 44,000 रुपए मासिक हो जाएगा। इसमें से भविष्य निधि के रूप में उसका 5,000 रुपए कट जाता है। उसके पास खर्च के लिए 39,000 रुपए बचते हैं। अब यदि सुमित के पास कोई जवाबदेही नहीं है, वह घर खरीदने के बारे में विचार कर सकता है। इसमें एक समस्या डाउन पेमेंट, यानी शुरुआती राशि भुगतान करने की होगी; क्योंकि वित्तीय संस्थान संपत्ति के कुल मूल्य का 80 से 90 प्रतिशत ही कर्ज देते हैं। अगर वह 25 लाख रुपए का मकान लेना चाहता है तो उसे 2,50,000 रुपए से लेकर 5,00,000 रुपए तक डाउनपेमेंट करने होंगे। यह राशि कहाँ से आएगी? सुमित बचत कर यह राशि जमा कर सकता है या फिर अपने घर या रिश्तेदार से यह राशि ले सकता है। अगर वह, 5,00,000 रुपए बचत कर लेता है या उसकी व्यवस्था कर लेता है तो वह 20,00,000 रुपए 20

साल के लिए कर्ज लेकर मकान खरीद सकता है। अब यदि मान लिया जाए कि ब्याज दर 9 प्रतिशत है तो सुमित को उसे हर महीने करीब 18,000 रुपए ई.एम.आई. देने होंगे।

शुरू में हो सकता है कि सुमित को समस्या हो, क्योंकि उसे होम लोन के रूप में 7,000 रुपए अतिरिक्त (किराया 11,000 रुपए—होम लोन 18,000 रुपए) देने होंगे। साथ ही, अगर उसने डाउन पेमेंट के लिए कर्ज लिया है, तो उसे भी लौटाने का दबाव होगा, लेकिन समय के साथ मुश्किल की घड़ी दूर हो जाएगी। इसका कारण समय के साथ सुमित का वेतन बढ़ता रहता है, जबकि होम लोन की राशि कमोबेश वही रहती है। अगर ब्याज बढ़ता भी है तो बैंक ई.एम.आई. बढ़ाने के बजाय कर्ज की अवधि बढ़ाते हैं।

अगर यह मान लिया जाए कि मकान मालिक हर साल किराए में 10 प्रतिशत की वृद्धि करता है तो उसका 11,000 रुपए का किराया सातवें साल करीब 19,500 रुपए हो जाएगा, यानी सुमित की ई.एम.आई. के बराबर। यहाँ पर यह मान लिया गया है कि सुमित उसी मकान में इतना दिन रहता है। अगर उसे बीच में मकान छोड़ना पड़ा तो हो सकता है, उसका किराया और बढ़ जाए।

कहने का मतलब है कि छठे-सातवें साल से आपका किराया उतना ही हो जाएगा या उससे ज्यादा जितना कि आप खरीदे गए मकान की किस्त चुकाएँगे। लेकिन किराए का रिटर्न शून्य है, जबकि अगर आप मकान खरीदते हैं, हर महीने की किस्त से आपकी संपत्ति अर्जित होती है, जो आपको न केवल आर्थिक रूप से बल्कि मानसिक रूप से मजबूती, स्वयं पर भरोसा और सुखद एहसास प्रदान करता है।

दूसरी विचारधारा : इस विचाधारा के लोग अलग राय रखते हैं। इन लोगों का कहना है कि नौकरी में आने के बाद सबसे पहले वित्तीय जरूरतों और उसके नियोजन पर ध्यान देना चाहिए। पुनः कॅरियर या नौकरी में स्थिरता आने के बाद ही घर खरीदने की योजना बनानी चाहिए।

वास्तव में, मकान खरीदने को लेकर कुछ समस्या भी है। सबसे पहले समस्या डाउन पेमेंट की है। बैंक आपको मकान के मूल्य का 80 से 90 प्रतिशत ही कर्ज देते हैं। ऐसे में आपको मकान के कुल मूल्य का 10 से 20 प्रतिशत राशि जुटानी पड़ती है यानी मकान अगर 25,00,000 रुपए का है तो आपको 2,50,000 रुपए से लेकर 5,00,000 रुपए देने होंगे। इसके लिए आपको पहले से तैयारी करनी

होगी। अर्थात् इतनी राशि बचानी होगी। **दूसरा,** घर खरीदने के बाद भी कुछ खर्च होते हैं, जिस पर हो सकता है हम ध्यान न दें, जैसे रजिस्ट्री का खर्च, अन्य जरूरी सामान, घर सजाने से जुड़े खर्च आदि। पुन: घर खरीदने के बाद सामाजिक दबाव बढ़ता है। इससे खर्च बढ़ता है तथा ई.एम.आई. देने के बाद अन्य जरूरी खर्च के लिए कम राशि बचती है। **तीसरी समस्या,** जब आप घर खरीद लेते हैं तो घूमने के लिए कहीं बाहर जाना या इस तरह के दूसरे खर्चों में कटौती करनी होती है। इससे तनाव होता है। **चौथी समस्या,** आप दूसरी जगह नौकरी के लिए जा सकते हैं, लेकिन नौकरी जाने के जोखिम की वजह से हो सकता है आप पुरानी कंपनी में ही बने रहें। इससे आपके कॅरियर पर असर पड़ता है। **पाँचवीं समस्या,** आप जब नौकरी की शुरुआत में घर खरीदते हैं, तो हो सकता है कि वित्तीय बाधाओं के कारण आप वैसा मकान नहीं खरीद पाएँ, जिसका आपने सपना देखा है। पुन: हड़बड़ी में घर खरीदने के निर्णय से आपको पछतावा हो सकता है। हो सकता है, आप ऐसी जगह मकान ले लें, जहाँ से आपका दफ्तर काफी दूर हो या आपका घर आपकी जरूरत के हिसाब से छोटा अथवा हवादार नहीं हो।

रॉबर्ट टी. कियोसाकी कहते हैं कि हमें सबसे पहले 'ऐसेट' यानी आय सृजित करनेवाले चीजों में निवेश करना चाहिए, न कि देनदारी वाले उत्पादों में। लेकिन विडंबना यह है कि मध्यमवर्ग देनदारी यानी मकान खरीदने को 'ऐसेट' मान लेता है, जबकि सचाई यह है कि इसके कारण उसे लंबे समय तक बैंक को कर्ज चुकाना होता है और अपनी दूसरी जरूरतों से समझौता करना होता है।

इसके आधार पर कहा जा सकता है नौकरी में आने के बाद सबसे पहले वित्तीय जरूरतों और उसके नियोजन पर ध्यान देना चाहिए। पुन: कॅरियर या नौकरी में स्थिरता आने के बाद ही घर खरीदने की योजना बनानी चाहिए। दरअसल, निजी क्षेत्र में नौकरी जाने का जोखिम बना रहता है। ऐसे में कॅरियर में कोई बदलाव या परिवार अथवा अपने स्वास्थ्य में समस्या आने पर वित्तीय कठिनाइयों का सामना करना पड़ सकता है। अत: घर खरीदना तभी बेहतर है, जब आपके कॅरियर में स्थिरता आ गई हो।

दोनों विचारधाराओं पर गौर करने के बाद यह निष्कर्ष निकाला जा सकता है कि युवाओं को नौकरी मिलने पर बचत और निवेश पर ध्यान देना चाहिए। उन्हें आय सृजित करनेवाले 'ऐसेट' तैयार करने पर ध्यान देना चाहिए। इससे भविष्य में एक अच्छा नेटवर्थ तैयार होगा। अगर वे अपने जीवनचर्या से जुड़े खर्चों को काबू

में रखकर बचत और निवेश पर ध्यान दें तो भविष्य में अच्छी-खासी राशि जमा हो जाएगी और उसके बाद अपनी जरूरत के अनुसार आप अपने घर के सपने को पूरा कर सकते हैं।

एक बात और। हमें वास्तविकताओं को ध्यान में रखते हुए घर खरीदने का निर्णय करना चाहिए। वास्तव में, हम सभी ऐसे घर का सपना देखते हैं, जो बड़ा हो, भीड़-भाड़ से दूर हो, घर के आगे बगीचा हो, लेकिन इसे हकीकत में बदलने के रास्ते में बाधा पैसा है। हमें घर खरीदते समय अपनी वित्तीय स्थिति और मासिक किस्त का ध्यान रखना चाहिए। ऐसा नहीं हो कि घर खरीदते समय हम अपना पैर इतना फैला लें कि बाद में समस्या हो और हमें दूसरे जरूरी काम से समझौता करना पड़े। हमें मकान को लेकर व्यावहारिक रुख अपनाने की जरूरत है।

वास्तव में, क्षमता के अनुसार मकान खरीदने से आपके वित्तीय योजना पर बड़ा फर्क पड़ सकता है। हमें लागत-लाभ विश्लेषण करना चाहिए यानी यह देखना चाहिए कि थोड़ा कम ई.एम.आई. से अन्य जरूरी खर्चों व बचत पर क्या असर पड़ेगा। इसे एक उदाहरण से समझ सकते हैं। मान लेते हैं, रोहित (काल्पनिक नाम) 90 लाख रुपए का मकान लेता है। इस 90 लाख रुपए के मकान के लिए वह 20 साल के लिए 75 लाख रुपए कर्ज लेता है। इस 75 लाख रुपए पर 9 प्रतिशत ब्याज के साथ मासिक किस्त 67,479 रुपए बैठेगी। संदीप 20 साल में कुल 1,61,95,067 रुपए बैंक को देगा, जिसमें ब्याज 86,95,067 रुपए होगा, लेकिन वहीं अगर संदीप अपेक्षाकृत छोटा मकान लेता है और 60 लाख रुपए की कीमत वाले मकान के लिए उसे 45 लाख रुपए कर्ज की जरूरत पड़ती है। कुल 9 प्रतिशत ब्याज पर 20 साल के लिए 45 लाख रुपए के कर्ज पर मासिक किस्त (ई.एम.आई.) 40,488 रुपए बनेगी और उसे ब्याज के रूप में 52,17,040 रुपए देने होंगे। यानी संदीप को मासिक किस्त के रूप में 26,991 रुपए की बचत होगी। और अगर वह इस पैसे को शेयर बाजार, म्यूचुअल फंड सिप या निवेश के दूसरे विकल्पों में लगाता है तो 10 साल में औसतन 10 प्रतिशत रिटर्न पर उसकी राशि बढ़कर 55.8 लाख हो जाएगी यानी वह चाहे तो होम लोन का पूरा भुगतान कर सकता है और उसे अच्छी-खासी बचत भी होगी।

यह सही है कि कई लोगों के लिए अपना मकान खरीदना महत्त्वपूर्ण होता है। यह जीवन का महत्त्वपूर्ण निर्णय होता है और भावनाओं से जुड़ा है, लेकिन हमें यह ध्यान रखना चाहिए कि रिटायरमेंट योजना, बच्चों की शिक्षा तथा दूसरे महत्त्वपूर्ण

योजनाओं के लिए भी आपके पास सीमित संसाधन हैं।

आप शुरू में वित्तीय स्थिति के अनुसार अपने अनुकूल कोई मकान ले सकते हैं। हो सकता है, यह आपका सपनों का घर नहीं हो, लेकिन इससे आपकी बचत और वित्तीय स्थिति पर ज्यादा प्रतिकूल असर नहीं पड़ेगा। जब आपकी स्थिति बेहतर हो जाए आप पुराना मकान बेचकर बेहतर मकान ले सकते हैं।

वास्तव में, हमें अपनी वास्तविक स्थिति का सही आकलन करना चाहिए और वित्तीय स्थिति को ध्यान में रखते हुए सोच-समझकर फैसला करना चाहिए। इससे हम दूसरे लक्ष्यों को भी अच्छे तरीके से पूरा कर सकेंगे।

संदर्भ—

1. आयकर कानून की धारा 24 के तहत आकलन वर्ष 2018-19 के लिए पूर्ण रूप से निर्मित स्वयं रहने के लिए मकान को लेकर लिये गए कर्ज के ब्याज पर 2,00,000 रुपए तक की छूट है। इसके अलावा आयकर की धारा 80 (सी) के तहत मूल राशि के भुगतान पर 1.5 लाख रुपए तक की छूट है, लेकिन इस कर लाभ के लिए जरूरी है कि मकान पाँच साल तक नहीं बेचा जाए। वित्त वर्ष 2019-20 के बजट में 45 लाख रुपए तक के मकान की खरीद के लिए कर्ज राशि के ब्याज पर 1.50 लाख रुपए के अतिरिक्त कर छूट का प्रावधान किया गया है, यानी अब 3.50 लाख रुपए के ब्याज भुगतान पर कर छूट का लाभ मिलेगा।

□

कर्मचारियों के लाभ और अधिकार

सरकार ने कर्मचारियों और उनके परिजनों को सम्मानजनक जीवन उपलब्ध कराने के इरादे से कानून के तहत भविष्य निधि, ग्रेच्युटी समेत कई लाभों की व्यवस्था की है। कर्मचारियों को ये लाभ सेवानिवृत्ति, निश्चित समय के बाद नौकरी छोड़ने पर मिलते हैं। नौकरी के दौरान संबंधित कर्मचारी की मृत्यु होने पर यह लाभ उनके नामित व्यक्ति को मिलता है। सरकार ने कर्मचारियों को मिलने वाले लाभ के लिए कानून में प्रावधान किया है अर्थात् ये लाभ निश्चित शर्तों को पूरा करनेवाले कर्मचारियों का हक और उनका अधिकार है। कई बार कर्मचारियों, खासकर छोटे प्रतिष्ठानों में काम करनेवालों को इन लाभों के बारे में जानकारी नहीं होती और इसके कारण वे तथा उनके परिजन महत्त्वपूर्ण आर्थिक सहायता से वंचित रह जाते हैं। इस अध्याय में कर्मचारियों को भविष्य निधि के अलावा मिलने वाले महत्त्वपूर्ण लाभों और उनके अधिकारों के बारे में बताया गया है।

ग्रेच्युटी

ग्रेच्युटी भुगतान कानून 16 सितंबर, 1972 को अमल में आया। यह कानून सरकारी और निजी क्षेत्र के विभागों, इकाइयों, कारखानों, कंपनियों, दुकानों या उन सभी प्रतिष्ठानों में लागू होता है, जहाँ 10 या उससे अधिक कर्मचारी कार्यरत हैं। अगर किसी प्रतिष्ठान में पिछले 12 महीने में कभी भी 10 या उससे अधिक कर्मचारी काम करते हैं, वह इस कानून के दायरे में आएगा। ग्रेच्युटी कानून के तहत अगर कोई प्रतिष्ठान एक बार इसके दायरे में आता है तो वह इसके अंतर्गत बना रहेगा, चाहे उसके बाद उसके कर्मचारियों की संख्या किसी समय 10 से कम ही क्यों न हो।[1]

कर्मचारियों की संख्या पिछले 12 महीने के औसत के आधार पर तय होती है।

वास्तव में, ग्रेच्युटी रिटायरमेंट का एक महत्त्वपूर्ण हिस्सा है। इसके तहत नियोक्ता कर्मचारियों को कंपनी या संस्थान को दी गई सेवा के बदले ग्रेच्युटी के रूप में एक मुश्त राशि का भुगतान करता है। यह कर्मचारी द्वारा कंपनी या संस्थान को दी गई सेवा की पहचान है अर्थात् उसने इतने साल संस्थान की सेवा की तो उसे पहचान के रूप में राशि दी जाती है, जिसे 'ग्रेच्युटी' कहते हैं। यह निश्चित परिभाषित लाभ योजना है। देश में ग्रेच्युटी कानून स्पष्ट है। इस कानून के तहत प्रत्येक कर्मचारी एक निश्चित राशि पाने का हकदार है। ग्रेच्युटी नियम सरकारी तथा निजी क्षेत्र के कर्मचारियों पर लागू होता है। जहाँ भी 10 से अधिक कर्मचारी हैं, वहाँ नियोक्ता अपने कर्मचारियों को ग्रेच्युटी का लाभ देने के लिए बाध्य है।

हालाँकि यह रिटायरमेंट लाभ कुछ शर्तों पर निर्भर है। ग्रेच्युटी के तहत पात्र होने के लिए आपको पाँच साल की नौकरी करनी अनिवार्य है। एक साल में छह महीने से अधिक की सेवा को एक साल मान लिया जाता है यानी अगर आपने चार साल सात महीने नौकरी की तो आप ग्रेच्युटी के पात्र होंगे। निरंतर सेवा का मतलब है कि बिना किसी रुकावट के सेवा, लेकिन इसमें छुट्टी, बीमारी या दुर्घटना के कारण नौकरी से दूर (ब्रेक) को शामिल नहीं किया जाता। साथ ही, हड़ताल, छँटनी या नौकरी से निकाले जाने को बाधा या ब्रेक नहीं माना जाता। वास्तव में, ऐसी कोई भी बाधा जिसका कारण कर्मचारी नहीं है, उसे नहीं गिना जाता।[2] ग्रेच्युटी भुगतान कानून के तहत न्यूनतम पाँच साल की नौकरी करने के बाद ही कर्मचारी ग्रेच्युटी का हकदार होता है। हालाँकि न्यूनतम पाँच साल नौकरी करने का नियम संबंधित कर्मचारी के निधन या अपंगता की स्थिति में लागू नहीं होता है। ऐसी स्थिति में ग्रेच्युटी राशि नामित व्यक्ति या कानूनी वारिस को मिलेगी।

क्या प्रति इकाई उत्पादन के आधार पर दैनिक मजदूरी प्राप्त करने वाले कर्मचारियों (पीस रेटेड एंप्लाई) को मिलेगी ग्रेच्युटी—

जी हाँ, ग्रेच्युटी कानून के तहत इसका लाभ उन कर्मचारियों को भी मिलेगा, जो प्रति इकाई उत्पादन के आधार पर काम करते हैं और जिन्हें दैनिक मजदूरी मिलती है। इसमें दैनिक मजदूरी की गणना नौकरी छोड़कर जाने या हटाए जाने के ठीक तीन महीने के दौरान प्राप्त कुल मजदूरी के औसत के आधार पर की जाती है। इसमें ओवरटाइम के बदले मिलने वाली मजदूरी को शामिल नहीं किया जाता।

साल में कुछ महीने ही काम या मौसमी रोजगार देने वाले प्रतिष्ठान को भी देना है ग्रेच्युटी : कुछ प्रतिष्ठान या क्षेत्र ऐसे होते हैं, जहाँ साल में कुछ

ही महीने (मौसमी) काम होते हैं और कर्मचारियों को पूरे साल काम नहीं मिलता। ऐसे मामलों में नियोक्ता प्रत्येक सीजन के लिए सात दिन के वेतन के आधार पर ग्रेच्युटी का भुगतान करेंगे।

कब मिलती है ग्रेच्युटी–

1. सेवानिवृत्त होने पर।
2. नौकरी छोड़ने पर।
3. कर्मचारी के निधन या अपंगता की स्थिति में।

ग्रेच्युटी कानून की धारा 4 के तहत अगर किसी कर्मचारी की नौकरी उसके निधन या अपंगता के कारण जाती है तो ग्रेच्युटी के लिए पाँच साल अनिवार्य सेवा का प्रावधान लागू नहीं होगा, यानी इस स्थिति में संबंधित कर्मचारी या उसके द्वारा नामित व्यक्ति को ग्रेच्युटी का लाभ मिलेगा।

प्रायः यह देखा जाता है कि लोग बार-बार नौकरी बदलते हैं। जैसे ही उन्हें थोड़ा-सा भी ज्यादा वेतन दूसरे संस्थान या कंपनी में मिलता है, वे नौकरी छोड़कर दूसरी जगह चले जाते हैं। इस क्रम में वह रिटायरमेंट से जुड़े ग्रेच्युटी के लाभ को भूल जाते हैं जबकि अगर कर्मचारी किसी संस्थान में लगातार पाँच साल या उससे अधिक काम करते हैं, तो उन्हें रिटायरमेंट या नौकरी छोड़ने पर अच्छी-खासी राशि मिल सकती है।

क्या किसी कर्मचारी की ग्रेच्युटी रोकी जा सकती है

हाँ, ग्रेच्युटी कानून की धारा 4 (उप-धारा 6) के तहत निम्न परिस्थितियों में संबंधित कर्मचारी की ग्रेच्युटी रोकी जा सकती है—

1. अगर किसी कर्मचारी को कंपनी से जुड़ी संपत्ति को जान-बूझकर नुकसान पहुँचाने के लिए नौकरी से हटाया जाता है, तो उसकी ग्रेच्युटी उस सीमा तक जब्त की जा सकती है, जितना नियोक्ता को नुकसान हुआ है।
2. अगर किसी कर्मचारी को दुराचरण या हिंसा की किसी कारवाई में शामिल होने के लिए हटाया जाता है।
3. गलत नैतिक आचरण के लिए नौकरी से हटाए जाने पर भी ग्रेच्युटी रोकी जा सकती है।

उक्त स्थिति में संबंधित नियोक्ता पूरी या आंशिक ग्रेच्युटी राशि जब्त कर सकता है।

कितनी मिलती है ग्रेच्युटी–

सरकार ने कर मुक्त ग्रेच्युटी की सीमा 20 लाख रुपए तय की है। सातवें वेतन आयोग की सिफारिशों के लागू होने के बाद 1 जनवरी, 2016 के बाद सरकारी कर्मचारियों को 20 लाख रुपए तक की ग्रेच्युटी राशि पर कर नहीं लगेगा। पहले यह सीमा 10 लाख रुपए थी। वेतन में बढ़ोत्तरी को देखते हुए यह कदम उठाया गया। कर्मचारी को अगर 20 लाख रुपए से अधिक ग्रेच्युटी मिलती है तो उन्हें अतिरिक्त राशि पर कर देना होगा।

संगठित क्षेत्र के कर्मचारियों के मामले में भी ग्रेच्युटी सीमा बढ़ाकर 20 लाख रुपए कर दी गई है। इस संदर्भ में संसद् में ग्रेच्युटी भुगतान (संशोधन) विधेयक 2018 पारित होने के बाद राष्ट्रपति ने इस पर हस्ताक्षर कर दिए। यह 29 मार्च, 2018 से अमल में आया है। इसका मतलब है कि संगठित क्षेत्र (कंपनियों, सार्वजनिक उपक्रम आदि) में भी कर्मचारियों को भी सेवानिवृत्ति के समय केंद्र सरकार के कर्मचारियों की तरह कर मुक्त 20 लाख रुपए ग्रेच्युटी मिलेगी। अब तक यह सीमा 10 लाख रुपए थी।

क्या ग्रेच्युटी 20 लाख रुपए से अधिक हो सकती है

हाँ, अगर आपकी ग्रेच्युटी राशि 20 लाख रुपए से अधिक बनती है तो वह राशि आपको मिलेगी। नियोक्ता निर्धारित सीमा से अधिक ग्रेच्युटी दे सकता है, लेकिन 20 लाख रुपए से अधिक की राशि पर कर लगेगा।

ग्रेच्युटी और कर–

सवाल यह उठता है कि ग्रेच्युटी पर आखिर कितना कर बनेगा? यह इस बात पर निर्भर करेगा कि संबंधित साल यानी जिस वर्ष में आपको ग्रेच्युटी मिली, उस साल आपकी कुल आय कितनी रही और उसके आधार पर आप किस आयकर वर्ग की श्रेणी में आते हैं? आपको छूट सीमा से अधिक ग्रेच्युटी मिलने पर कितना कर देना होगा, आप इसका पता निम्न चार्ट से लगा सकते हैं—

आय सीमा	कर दर
2,50,000 रुपए तक आय	कोई कर नहीं
2,50,000—5,00,000 रुपए तक आय	5%

5,00,000—10,00,000 रुपए तक आय	20%
10,00,000 रुपए से अधिक आय	30%

नोट : वित्त वर्ष 2019-20 के अंतरिम बजट में करदाताओं को 12,500 रुपए की छूट दी गई है। यानी 5 लाख रुपए तक आयवाले को कर से पूरी छूट मिलेगी।

इसके अलावा अगर कुल आय 50 लाख रुपए से अधिक तथा एक करोड़ रुपए तक है तो आयकर का 10 प्रतिशत आपको अधिभार यानी सरचार्ज देना होगा। अगर आपकी आय एक करोड़ रुपए से दो करोड़ रुपए तक है तो आपको 15 प्रतिशत अधिभार देना होगा। दो करोड़ रुपए से पाँच करोड़ रुपए तक की आय पर 25 प्रतिशत तथा पाँच करोड़ से अधिक की सालाना आय पर 37 प्रतिशत की दर से अधिभार देना होगा। इसके अलावा कुल आयकर जमा अधिभार पर 4 प्रतिशत उपकर लगता है।

ग्रेच्युटी का निर्धारण—

ग्रेच्युटी की गणना कर्मचारी द्वारा सेवानिवृत्ति, नौकरी छोड़ने अथवा मृत्यु या अपंगता के कारण हटने के समय जो वेतन होता है, उसके आधार पर की जाती है। वेतन में मूल वेतन और महँगाई भत्ते को शामिल किया जाता है। इसमें आवास भत्ता या अन्य कोई भत्ता शामिल नहीं है। इसकी गणना एक निश्चित फॉर्मूले से की जाती है।

$$\text{ग्रेच्युटी} = \frac{\text{वेतन (मूल वेतन + महँगाई भत्ता)} \times \text{सेवा वर्ष की संख्या} \times 15}{26}$$

इसे एक उदाहरण से समझा जा सकता है। मान लीजिए, रोहित (काल्पनिक नाम) का वेतन नौकरी ज्वॉइन करते समय 20,000 रुपए (मूल वेतन + महँगाई भत्ता) है। वह 30 साल की नौकरी करने के बाद रिटायर होता है। रिटायरमेंट के समय उसका वेतन 90,000 रुपए हो जाता है। इस आधार पर उसकी ग्रेच्युटी राशि होगी—

$$\frac{90,000 \times 30 \times 15}{26} = 15,57,692.31 \text{ रुपए।}$$

यानी रिटायरमेंट के समय हमारा वेतन (मूल वेतन + महँगाई भत्ता) और जितने साल हमने नौकरी की है, उसी आधार पर ग्रेच्युटी का निर्धारण होता है। अगर रोहित कम साल नौकरी करता और उसका वेतन कम होता तो ग्रेच्युटी राशि कम होती। इसके उलट, अगर वह और अधिक साल नौकरी करता तो ग्रेच्युटी राशि अधिक होती।

इसमें एक बात ध्यान रखन की जरूरत है कि रिटायरमेंट या नौकरी छोड़ने के समय जो हमारा वेतन (मूल वेतन + महँगाई भत्ता) होता है और हमने कितने साल नौकरी की है, ग्रेच्युटी का आकलन उसी पर होता है।

अतः आगे से नौकरी बदलते समय इसका जरूर ध्यान रखें कि इससे ग्रेच्युटी का नुकसान तो नहीं हो रहा? लागत-लाभ विश्लेषण (Cost-Benefit Analysis) के आधार पर नौकरी छोड़ते समय ग्रेच्युटी के नुकसान और नई नौकरी से होनेवाले लाभ (वेतन बढ़ोतरी के रूप में) के बीच जरूर तुलना करनी चाहिए। यह हमेशा ध्यान रखें कि ग्रेच्युटी आपके रिटायरमेंट का एक प्रमुख हिस्सा है। यह उस समय आपको बड़ी राहत देगी, जब आपके पास नियमित आय का जरिया नहीं होगा।

कर्मचारी पेंशन योजना

'कर्मचारी पेंशन योजना' एकमात्र योजना है, जिसे 'पारिवारिक पेंशन' कहा जा सकता है (सशस्त्र बलों के मामले को छोड़कर)। इसके तहत कर्मचारी को तो पेंशन मिलती ही है और उसके न रहने पर उसकी विधवा या बच्चों तक को पेंशन का लाभ मिलता है। हालाँकि इसमें राशि कम होना इसे अलोकप्रिय बनाता है। इसके दायरे में आनेवाले बहुत से लोगों को यह पता नहीं होता कि उन्हें पेशन भी मिलेगी। उन्हें नहीं पता होता कि अगर आपने 10 साल (नौ साल पाँच महीना) नौकरी पूरी नहीं की है तो अपनी इच्छानुसार पेंशन योजना से राशि निकाल सकते हैं। कई बार संबंधित कर्मचारी के साथ अनहोनी की स्थिति में परिवार के सदस्य को इस योजना के तहत मिलने वाले लाभ की जानकारी नहीं होने से वे इसका लाभ नहीं ले पाते। इससे यह राशि निष्क्रिय पड़ी रह जाती है। इसी गुत्थी को सुलझाने के मकसद से यहाँ 'कर्मचारी पेंशन योजना' की विभिन्न पहलुओं को स्पष्ट करने का प्रयास किया गया है।

कर्मचारी भविष्य निधि एवं विविध प्रावधान कानून, 1952 की धारा 6A का उपयोग करते हुए केंद्र सरकार ने 'कर्मचारी पेंशन योजना' (ई.पी.एस.) 1995 शुरू

की। यह योजना 16 नवंबर, 1995 को अमल में आई। इसमें कर्मचारियों को 1 अप्रैल, 1993 से सदस्य बनने का विकल्प दिया गया, जो योजना के प्रावधानों पर निर्भर था। यह योजना उन सभी कारखानों तथा प्रतिष्ठानों पर लागू होती है, जहाँ भविष्य निधि कानून लागू है,[3] यानी अगर आप कर्मचारी भविष्य निधि के दायरे में आते हैं तो आप ई.पी.एस. के भी अंतर्गत आते हैं।

कर्मचारी पेंशन कोष : कर्मचारियों के भविष्य निधि में उनके मूल वेतन और महँगाई भत्ते का 12 प्रतिशत जाता है। इतना ही योगदान नियोक्ता करता है, लेकिन नियोक्ता के कुल 12 प्रतिशत योगदान में से 8.33 प्रतिशत कर्मचारी पेंशन कोष में जाता है। इसके अलावा कर्मचारी पेंशन कोष में कर्मचारी पेंशन योजना के अंतर्गत आनेवाले सदस्यों के वेतन (मूल वेतन और महँगाई भत्ता) का 1.16 प्रतिशत का योगदान सरकार करती है। यह योगदान 1 सितंबर, 2014 से 15,000 रुपए के वेतन सीमा पर लागू है। पहले यह सीमा 6,500 रुपए थी। इसका मतलब है कि पेंशन कोष में योगदान 15,000 रुपए के वेतन सीमा पर ही होगा, भले ही आपका वेतन कितना भी क्यों न हो? इस आधार पर जहाँ नियोक्ता का अधिकतम योगदान 1,250 (1,249.50 रुपए) रुपए बैठता है, वहीं सरकार का 174 रुपए है।

वर्ष 2014 में कर्मचारी भविष्य निधि, कर्मचारी पेंशन योजना तथा ई.डी.एल.आई. में किए गए संशोधन—

वर्ष 2014–15 के बजट में वित्तमंत्री ने पेंशन येजना के अंतर्गत आनेवाले सभी कर्मचारियों के लिए सांविधिक वेतन सीमा 6,500 रुपए से बढ़ाकर 15,000 रुपए करने की घोषणा की। साथ ही, पेंशन योजना के अंतर्गत आनेवाले सभी सदस्यों के लिए न्यूनतम पेंशन 1,000 रुपए मासिक किए जाने की भी घोषणा की। उसके बाद श्रम एवं रोजगार मंत्रालय ने अधिसूचना जारी की और कर्मचारी भविष्य निधि योजना, 1952, ई.पी.एस. 95 और कर्मचारी डिपोजिट लिंक्ड इंश्योरेंस स्कीम, 1976 (ई.डी.एल.आई.) में संशोधन किए, जो 1 सितंबर, 2014 से प्रभाव में आया। इसमें निम्नलिखित संशोधन किए गए—

1. ई.पी.एफ., ई.पी.एस. तथा ई.डी.एल.आई. के तहत सांविधिक वेतन सीमा 6,500 रुपए से बढ़ाकर 15,000 रुपए की गई।
2. वित्त वर्ष 2014–15 से ई.पी.एस. सदस्यों या उनके नामित व्यक्ति/विधवा आदि के लिए न्यूनतम पेंशन 1,000 रुपए तय की गई।
3. 1 सितंबर, 2014 से ई.पी.एफ. के दायरे में आनेवाले वे सभी सदस्य

ई.पी.एस. के सदस्य नहीं बनेंगे, जिनका वेतन ज्वॉइनिंग के समय 15,000 रुपए से अधिक है अर्थात् ऐसे नए सदस्यों के मामले में पेंशन कोष में कोई राशि नहीं जाएगी और कर्मचारी तथा नियोक्ता का पूरा योगदान भविष्य निधि खाते में जाएगा।

कोई सदस्य कब तक रहेगा ई.पी.एस. का सदस्य : सदस्य 58 साल पूरा करने तक या योजना के तहत लाभ लेने या मृत्यु या पहले पेंशन का लाभ लेने तक, जो भी पहले हो, ई.पी.एस. का सदस्य रहेगा।

ई.पी.एस. के तहत पात्र सेवा वर्ष की गणना : कोई कर्मचारी अगर छह महीने या अधिक समय किसी प्रतिष्ठान में काम करता है तो उसे एक साल माना जाएगा। वहीं अगर उसने छह महीने से कम सेवा दी है तो उसकी गणना नहीं की जाएगी यानी अगर आपने नौ वर्ष छह महीने या उससे अधिक काम किया तो उसे 10 साल माना जाएगा वहीं अगर आपने नौ वर्ष पाँच महीने नौकरी की तो उसे नौ साल माना जाएगा।

पेंशन योग्य सेवा का निर्धारण : किसी सदस्य की पेंशन योग्य सेवा का निर्धारण उसकी तरफ से कर्मचारी पेंशन कोष में योगदान के संदर्भ में होगा।

अगर कोई सदस्य 58 साल में सेवानिवृत्त होता है और या उसने 20 साल या उससे अधिक पेंशन योग्य सेवा दी है, यानी इस सेवा के दौरान उसकी तरफ से पेंशन कोष में योगदान किया गया, उसकी पेंशन योग्य सेवा में दो साल की वद्धि की जाएगी।

अधिकतम पेंशन योग्य वेतन : अधिकतम पेंशन योग्य वेतन 1 सितंबर, 2014 से 15,000 रुपए है। इससे पहले, यह 6,500 रुपए था। इसी वेतन पर नियोक्ता के भविष्य निधि में हिस्से का 12 प्रतिशत में से 8.33 प्रतिशत पेंशन कोष में जाता है। इसके अलावा सरकार 1.16 प्रतिशत का योगदान देती है।

सदस्य का मासिक पेंशन : एक सदस्य निम्नलिखित परिस्थिति में पेंशन का हकदार है—

क. उसने 10 साल या या अधिक की सेवा दी और 58 साल के उम्र में सेवानिवृत्त हुआ।

ख. उसने 10 साल या अधिक की सेवा दी और 58 साल की उम्र पूरी होने से पहले ही नौकरी छोड़ दी या सेवानिवृत्त हो गया।

पेंशन की गणना : मासिक पेंशन की गणना निम्नलिखित फॉर्मूले के आधार पर की जाती है—

सदस्य का मासिक पेंशन :

$$\frac{\text{पेंशन योग्य वेतन} \times \text{पेंशन योग्य सेवा}}{70}$$

अर्थात् अगर आपका पेंशन योग्य वेतन 12,000 रुपए (मूल वेतन + महँगाई भत्ता) और पेंशन योग्य सेवा 19 साल है तो आपकी पेंशन होगी—

$$\frac{12{,}000 \times 19}{70} = 3257 \text{ रुपए।}$$

पेंशन योग्य वेतन से आशय अंतिम 60 महीने के औसत वेतन से है। कर्मचारी भविष्य निधि संगठन (ई.पी.एफ.ओ) के अनुसार, अगर किसी कर्मचारी का वेतन 15,000 रुपए है और अगर वह 35 साल नौकरी करता है तो उसकी पेंशन अधिकतम 7,500 रुपए मासिक बनेगी।

महत्त्वपूर्ण बात–

1. अगर कोई सदस्य 58 साल से कम उम्र में पेंशन लेना चाहता है, उसे यह अनुमति मिल सकती है, लेकिन वह 50 साल से पहले पेंशन का लाभ नहीं ले सकता। सेवानिवृत्ति से पहले पेंशन लेने की स्थिति में व्यक्ति के 58 साल होने तक पेंशन में हर साल 4 प्रतिशत की कटौती होगी।
2. अगर कोई सदस्य उस सेवानिवृत्ति उम्र से पहले नौकरी छोड़ता है, जब से पेंशन ली जा सकती है, सदस्य 50 साल से अधिक होने पर पेंशन ले सकता है या फिर उसे आयुक्त (कानून की धारा 5 (डी) के तहत नियुक्त कर्मचारी भविष्य निधि आयुक्त) योजना प्रमाण-पत्र जारी करते हैं, जिसमें पेंशन योग्य सेवा, पेंशन योग्य वेतन और पेंशन राशि का जिक्र होगा। अगर व्यक्ति नौकरी छोड़ने के बाद दूसरी नौकरी करता है और वह प्रतिष्ठान योजना के दायरे में आता है तो पूर्व में बने उसके पेंशन की गणना नए पेंशन योग्य सेवा में की जाएगी। अगर व्यक्ति पेंशन लेना आगे टालता है तो वह समय-समय पर योजना के तहत मंजूर लाभ का हकदर होगा। अगर व्यक्ति का 58 साल से पहले निधन हो जाता है तो इस मामले में जो भी पेंशन मद में राशि प्राप्त हुई है, उसे मासिक विधवा पेंशन/बच्चे

की पेंशन में तब्दील किया जाता है।

3. श्रम एवं रोजगार मंत्रालय के 25 अप्रैल, 2016 को जारी अधिसूचना[4] के तहत प्रावधान किया गया कि कर्मचारी पेंशन (दूसरा संशोधन), 2016 के अंतर्गत कर्मचारी पेंशन 58 साल के बजाय 59 या 60 साल में (जो भी चाहे) ले सकता है। ऐसी स्थिति में पहले वर्ष के लिए पेंशन में 4 प्रतिशत की वृद्धि होगी और अगर दो साल की वृद्धि की जाती है तो मूल पेंशन में 8.16 प्रतिशत की वृद्धि होगी।
4. इसके साथ ही सदस्यों को यह भी विकल्प दिया गया है कि वे कर्मचारी पेंशन कोष में योगदान 58 साल के बाद भी 60 साल तक जारी रख सकते हैं।
5. कर्मचारी भविष्य निधि का प्रबंधन ई.पी.एफ.ओ. या नियोक्ता (ट्रस्ट) करता है, पर ई.पी.एस. का प्रबंधन कर्मचारी भविष्य निधि संगठन द्वारा ही किया जाता है।
6. ई.पी.एफ. के तहत जमा राशि पर जहाँ आपको सालाना ब्याज मिलता है, वहीं ई.पी.एस. के तहत कोई ब्याज नहीं मिलता।

पेंशन के लिए पात्र होने से पहले नौकरी छोड़ने पर लाभ : इस योजना के दायरे में आनेवाले कई लोगों को यह पता नहीं होता कि उनके भविष्य निधि में नियोक्ता के हिस्से का कुछ पैसा पेंशन कोष में जाता है और उन्हें सेवानिवृत्त होने के बाद पेंशन भी मिलेगी। इसके अलावा अगर वह किसी संस्थान में 10 साल से कम नौकरी करते हैं और छोड़ देते हैं तो उन्हें पेंशन कोष में जमा राशि मिल जाएगी। नियम के मुताबिक, अगर सदस्य ने उतने साल तक नौकरी नहीं की, जो पेंशन लेने या प्रमाण-पत्र प्राप्त करने के लिए जरूरी है तो वह पेंशन कोष में जमा योगदान प्राप्त करने का हकदार है। इसके अलावा उसके पास पेंशन प्रमाण-पत्र लेने का भी विकल्प होता है।

नौकरी छोड़ने पर योगदान राशि की वापसी : अगर आप ई.पी.एस. साल पूरा होने से पहले ई.पी.एस. से राशि ले रहे हैं, आपको ई.पी.एस. में किया गया पूरा योगदान प्राप्त नहीं होगा। आपको कितनी राशि मिलेगी, यह इस बात पर निर्भर करेगा कि आपने कितने साल नौकरी की? इसके निर्धारण के लिए ई.पी.एस. योजना, 95 में उल्लेखित 'डी' सारणी का उपयोग किया जाता है।

रोजगार छोड़ने पर योगदान राशि की वापसी

Year of Service	Proportion of wages at exit
1	1.02
2	1.99
3	2.98
4	3.99
5	5.02
6	6.07
7	7.13
8	8.22
9	9.33

स्रोत : ई.पी.एस. योजना, 1995

इस सारणी के आधार पर यह पता लगाया जा सकता है कि नौकरी छोड़ने पर अगर कर्मचारी ई.पी.एस. राशि निकालना चाहता है तो उसे कितनी राशि प्राप्त होगी? इसे एक उदाहरण से समझ सकते हैं। मान लीजिए, अगर कर्मचारी नौवें साल में नौकरी छोड़ता है और उसका वेतन इस दौरान 15,000 रुपए मासिक है तो वह ई.पी.एस. से 1,39,000 रुपए (15,000 X 9.33) प्राप्त कर सकता है।

सेवा के दौरान स्थायी रूप से विकलांग होने की स्थिति में पेंशन : अगर कोई व्यक्ति नौकरी के दौरान स्थायी रूप से निशक्त हो जाता है तो वह पेंशन पाने का हकदार है, भले ही उसने पेंशन के लिए जरूरी साल तक सेवा नहीं दी हो, लेकिन इसके लिए शर्त है कि उसने कम–से–कम एक महीने पेंशन फंड में योगदान दिया हो। इसके तहत संबंधित कर्मचारी को न्यूनतम पेंशन प्रति महीना मिलेगी। व्यक्ति को यह पेंशन स्थायी विकलांग होने की तारीख से जीवन भर मिलेगी।

नौकरी बदलने की स्थिति में ई.पी.एस. : जब कोई कर्मचारी नौकरी बदलता है और भविष्य निधि के स्थानांतरण का अनुरोध करता है, तो भविष्य निधि का पैसा नए नियोक्ता (जहाँ कंपनियाँ या ट्रस्ट स्वयं भविष्य निधि का सरकार के तय मानदंडों के अनुसार प्रबंधन करती हैं) के पास चला जाता है, लेकिन ई.पी.

एस. के साथ ऐसा नहीं है। ई.पी.एस. राशि वास्तव में ई.पी.एफ.ओ. के पास ही जमा रहती है। दस साल से कम की नौकरी की स्थिति में नियोक्ता के पास ई.पी. एस. राशि वापस लेने या उसे अगली नौकरी के साथ जारी रखने का विकल्प होता है। अगर कर्मचारी 10 साल की सेवा पूरी होने से पहले नौकरी छोड़ता है तो वह ई.पी.एस. के तहत जमा राशि ले सकता है या वह योजना प्रमाण-पत्र ले सकता है। राशि की निकासी या योजना प्रमाण-पत्र लेने के लिए उसे फार्म 10 (सी) भरना होगा। यह फार्म ई.पी.एफ.ओ. की वेबसाइट से डाउनलोड किया जा सकता है या कर्मचारी मौजूदा नियोक्ता से प्राप्त कर सकते हैं।

अगर आपने छह महीने से कम काम किया है तो ई.पी.एस. में किया गया योगदान प्राप्त नहीं कर सकते, क्योंकि ई.पी.एफ.ओ. नियम के अनुसार, ई.पी.एस. निकासी के लिए कंपनी में 180 दिन काम करना जरूरी है। हालाँकि प्रमाण-पत्र लेने के लिए आवेदन दे सकते हैं।

दस साल से अधिक की नौकरी होने पर कर्मचारी ई.पी.एस. में जमा राशि नहीं निकाल सकता और नौकरी छोड़ने पर उसके पास केवल ई.पी.एफ.ओ. से फार्म 10 (सी) भरकर योजना प्रमाण-पत्र प्राप्त करने का विकल्प होता है।

एक चीज और। जब आपका भविष्य निधि के पास जमा ई.पी.एफ.ओ. के पास जमा होता है और नौकरी छोड़कर दूसरी जगह जाते हैं तथा पी.एफ. स्थानांतरण का आग्रह करते हैं तो इसके साथ उसका पूरा ब्योरा, यानी कितने वर्ष नौकरी की, वेतन, कितने दिन तक योगदान नहीं हुआ आदि जैसी तमाम जानकारी संबंधित पी.एफ. कार्यालय को मिल जाती है। इसका कारण यह है कि ई.पी.एस. मद में जो भी राशि कटती है, वह ई.पी.एफ.ओ. के पास ही जमा होती है। इस जानकारी के आधार पर पी.एफ. कार्यालय ई.पी.एस. की गणना करता है।

कर्मचारी जमा संबद्ध बीमा योजना

कर्मचारी भविष्य निधि के अंतर्गत आनेवाले कर्मचारियों को भविष्य निधि, कर्मचारी पेंशन योजना के अलावा एक अन्य लाभ बीमा का भी मिलता है। इस योजना के अंतर्गत अगर किसी कर्मचारी की कोष के सदस्य रहते निधन होता है तो बीमा राशि उसके द्वारा नामित व्यक्ति को मिलेगी।

सरकार ने कर्मचारी भविष्य निधि एवं विविध प्रावधान कानून, 1952 (1952 का 19) की धारा 6 (सी) के तहत मिले अधिकार का उपयोग करते हुए कर्मचारी

जमा संबद्ध बीमा योजना (इंप्लायज डिपोजिट लिंक्ड इंश्योरेंस स्कीम—ई.डी.एल.आई.), 1976 शुरू की।[5] योजना का प्रावधान 1 अगस्त, 1976 से अमल में आया। यह योजना उन सभी कारखानों एवं प्रतिष्ठानों में लागू होती है, जहाँ कर्मचारी भविष्य निधि एवं विविध प्रावधान कानून लागू होता है। सरल शब्दों में, जो भी प्रतिष्ठान कर्मचारी भविष्य निधि के दायरे में आता है, वहाँ यह योजना लागू होती है।

महत्त्वपूर्ण बात–

1. ई.डी.एल.आई. में संशोधन के लिए 22 अगस्त, 2014 को राजपत्र में अधिसूचना[6] जारी की गई। इसके आधार पर 29 अगस्त, 2014 को कर्मचारी भविष्य निधि संगठन ने परिपत्र जारी किया। इसके तहत ई.डी.एल.आई. में योगदान के लिए वेतन सीमा को 6,500 रुपए से बढ़ाकर 15,000 रुपए किया गया। इस वेतन में मूल वेतन + महँगाई भत्ता को शामिल किया जाता है। इस संशोधन के अंतर्गत 1 सितंबर, 2014 से ई.डी.एल.आई. के अंतर्गत लाभ का निर्धारण 15,000 रुपए मासिक वेतन पर होगा।
2. ई.डी.एल.आई. में अन्य संशोधन 2016 में किया गया है, जिसे, ई.डी.एल.आई. संशोधन योजना, 2016, कहा गया। राजपत्र में 24 मई, 2016 को प्रकाशित अधिसूचना[7] के तहत लाभ की मात्रा में उल्लेखनीय वृद्धि की गई। इसके अंतर्गत कर्मचारी की मृत्यु होने पर उसके द्वारा नामित व्यक्ति को अधिकतम 6 लाख रुपए मिलते हैं।

इसमें बीमा राशि का निर्धारण कर्मचारी के निधन के पूर्व 12 महीने में लिया गया औसत मासिक वेतन (अधिकतम 15,000 रुपए) को 30 से गुना कर निकाला जाता है। इसके साथ भविष्य निधि खाते में पिछले 12 महीने या उसकी सदस्यता अवधि के दौरान जमा राशि का जो भी कम हो, 50 प्रतिशत भुगतान किया जाएगा, लेकिन इसकी अधिकतम सीमा 1.50 लाख रुपए से अधिक नहीं होगी अर्थात् अगर किसी कर्मचारी की मृत्यु हो जाती है और उससे ठीक 12 महीने में औसत मासिक वेतन 15,000 रुपए बैठता है तो ई.डी.एल.आई. के अंतर्गत उसकी राशि 4.50 लाख रुपए (15,000 X 30 = 4.5 लाख रुपए) बैठेगी। इसके अलावा उसके परिजन को भविष्य निधि खाते में जमा राशि का 50 प्रतिशत मिलेगा। इसकी अधिकतम सीमा 1.5 लाख रुपए है। इस प्रकार बीमा के रूप में अधिकतम राशि 6

लाख रुपए (4.5 + 1.50 लाख रुपए = 6 लाख रुपए) मिलेंगे।

4. सरकार ने ई.डी.एल.आई. में 2018 में संशोधन किया। राजपत्र में 15 फरवरी, 2018 को प्रकाशित अधिसूचना[8] के अनुसार योजना के तहत लाभ की न्यूनतम राशि 2.50 लाख रुपए से कम नहीं होगी यानी इस योजना के दायरे में आनेवाले कर्मचारी की मृत्यु होने पर उसके द्वारा नामित व्यक्ति को न्यूनतम 2.50 लाख रुपए मिलेंगे।
5. योजना के अंतर्गत अगर नियोक्ता अपने कर्मचारियों को वैकल्पिक योजना के तहत बेहतर बीमा लाभ दे सकता है तो उसे इस योजना में योगदान से छूट मिल सकती है। ई.डी.एल.आई. के विकल्प के रूप में समूह बीमा योजना को स्वीकार्य किया गया है। लेकिन इसके लिए जरूरी है कि नियोक्ता इसकी मंजूरी ई.पी.एफ.ओ. से ले और लाभ ई.डी.एल.आई. के बराबर या उससे अधिक हो।

संदर्भ—

1. ग्रेच्युटी कानून की धारा 3
2. ग्रेच्युटी कानून की धारा 2 ए (1)
3. कर्मचारी पेंशन योजना, 1995 की धारा 1 (3)
4. जी.एस.आर. 440 (ई)
5. अधिसूचना संख्या : जी.एस.आर. 488 (ई), 28 जुलाई, 1976 को प्रकाशित
6. जी.एस.आर. 610 (ई)
7. जी.एस.आर. 543 (ई)
8. जी.एस.आर. 170 (ई)

□

सेवानिवृत्ति : कैसे बनाएँ बेहतर

जीवन में सेवानिवृत्ति यानी रिटायरमेंट एक महत्त्वपूर्ण पड़ाव है। अगर आप नौकरी कर रहे हैं, तो एक निश्चित समय बाद सेवानिवृत्त होना तय है। हाँ, जो अपना कारोबार कर रहे हैं, उन्हें थोड़ी राहत हो सकती है, लेकिन एक समय बाद आपको अपना काम छोड़ना ही पड़ता है। इसका एक महत्त्वपूर्ण कारण बढ़ती उम्र के साथ स्वास्थ्य का अच्छा नहीं होना हो सकता है। अत: सभी को सेवानिवृत्ति की तैयारी करनी चाहिए यानी सेवानिवृत्ति पर आपके पास इतना पैसा और नियमित आय हो, जिससे आपका जीवनयापन बेहतर हो सके। इसके साथ ही स्वास्थ्य पर भी ध्यान देना जरूरी है, क्योंकि अगर आप स्वस्थ नहीं हैं तो आपको कई तरह की समस्याओं का सामना करना पड़ सकता है।

प्राय: लोगों की यह सोच होती है कि सेवानिवृत्ति तक तो सारी जिम्मेदारी से निपट लेंगे यानी बच्चों की शादी हो जाएगी, वे अपना काम करने लगेंगे। अपना घर हो जाएगा या उसपर लिये गए कर्ज की किस्त खत्म हो जाएगी। फलत: खर्च कम हो जाएगा, लेकिन यह सोच सही नहीं है। सेवानिवृत्ति उम्र यानी 60 के बाद एक समस्या स्वास्थ्य की हो सकती है। इस पर अगर हमने पहले से तैयारी नहीं की तो हमारी आय का एक बड़ा हिस्सा डॉक्टर, दवा और इलाज पर खर्च हो जाएगा और हमें समस्याओं का सामना करना पड़ सकता है। दूसरा, हम नौकरी या काम करने के दौरान अपनी आवश्यक जरूरतों को पूरा करने के लिए कई इच्छाओं को दबाते हैं, यथा छुट्टी मनाने विदेश घूमने जाना, बड़ी गाड़ी लेना आदि। सेवानिवृत्ति के बाद इन इच्छाओं को पूरा करने के लिए पहले से तैयारी यानी बचत एवं उसका सही जगह निवेश जरूरी है। तीसरा, हमें वित्तीय मामलों में बच्चों पर निर्भर रहने के बजाय आत्मनिर्भर होकर जीवनयापन के बारे में गौर करना चाहिए और यह तभी होगा, जब हम बेहतर तरीके से वित्तीय नियोजन बनाएँ और उसे अमल में लाएँ।

अगर आपके पास सरकारी पेंशन है या आपके पास किराए पर देने के लिए मकान या दुकान है या मासिक आय का कोई निश्चित जरिया है तो आप थोड़े निश्चिंत हो सकते हैं, लेकिन अगर ऐसा नहीं है तो आपको सेवानिवृत्ति की तैयारी जितनी जल्दी हो शुरू करनी चाहिए।

यह देखा गया है कि हम गाड़ी खरीदने, मकान लेने, बच्चों की शिक्षा आदि की तो योजना बनाते हैं, पर सेवानिवृत्ति की योजना पीछे छूट जाती है जबकि जीवन का यह एक महत्त्वपूर्ण हिस्सा है। जीवन का यह ऐसा पड़ाव है, जब आपको अधिक सबल होने की जरूरत होती है, क्योंकि आपकी आय अचानक से घट जाती है और स्वास्थ्य से जुड़ी समस्याओं के कारण इलाज एवं अन्य खर्च बढ़ सकते हैं।

कब शुरू करें तैयारी : वित्तीय नियोजन से जुड़े विशेषज्ञों का कहना है कि नौकरी मिलने के एक-दो साल बाद ही हमें सेवानिवृत्ति की तैयारी शुरू कर देनी चाहिए, लेकिन आपने उस समय शुरू नहीं किया तो अब से इसकी शुरुआत कीजिए। आप जितनी जल्दी बचत और उसका सही जगह निवेश शुरू करेंगे, आपको उतना ही लाभ होगा और कंपाउंडिंग यानी ब्याज पर ब्याज का लाभ मिलेगा।

क्यों करें सेवानिवृत्ति की तैयारी–

1. लोगों की जीवन प्रत्याशा यानी औसत आयु बढ़ रही है। संयुक्त राष्ट्र की 2017 में जारी रिपोर्ट के अनुसार भारत में जीवन प्रत्याशा वर्ष 2016 में औसतन 69 हो गई है, जो वर्ष 1990 में 57.94 थी।[1] यानी लगभग डेढ़ दशक में लोगों की औसत आयु करीब 10 साल बढ़ी है। इसके वर्ष 2050 तक 75 साल हो जाने का अनुमान है। ऐसे में सेवानिवृत्ति के बाद लंबे, बेहतर और आत्मनिर्भर जीवन के लिए सेवानिवृत्ति की तैयारी जरूरी है।
2. 1 जनवरी, 2004 से सरकारी वित्त पोषित पेंशन योजना समाप्त हो गई है। यानी 1 जनवरी, 2004 से सरकारी सेवाओं में आनेवाले कर्मचारियों (रक्षा क्षेत्र को छोड़कर) को सरकारी पेंशन नहीं मिलेगी। ऐसे कर्मचारियों को नई पेंशन प्रणाली (एन.पी.एस.) से जोड़ा गया है और इसके माध्यम से कितनी पेंशन प्राप्त कर पाएँगे, यह स्पष्ट नहीं है।

3. कर्मचारी भविष्य निधि संगठन (ई.पी.एफ.ओ.) की ई.पी.एस. (कर्मचारी पेंशन योजना) के तहत इतनी पेंशन नहीं मिलती, जिससे गुजर-बसर हो सके। ई.पी.एफ.ओ. के अनुमान के अनुसार, मौजूदा 15,000 रुपए की वेतन सीमा पर 35 साल नौकरी करने पर भी आपकी पेंशन केवल 7,500 रुपए मासिक ही बनेगी।
4. सरकार की सामाजिक सुरक्षा लाभ से जुड़ी योजनाएँ एक आरामदायक जीवन नहीं दे सकतीं।
5. बिना सेवानिवृत्ति योजना के आपको वित्तीय अनिश्चितता और कठिनाइयों का सामना करना पड़ सकता है।
6. संयुक्त परिवार व्यवस्था खत्म हो रही है। एकल परिवार बढ़ रहा है। अतः विपत्ति के समय मदद की गुंजाइश सीमित हो जाती है।

कैसे करें तैयारी

सेवानिवृत्ति के बाद बेहतर जीवन दो चीजों पर निर्भर है। पहला, अपने धन का बेहतर वित्तीय नियोजन और दूसरा, स्वास्थ्य (शारीरिक व मानसिक) का अच्छा होना। अर्थात्—

सेवानिवृत्ति के बाद खुशहाल जीवन = बेहतर वित्तीय नियोजन + अच्छा स्वास्थ्य। इसे एक चित्र के जरिए अच्छी तरह समझा जा सकता है।

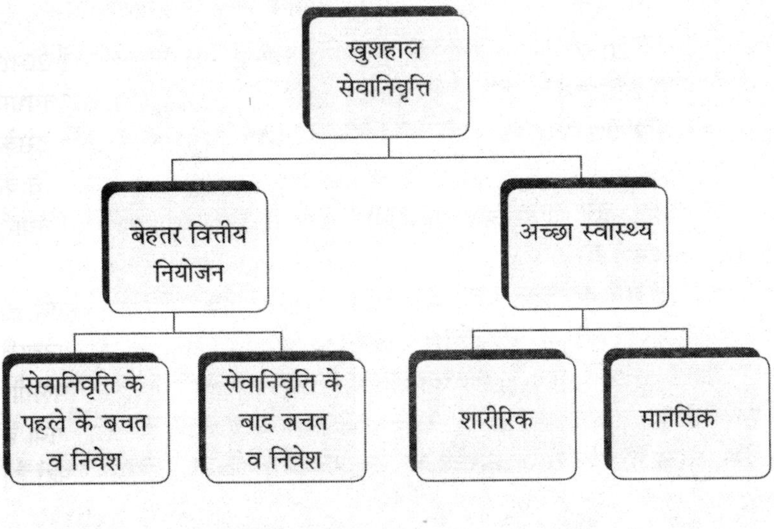

अत: स्पष्ट है कि सेवानिवृत्ति की तैयारी दो पहलुओं को ध्यान में रखकर करना बेहतर है। पहला वित्तीय नियोजन तथा दूसरा, स्वास्थ्य। यहाँ हम दोनों पहलुओं को विस्तार से देखेंगे।

जहाँ तक वित्तीय नियोजन का सवाल है, इसके लिए थोड़ा समय दीजिए। आप एक सादे कागज पर यह लिखिए कि आप रिटायरमेंट के बाद किस तरह का जीवन (लाइफ स्टाइल) चाहते हैं? आप अपने मौजूदा लाइफ स्टाइल से संतुष्ट हैं या उससे बेहतर जिंदगी की आकांक्षा सेवानिवृत्ति के बाद रखते हैं? उसके बाद आपको यह तय करना है कि उस लाइफ स्टाइल को बनाए रखने में कितना खर्च आएगा? खर्च की राशि निकालते समय मुद्रास्फीति को जरूर ध्यान रखें। मान लीजिए, अभी महँगाई दर यानी मुद्रास्फीति 6 प्रतिशत है। मुद्रास्फीति अगर 20 साल तक यही रहती है तो जो चीज अभी 100 रुपए में मिलती है, उसके लिए 20 साल बाद आपको 321 रुपए की जरूरत होगी। इस आधार पर आप अगले 20 साल की जरूरत का हिसाब निकाल सकते हैं कि आपको अपनी लाइफ स्टाइल बनाए रखने के लिए कितनी राशि की जरूरत होगी? आप इसके लिए किसी विशेषज्ञ की भी मदद ले सकते हैं। दूसरी चीज, आपको यह देखना है कि सेवानिवृत्ति के बाद आपके खर्च की राशि कहाँ से आएगी?

वास्तव में, अपने देश में बढ़ती मुद्रास्फीति, कई सारे वित्तीय उत्पाद, सोने के प्रति लगाव जैसे कारणों से सेवानिवृत्ति की योजना बनाना सरल नहीं है। पुन: कुछ वित्तीय संस्थानों और उनके एजेंटों द्वारा अधिक लाभ कमाने के चक्कर में उत्पादों की गलत जानकारी देकर उन्हें बेचने से लोगों में और भ्रम पैदा होता है। हमें इन बातों को ध्यान में रखना चाहिए।

अब सवाल यह है कि सेवानिवृत्ति के बाद खर्च की राशि के लिए क्या किया जाए?

दरअसल, हम सेवानिवृत्ति की योजना को दो चरणों में बाँटकर इसकी बेहतर तैयारी कर सकते हैं—

[क] नौकरी के दौरान बचत व निवेश।

[ख] सेवानिवृत्ति के बाद बचत व निवेश।

पहले चरण में आप अपनी सेवानिवृत्ति के बाद की जरूरतों के लिए राशि जमा करते हैं, जबकि दूसरे चरण में आपको अपनी जमा राशि का इस तरह से निवेश करना है, जिससे रिटायरमेंट के बाद की जरूरतों पर होनेवाले खर्च के

लिए निश्चित राशि नियमित तौर पर आती रहे। हम यहाँ सेवानिवृत्ति के पहले और उसके बाद के बचत और निवेश उत्पादों को देखेंगे।

(क) सेवानिवृत्ति से पूर्व के निवेश व बचत के उत्पाद–

इसके अंतर्गत हम नई पेंशन प्रणाली (एन.पी.एस.), स्वैच्छिक भविष्य निधि (वी.पी.एफ.), लोक भविष्य निधि (पी.पी.एफ.), शेयर और म्यूचअल फंड, ई.टी.एफ., बॉण्ड, गोल्ड बॉण्ड तथा रीयल एस्टेट को रख सकते हैं। इसमें से एन.पी.एस., वी.पी.एफ., पी.पी.एफ., शेयर और म्यूचुअल फंड तथा रीयल एस्टेट में निवेश की चर्चा अलग अध्याय में की गई है। यहाँ हम ई.टी.एफ., बॉण्ड और स्वर्ण बॉण्ड की चर्चा करेंगे।

1. एक्सचेंज ट्रेडेड फंड (ई.टी.एफ.) : एक्सचेंज ट्रेडेड फंड सेवानिवृत्ति के लिए निवेश का एक अच्छा जरिया है। ई.टी.एफ. में हम स्वर्ण या इक्विटी को चुन सकते हैं। इक्विटी ई.टी.एफ. के तहत पैसा चुने गए शेयरों में, जबकि स्वर्ण ई.टी.एफ. के तहत निवेश सोने में किया जाता है।

इसमें आप एक मुश्त राशि या हर महीने निश्चित राशि निवेश कर सकते हैं। इसमें निवेश के बदले आपको ई.टी.एफ. यूनिट मिलता है। यह ई.टी.एफ. यूनिट स्वर्ण यूनिट या शेयर यूनिट के रूप में हो सकता है। इस प्रकार से निवेश से आपको 'एवरेजिंग' का लाभ होता है यानी यूनिट का भाव कम होने पर कई बार आपको सस्ता यूनिट भी मिलता है और इसके उलट कई बार महँगा मिलता है। इससे बाजार जोखिम कम होता है।

2. बॉण्ड : बॉण्ड एक निश्चित आय वाला उत्पाद है। केंद्र सरकार, राज्य सरकार, सरकारी एवं निजी कंपनियाँ एवं अन्य संस्थान पूँजी जुटाने के इरादे से बॉण्ड जारी करती हैं। यह एक साल से अधिक समय के लिए होता है और ब्याज निश्चित होता है। इस पर ब्याज फिलहाल औसतन 7 से 7.5 प्रतिशत के बीच है। सामान्य रूप से बॉण्ड निश्चित तिथि पर निश्चित ब्याज के साथ मूल राशि लौटाने का वादा होता है।

3. स्वर्ण बॉण्ड : सोवरेन गोल्ड बॉण्ड (एस.जी.बी.) सरकारी प्रतिभूति है, जिसका मूल्य रुपए में होता है। सोने को भौतिक रूप से खरीदने वह रखने के विकल्प के रूप में इसे पेश किया गया। यह बॉण्ड सरकार की तरफ से रिजर्व बैंक जारी करता है। वित्त वर्ष 2018–19 के लिए जारी दिशा–निर्देश के अनुसार

इसमें व्यक्तिगत रूप से, हिंदू अविभाजित परिवार किसी एक वित्त वर्ष में न्यूनतम एक ग्राम और अधिकतम चार किलोग्राम सोने में निवेश कर सकता है। ट्रस्ट के लिए यह सीमा 20 किलोग्राम है। बॉण्ड की कीमत रुपए में पिछले सप्ताह के तीन कामकाजी दिवसों में 99.9 शुद्धता वाले सोने के औसत मूल्य के आधार पर तय की जाती है। इस कीमत का प्रकाशन इंडिया बुलियन एंड जूलरी एसोसिएशन लि. करता है। निर्गम मूल्य का निर्धारण आर.बी.आई. करता है और बॉण्ड पर 2.50 प्रतिशत (4 फरवरी, 2019 की स्थिति के अनुसार) की दर से सालाना ब्याज भी मिलता है।

बॉण्ड की मियाद आठ साल है, लेकिन निर्गम जारी होने की तिथि (कूपन भुगतान तारीख) से पाँचवें, छठे और सातवें साल में निवेश से बाहर निकलने का विकल्प दिया गया है। स्वर्ण बॉण्ड अनुसूचित वाणिज्यिक बैंकों (आर.आर.बी. को छोड़कर), स्टॉक होल्डिंग कॉरपोरेशन ऑफ इंडिया लि. (एस.एच.सी. आई.एल.) कार्यालयों, मनोनीत डाकघरों तथा मान्यता प्राप्त शेयर बाजारों—नेशनल स्टॉक एक्सचेंज और बॉम्बे स्टॉक एक्सचेंज से सीधे या उसके एजेंटों के माध्यम से लिया जा सकता है। आप सूचीबद्ध वाणिज्यिक बैंकों की वेबसाइट के जरिए ऑनलाइन भी ले सकते हैं।

परिपक्वता पर राशि सोने के मौजूदा बाजार भाव के आधार पर होगी। भुनाई गई कीमत पिछले सप्ताह 99.9 शुद्धता वाले आई.बी.जी.ए. द्वारा प्रकाशित साधारण औसत मूल्य के बराबर होगी।

बॉण्ड पर मिलने वाले ब्याज पर आयकर कानून, 1961 (43) के तहत कर लगेगा। स्वर्ण गोल्ड बॉण्ड को भुनाने के समय पूँजी लाभ कर से छूट दी गई है। इस पर टी.डी.एस. नहीं लगेगा, लेकिन कर नियमों का अनुपालन करना होगा।[2] भौतिक रूप से सोना रखने की समस्या चोरी आदि को देखते हुए स्वर्ण बॉण्ड निवेश का एक अच्छा माध्यम है। इस निवेश से जुड़ी शिकायत आप 'sbg@rbi.org.in' पर कर सकते हैं।

(ख) सेवानिवृत्ति के बाद निवेश व बचत–

1. मासिक आय योजना (एम.आई.एस.) : सेवानिवृत्ति के बाद आपको ऐसी योजनाओं की जरूरत होती है, जिससे नियमित आय हो। मासिक आय उन्हीं योजनाओं में से एक है। आप डाकघर से यह योजना ले सकते हैं। विभिन्न

म्यूचुअल फंड भी इस प्रकार की योजनाएँ उपलब्ध करा रही हैं। बैंक में भी एक मुश्त राशि जमा कर मासिक आय प्राप्त कर सकते हैं। डाकघर की योजना के तहत आप एकल खाते में न्यूनतम 1,500 रुपए और अधिकतम 4.5 लाख रुपए तथा संयुक्त खाते में 9 लाख रुपए जमा कर सकते हैं। इसकी परिपक्वता अवधि पाँच साल है। इसे परिपक्वता अवधि से पहले एक साल बाद निकाला जा सकता है। तीन साल तक पैसा निकालने की सुविधा होगी। उस पर दो प्रतिशत जुर्माना देना होगा। तीन साल बाद पैसा निकालने पर एक प्रतिशत जुर्माना लगेगा। जुर्माना का मतलब है कि जमा राशि में से कटौती। इस पर ब्याज मासिक प्राप्त किया जा सकता है। 1 जुलाई, 2019 से इस पर सालाना ब्याज 7.6 प्रतिशत है।

यह ब्याज सीधे उस बचत खाते में इलेक्ट्रॉनिक रूप से आएगा, जो उसी डाकघर में हो, जहाँ आपने मासिक आय योजना ली है। अगर सी.बी.एस. (कोर बैंकिंग सोल्यूशंस) डाकघर में एम.आई.एस. खाता खोलते हैं तो ब्याज किसी भी सी.बी.एस. डाकघर में स्थित बचत खाते में क्रेडिट हो सकता है।

2. वरिष्ठ नागरिक बचत योजना (एस.सी.एस.एस.) : यह एक महत्त्वपूर्ण सेवानिवृत्ति उत्पाद है। इसे इस रूप से तैयार किया गया है, जो सेवानिवृत्त कर्मचारियों की जरूरतों को पूरा कर सके। यह वरिष्ठ नागरिकों के लिए एक सुरक्षित निवेश विकल्प है। इस पर ब्याज भी अपेक्षाकृत अधिक मिलता है। 1 जुलाई, 2019 से इस पर ब्याज 8.6 प्रतिशत है। परिपक्वता अवधि पाँच साल है, जिसे आप तीन साल के लिए बढ़ा सकते हैं। यह खाता डाकघर या किसी भी सार्वजनिक क्षेत्र के बैंकों में खोला जा सकता है। निजी क्षेत्र के आई.सी.आई.सी.आई. बैंक को भी यह खाता खोलने की अनुमति है।

इस योजना में आप न्यूनतम 1,000 रुपए और अधिकतम 15 लाख रुपए निवेश कर सकते हैं। ब्याज हर तीन महीने पर (अप्रैल, जुलाई, अक्तूबर और जनवरी) माह की शुरुआत में आपके खाते में आ जाता है। कोई भी व्यक्ति, जो 60 साल या उससे अधिक उम्र का है, वह खाता खोल सकता है। इसके अलावा 55 या उससे अधिक उम्र पर 60 साल से कम में सेवानिवृत्त या स्वैच्छिक सेवानिवृत्ति लेने वाला व्यक्ति भी यह खाता खोल सकता है, लेकिन इसमें शर्त यह है कि खाता सेवानिवृत्ति लाभ प्राप्ति के एक महीने के भीतर खोला जाए तथा राशि रिटायरमेंट लाभ की रकम से अधिक नहीं हो।

3. पेंशन योजना : सेवानिवृत्ति के बाद पेंशन प्लान आप बीमा कंपनियों के

साथ–साथ म्यूचुअल फंड कंपनियों से ले सकते हैं। इसके तहत आप एक मुश्त राशि लगाते हैं और बदले में आपको हर महीने एक निश्चित राशि पेंशन के रूप में मिलती है।

4. प्रधानमंत्री वय वंदना योजना (पी.एम.वी.वी.वाई.) : भारत सरकार ने विशेष रूप से देश के वरिष्ठ नागरिकों के लिए आकर्षक पेंशन योजना शुरू की है। इस योजना की जिम्मेदारी भारतीय जीवन बीमा निगम के पास है। इस योजना में मासिक पेंशन के लिए प्रभावी सालाना रिटर्न 8 प्रतिशत है। इस योजना को 60 साल या इससे अधिक उम्र के लोग ले सकते हैं। इसमें प्रीमियम एक मुश्त देना होगा। न्यूनतम 1,50,000 रुपए तथा अधिकतम 15,00,000 रुपए दे सकते हैं। इस रकम को अप्रैल 2018 से बढ़ाया गया है। पहले अधिकतम सीमा 7,50,000 रुपए थी। इसमें न्यूनतम मासिक पेंशन 1,000 रुपए तथा अधिकतम पेंशन 10,000 रुपए मिलेगी। पेंशन आप मासिक, तिमाही, छमाही या सालाना ले सकते हैं। पॉलिसी अवधि 10 साल है। इस दौरान पेंशनभोगी की मृत्यु होने पर नामित व्यक्ति को खरीद मूल्य मिल जाएगा। पॉलिसी अवधि 10 साल पूरा होने के बाद खरीद मूल्य के साथ अंतिम पेंशन किस्त का भुगतान किया जाएगा। इस योजना की अवधि 4 मई, 2018 से बढ़ाकर 31 मार्च, 2020 की गई है।

यह योजना एल.आई.सी. एजेंट, विकास अधिकारी, एल.आई.सी. शाखा से ली जा सकती है।

5. रिवर्स मोर्गेज : वरिष्ठ नागरिकों के लिए यह एक बेहतर योजना है। इसके तहत आप अपना मकान बैंक या आवास के बदले कर्ज देने वाले संस्थानों के पास गिरवी रखते हैं और उसके बदले बैंक आपको नियमित रूप से तय समय तक राशि देते हैं। नियमित राशि मकान के मूल्य और चुने गए समय पर निर्भर करती है। बैंक तब तक आपका मकान नहीं ले सकता, जब तक आप या आपकी पत्नी जीवित है। बाद में आपके बच्चे चाहे तो बकाया राशि देकर घर छुड़ा सकते हैं और मालिकाना हक ले सकते हैं। यह उन लोगों के लिए उपयुक्त है, जिनके पास मकान तो है, लेकिन नियमित आय का जरिया नहीं है।

आप यह वित्तीय उत्पाद इलाज, नियमित आय, घर को बेहतर बनाने समेत अन्य जरूरतों के लिए ले सकते हैं। आई.डी.बी.आई. बैंक के अनुसार, इस पर अधिकतम दो करोड़ रुपए तक कर्ज ले सकते हैं, जो बैंक द्वारा आकलित आवास की कीमत, आवेदनकर्ता की उम्र और मौजूदा ब्याज दर पर निर्भर करेगा। यह

कर्ज लेने के लिए जरूरी है कि आवेदनकर्ता भारत का नागरिक हो तथा उसकी उम्र 60 साल या उससे अधिक हो। दंपती संयुक्त रूप से कर्ज ले सकते हैं, लेकिन इसमें शर्त है कि एक की उम्र 60 साल से अधिक हो तथा दूसरे की आयु 55 साल से कम नहीं हो। इसमें बैंक अधिकतम 20 साल के लिए कर्ज देते हैं। कर्ज का भुगतान (मूल राशि और ब्याज) का अंतिम कर्जदार (पति या पत्नी) के निधन या ओल्ड एज होम जाने या किसी संबंधी के यहाँ जाने के छह महीने बाद भुगतान करना होगा। कर्जदार का रिश्तेदार कर्ज की राशि लौटाकर घर अपने पास रख सकता है अन्यथा बैंक उसे बेचकर अपनी राशि की वसूली करेंगे। इसके तहत बुजुर्ग मासिक, तिमाही, छमाही या सालाना तौर पर राशि ले सकते हैं। अधिकतम मासिक भुगतान 50,000 रुपए हैं। इसके तहत एक मुश्त राशि भी ली जा सकती है। यह कर्ज के लिए योग्य राशि का 50 प्रतिशत होगा और अधिकतम 15 लाख रुपए होगा।

क्या होगा, जब 20 साल की अवधि समाप्त हो जाए और पति या पत्नी में से कोई एक या दोनों जीवित हों—ऐसी स्थिति में बैंक राशि देना बंद कर देंगे, लेकिन आप उस घर में रह सकते हैं।

लिक्विड फंड और फिक्स्ड डिपोजिट : उपर्युक्त निवेश योजनाओं में आपको नियमित आय तो होगी, पर बड़ी राशि की जरूरत पड़ने पर आपको समस्या हो सकती है। अत: वरिष्ठ नागरिक होने के नाते आपको आपात स्थिति के लिए कुछ राशि रखनी चाहिए। साथ ही, यह राशि ऐसी जगह रखी जाए, जहाँ से आपको ब्याज के रूप में कुछ रिटर्न भी मिले। इस लिहाज से लिक्विड फंड या मियादी जमा (फिक्स्ड डिपोजिट) का विकल्प चुन सकते हैं। लिक्विड फंड आप किसी म्यूचुअल फंड कंपनी का चुन सकते हैं।

अपनी जरूरत के मुताबिक इन उत्पादों में निवेश कर रिटायरमेंट के बाद जीवन बेहतर और आर्थिक रूप से आत्मनिर्भर बनाया जा सकता है।

केस स्टडी : राहुल रस्तोगी (काल्पनिक नाम) निजी क्षेत्र की एक अच्छी कंपनी में करीब 32 साल की नौकरी के बाद सेवानिवृत्त हुए। सेवानिवृत्ति तक उनके बच्चे अपने पैरों पर खड़े हो चुके थे। उनका स्वयं का एक मकान भी था, जिसमें वह रह रहे थे। सेवानिवृत्ति लाभ के रूप में उन्हें भविष्य निधि से 36 लाख रुपए और ग्रेच्युटी के रूप में 18 लाख रुपए मिले। इसके अलावा कर्मचारियों की स्वयं की बचत योजना से 2 लाख रुपए मिले। इस प्रकार, उन्हें कुल 56 लाख रुपए

(36 + 18 + 2 लाख रुपए = 56 लाख रुपए) मिले। चूँकि उनकी कंपनी ई.पी.एफ.ओ. के दायरे में थी, अत: उन्हें कर्मचारी पेंशन योजना के तहत करीब 2,800 रुपए पेंशन के रूप मिलने शुरू हुए, लेकिन पेंशन की यह राशि इतनी कम थी कि उससे उनका गुजारा नहीं होता। पुन: 56 लाख रुपए बचत खाते में रखना या एफ.डी. करना उन्हें ठीक नहीं लगा। उन्हें अपने और अपनी पत्नी तथा घर खर्च के लिए मासिक आधार पर एक राशि चाहिए। ऐसे में सवाल उठता है कि उन्हें क्या करना चाहिए, जिससे उन्हें निश्चित राशि हर महीने मिले? उन्होंने इस बारे में अपने एक मित्र से सलाह ली, जिसे वित्तीय नियोजन के बारे में कुछ जानकारी थी। मित्र ने उनसे सबसे पहले पूछा कि आखिर उन्हें अपने स्वयं और घर खर्च के लिए कितनी राशि चाहिए, जिससे उनका काम अच्छे से चलेगा। रस्तोगी ने सोच-विचारकर कहा कि 30 से 35 हजार मासिक उनके लिए पर्याप्त होगा। ऐसे में सवाल उठता है कि 56 लाख रुपए को कैसे निवेश किया जाए, जिससे उन्हें हर महीने 30-35 हजार रुपए मिलें। उनके मित्र ने 30 हजार रुपए मासिक पेंशन के लिए निम्न सलाह दी। उन्होंने रस्तोगी से कहा कि आप 15 लाख रुपए प्रधानमंत्री वय वंदना योजना में लगाएँ। इससे आपको सालाना 8 प्रतिशत ब्याज पर 1,20,000 रुपए मिलेंगे। इसके अलावा 15 लाख रुपए वरिष्ठ नागरिक बचत योजना में लगाएँ। इससे आपको 8.7 प्रतिशत सालाना ब्याज पर 1,30,500 रुपए मिलेंगे। इसके साथ अपनी पत्नी के साथ संयुक्त रूप से डाकघर की मासिक पंचवर्षीय आय योजना में 9 लाख रुपए लगाएँ, जहाँ से 1 अक्तूबर, 2018 से आपको 7.7 प्रतिशत सालाना ब्याज पर 69,300 रुपए मिलेंगे। इसके अलावा 5,000 रुपए मासिक पेंशन योजना एल.आई.सी. या बैंक अथवा दूसरे वित्तीय संस्थान से ले सकते हैं। उदाहरण के लिए, आप एल.आई.सी. की जीवन अक्षय योजना-6 में 7.63 लाख रुपए लगाकर हर महीने 5,162 रुपए (सालाना 64,500 रुपए) ले सकते हैं। इस प्रकार आप 46.63 लाख रुपए निवेश कर सालाना 3,84,300 रुपए प्राप्त कर सकते हैं। मासिक आधार पर यह 32,025 रुपए बनेगा। इसे एक चार्ट से अच्छी तरह समझा जा सकता है।

मासिक आय चार्ट

योजना	निवेश	ब्याज	सालाना आय	मासिक आय
प्रधानमंत्री वय वंदना योजना	15 लाख रुपए	8.0 प्रतिशत	1,20,000 रुपए	10,000 रुपए
वरिष्ठ नागरिक बचत योजना	15 लाख रुपए	8.7 प्रतिशत (1 अक्तूबर, 2018 से)	1,30,500 रुपए	10,875 रुपए
डाकघर मासिक आय योजना	9 लाख रुपए	7.7 प्रतिशत (1 अक्तूबर, 2018 से)	69,300 रुपए	5,775 रुपए
एल.आई.सी. की जीवन अक्षय योजना-vi	7.63 लाख रुपए	6.50 प्रतिशत लगभग	64,500 रुपए	5,375 रुपए
कुल	46.63 लाख रुपए		3,84,300 रुपए	32,025 रुपए

नोट : *सरकार वरिष्ठ नागरिक बचत योजना और मासिक आय योजना पर ब्याज हर तीन महीने में संशोधित करती है। पुनः एलआईसी की जीवन अक्षय योजना पर ब्याज सितंबर 2018 की स्थिति के अनुसार है।*

इस प्रकार, रस्तोगी 46.63 लाख रुपए निवेश कर मासिक आधार पर लगभग 32,000 रुपए प्राप्त कर सकते हैं। यहाँ एक चीज का ध्यान रखें कि अगर सालाना ब्याज का विकल्प चुना जाता है तो ब्याज थोड़ा अधिक होगा, जबकि मासिक आधार पर यह थोड़ा कम बैठेगा। उदाहरण के लिए, जीवन अक्षय योजना-vi में 7.63 लाख रुपए के निवेश पर सालाना 64,500 रुपए आय प्राप्त होगी। वहीं तिमाही आधार पर यह 15,600 रुपए तथा मासिक आधार पर 5,162 रुपए बैठेगा। यहाँ सालाना आधार पर आय का आकलन किया गया है। इसके अलावा रस्तोगी शेष बचे पैसे में कुछ पैसा अन्य योजनाओं में लगा सकते हैं या अपनी जरूरत के अनुसार खर्च कर सकते हैं। बैंकों से भी मासिक आय योजना ली जा सकती है।

इन वित्तीय उत्पादों के अलावा आपने अगर कोई स्वास्थ्य बीमा योजना ले

रखी है तो उसे जारी रखें, क्योंकि रिटायरमेंट के बाद स्वास्थ्य संबंधी समस्याएँ परेशान कर सकती हैं। स्वास्थ्य बीमा रहने से आप थोड़े निश्चिंत हो सकते हैं।

वित्तीय नियोजन के अलावा एक दूसरा और महत्त्वपूर्ण पहलू स्वास्थ्य है। अगर आप स्वस्थ रहेंगे, जीवन के प्रति नजरिया सकारात्मक होगा, जीवन खुशहाल होगा। प्राय: देखा जाता है कि सेवानिवृत्ति की बात आते ही, सभी का ध्यान पैसे पर जाता है। वह जरूरी है, लेकिन बेहतर शारीरिक और मानसिक स्वास्थ्य भी आवश्यक है। इसके लिए भी अपने खान-पान को ठीक रखने के साथ टहलना, योग एवं अन्य जरूरी व्यायाम करते रहिए।

पर यह भी सही है कि जैसे-जैसे व्यक्ति की उम्र बढ़ती है, कई सारी समस्याएँ भी होती हैं, जैसे दिखाई कम देना, सुनने में कठिनाई, कहीं आने-जाने में समस्या आदि। प्रियजनों, मित्रों के बिछड़ने से चिंता का बढ़ना तथा उसका असर मन:स्थिति पर पड़ सकता है। ये चीजें ऐसी हैं, जिसका सामना सबको करना होता है और हमें इसके लिए तैयार रहना चाहिए। इस बारे में बेंगलुरु के नेशनल इंस्टीट्यूट ऑफ मेंटल हैल्थ एंड न्यूरोसाइंसेस (निमहांस) में मनोचिकित्सा विभाग की बुजुर्गों के लिए बनी मनोरोग इकाई में सहायक प्रोफेसर डॉ. विजयकुमार हारबीसेत्तार का कहना है कि कोई व्यक्ति अगर रिटायर होता है, उसके जीवन में अचानक से बदलाव आता है। उसकी पहचान या भूमिका पूरी तरह बदल जाती है, जिससे कुछ तकलीफ हो सकती है। कई बार सेवानिवृत्ति के बाद लोग नई जगह जाकर रहते हैं या अपने मूल निवास की ओर लौटते हैं। इससे उनके सामाजिक जीवन पर असर पड़ता है और इसके लिए काफी समायोजन की जरूरत होती है।

वह कहते हैं कि वास्तव में सेवानिवृत्ति के बाद लोगों के पास अचानक से काफी समय आ जाता है। उनकी दिनचर्या में बदलाव आता है। उनके पास हर चीज के लिए काफी समय होता है और इन सबसे दिनचर्या अव्यवस्थित हो सकती है। उन्हें यह लगता है कि अब काफी समय धीरे-धीरे व्यतीत होता है। इससे हो सकता है कि वे खाली समय में अपने निजी संबंधों पर ज्यादा ध्यान देने लगें, यह देखने लगें कि पत्नी क्या कर रही। ताक-झाँक करने लगें कि बच्चे, उनके प्रियजन क्या कर रहे हैं। इससे दूसरे के जीवन में हस्तक्षेप हो सकता है। इससे सभी को समस्या हो सकती है और आपका मान कम होता है।

अत: हमें इस स्थिति से निपटने की भी तैयारी करनी चाहिए।

1. हमें अपने स्वास्थ्य पर समग्र रूप से गौर करना चाहिए यानी सिर्फ शारीरिक ही नहीं, बल्कि मानसिक और सामाजिक रूप से भी बेहतर होने पर ध्यान देना चाहिए। मानसिक रूप से स्वस्थ नहीं होने पर उसका असर शरीर पर पड़ता है और मधुमेह, रक्तचाप जैसी समस्याएँ हो सकती है।

समय का सही सदुपयोग करें : रिटायरमेंट के बाद समय के सही तरीके से सदुपयोग की भी योजना बनानी चाहिए। ऐसा नहीं होने पर आप तनाव के शिकार हो सकते हैं। इसके तहत आप अपनी रुचि के हिसाब से अपना कोई काम शुरू कर सकते हैं या नई नौकरी कर सकते हैं। कभी नहीं सोचिए कि अब आप रिटायर हो गए हैं, अब क्या काम करना? यह ध्यान रखें कि रिटायरमेंट का यह मतलब नहीं है कि आप पूरी तरह शिथिल हो जाएँ। इससे सिर्फ मौजूदा नौकरी या काम से आपको छुट्टी मिलती है। आप अपनी रुचि के हिसाब से कुछ-न-कुछ जरूर कीजिए। हर व्यक्ति का कुछ करने का एक सपना होता है, पर समय की कमी और दूसरी जिम्मेदारियों के कारण वह पूरा नहीं हो पाता। अगर ऐसा है तो सेवानिवृत्ति के बाद उस सपने को मूर्त रूप देने का प्रयास करें। आप बेहतर महसूस करेंगे। वास्तव में जब तक आप काम कर सकते हैं, कीजिए। इससे जीवन में सकारात्मकता आएगी। जरूरत पड़ने पर इस काम में आप गैर-सरकारी संगठनों की मदद ले सकते हैं।

इसके अलावा अपने दोस्तों, रिश्तेदारों से मिलना-जुलना रखें। पुराने दोस्तों को तलाशें और नेटवर्किंग सुधारें। वरिष्ठ नागरिकों के मंच जैसे क्लब से जुड़ें। कोशिश करें कि आप मानसिक एवं शारीरिक रूप से दूसरे पर आश्रित नहीं रहें। घूमने, पढ़ने या जो भी आप पसंद करते हैं, उसे कीजिए। अपने भीतर के विद्यार्थी को हमेशा जीवित रखे, यानी हमेशा कुछ सीखने की ललक रखें। इससे आप सकारात्मक रहेंगे और तनाव से दूर रहेंगे।

2. संबंधों को बेहतर रखे। पति-पत्नी के बीच सही समीकरण जीवन को आनंदमय बना सकता है। बुजुर्गों के पास अनुभव के साथ अपने परिवार को देने के लिए बहुत कुछ होता है, लेकिन रिटायरमेंट के बाद अपने प्रियजन के जीवन में ज्यादा हस्तक्षेप नहीं करें। जरूरत पड़ने पर ही मदद की पेशकश करें और माँगने पर ही सलाह दें। इससे परिवार में आपका मान बना रहेगा और आप कभी अकेला महसूस नहीं करेंगे।

3. बीमारी से बचने के उपाय करने चाहिए, पर इस पर हमारा नियंत्रण नहीं है। कोई भी बीमारी कभी भी, किसी को भी हो सकती है। अत: इससे निपटने के लिए हमें अपना और आश्रित व्यक्तियों का स्वास्थ्य बीमा लेना चाहिए, ताकि किसी गंभीर बीमारी की स्थिति में वित्तीय बोझ नहीं पड़े। स्वास्थ्य बीमा नौकरी के दौरान शुरुआत में ही ले लेना चाहिए और उसे रिटायरमेंट के बाद भी बरकरार रखना चाहिए।

इस तरह से हम बेहतर वित्तीय नियोजन, शारीरिक और मानसिक स्वास्थ्य को बेहतर रख रिटायरमेंट के बाद अच्छे तरीके से जीवनयापन कर सकते हैं।

संदर्भ—

1. संयुक्त राष्ट्र जनसंख्या विभाग : विश्व जनसंख्या परिदृश्य, 2017
2. स्रोत: आर.बी.आई.

□

वित्तीय क्षेत्र में हो समस्या, कहाँ करें शिकायत

एक ग्राहक के रूप में हमें प्राय: बैंक, शेयर बाजार, म्यूचुअल फंड या बीमा क्षेत्र से जुड़ी समस्याओं का सामना करना पड़ता है। बैंकों में ए.टी.एम. से नकदी न निकलने पर भी खाते से पैसा कट जाना, बिना जानकारी दिए बैंक द्वारा शुल्क लगाना, अनाधिकृत तरीके से बैंक खाते से पैसा निकलना, बीमा पॉलिसी दस्तावेज नहीं मिलना, गलत जानकारी देकर बीमा उत्पाद बेचना, दावे के निपटान में देरी, क्रेडिट कार्ड पर अत्यधिक चार्ज जैसी समस्याओं से कभी-न-कभी सामना करना पड़ता ही है। सही जानकारी के अभाव में हम अपनी दिक्कतों के बारे में उचित प्राधिकार से शिकायत नहीं कर पाते और हमें परेशानी उठानी पड़ती है। इस अध्याय में इन समस्याओं की शिकायत के उचित तरीके और मंच के बारे में बताने का प्रयास किया गया है। इसमें बैंक, बीमा, पेंशन, शेयर बाजार और म्यूचुअल फंड में होनेवाली समस्याओं के बारे में शिकायत और उसके समाधान के उपायों की जानकारी दी जा रही है—

बैंक

बैंक ऐसी जगह है, जहाँ लगभग हम सभी को जाना होता है और कई तरह की समस्याएँ भी होती हैं। मसलन, ए.टी.एम. मशीन से नहीं निकलने के बावजूद खाते से पैसे का कट जाना, ऑनलाइन या दुकानों पर भुगतान मशीन (पी.ओ.पी.-प्वॉइंट ऑफ प्रजेंस) के जरिए भुगतान पर पैसा कट जाने पर संबंधित इकाई को पैसा नहीं मिलना, बिना पूर्व सूचना के शुल्क लगाया जाना, क्रेडिट कार्ड से जुड़े मामले, चेक से संबंधित समस्याएँ। सवाल यह है कि ऐसी समस्याओं से कैसे निपटा जाए?

सरकार ने इन समस्याओं से निपटने और लोगों को राहत देने के लिए पर्याप्त व्यवस्था की है। बैंकों के नियामक रिजर्व बैंक के अनुसार, बैंक से जुड़ी किसी भी समस्या के निपटान के लिए सबसे पहले अपनी बैंक शाखा से संपर्क करें। बैंक की किसी भी शाखा में शाखा प्रबंधक शिकायतों के निपटान के लिए नोडल अधिकारी होते हैं। आप अपनी शिकायत के निवारण के लिए निम्नलिखित प्रक्रियाएँ अपनाएँ—

1. बैंक की हर शाखा में शिकायत रजिस्टर का प्रावधान है। अपनी बैंक शाखा के शिकायत रजिस्टर में अपनी शिकायत या समस्या लिखें। यदि आस-पास रजिस्टर उपलब्ध नहीं हो तो इसकी माँग करें। आप अपनी शिकायत बैंक की वेबसाइट पर जाकर ऑनलाइन भी दर्ज करा सकते हैं।
2. यदि शाखा में शिकायत निवारण के लिए अधिकारियों के नाम लिखे या प्रदर्शित नहीं किए गए हैं, ऐसे अधिकारियों के नाम पूछें। बैंकों में शिकायत निवारण के लिए संबंधित बैंक के शाखा प्रबंधक नोडल अधिकारी होते हैं। वहीं किसी जोन में शिकायत के निपटान के लिए जोनल या क्षेत्रीय प्रबंधक नोडल अधिकारी होते हैं। इसके अलावा संबंधित बैंक के मुख्यालय में भी नोडल अधिकारी होते हैं, जहाँ आप अपनी शिकायत कर सकते हैं।
3. यदि आपका बैंक एक महीने के भीतर आपकी शिकायत का निपटान नहीं करता है तो आप भारतीय रिजर्व बैंक बैंकिंग लोकपाल से संपर्क कर अपनी शिकायत दर्ज करा सकते हैं। रिजर्व बैंक की बैंकिंग लोकपाल योजना आपकी शिकायतों का तेजी से और निःशुल्क निपटान करती है। बैंकिंग लोकपाल योजना में बैंकिंग सेवाओं की कई कमियों को शामिल किया गया है, जिसकी शिकायत आप कर सकते हैं। रिजर्व बैंक के अनुसार ये कमियाँ निम्नलिखित हैं—

- अदायगी न होना या चेकों, ड्राफ्ट, बिलों आदि की वसूली अथवा भुगतान में अधिक विलंब।
- कम मूल्य के नोटों का बिना पर्याप्त कारण के स्वीकार नहीं किया जाना तथा इसके लिए किसी भी तरह का कमीशन की माँग करना या वसूलना।
- सिक्कों को बिना किसी पर्याप्त कारण के स्वीकार न करना तथा उसके लिए कमीशन लेना।

- ड्राफ्ट, भुगतान आदेश अथवा बैंकर्स चेक जारी करने में विलंब अथवा जारी न करना।
- काम-काज के निर्धारित समय का पालन नहीं किया जाना।
- बैंक अथवा उसके सीधे बिक्री एजेंटों द्वारा लिखित रूप में वचन दी गई बैंकिंग सुविधाएँ (ऋणों और अग्रिमों के अतिरिक्त) प्रदान करने में विलंब।
- बैंक द्वारा बचत, चालू या अन्य खाते में जमा राशियों पर लागू ब्याज दर के संबंध में रिजर्व बैंक के निर्देश का पालन न करना, जमा राशियों का भुगतान न करना, पार्टियों के खातों में आय जमा न करना या विलंब करना।
- किसी वैध कारण के बिना जमा खाता खोलने हेतु इनकार।
- ग्राहक को पर्याप्त पूर्व सूचना दिए बिना प्रभार लगाना।
- ए.टी.एम./डेबिट कार्ड परिचालन या क्रेडिट कार्ड परिचालन पर रिजर्व बैंक के अनुदेशों का बैंक अथवा उनके अनुषंगियों द्वारा अनुपालन न होना।
- पेंशन वितरण में विलंब अथवा वितरण न करना।
- करों के प्रति भुगतान स्वीकार करने में विलंब अथवा इनकार करना।
- सरकारी प्रतिभूतियाँ जारी करने से इनकार अथवा विलंब या सेवा प्रदान करने में असमर्थता अथवा सेवा प्रदान करने में विलंब।
- बिना पर्याप्त सूचना अथवा बिना पर्याप्त कारण के जमा खातों को जबरन बंद करना।
- खाता बंद करने से इनकार या बंद करने में विलंब।
- बैंक द्वारा अपनाई गई बेहतर व्यवहार संहिता का अनुपालन न करना तथा बैंकिंग अथवा अन्य सेवाओं के संबंध में रिजर्व बैंक द्वारा जारी निर्देशों के उल्लंघन से संबंधित अन्य कोई मामला।
- इंटरनेट बैंकिंग सेवाओं में कमी।

4. बैंकिंग लोकपाल के समक्ष शिकायत दर्ज कराने के लिए कोई भी अपनी शिकायत सादे कागज पर लिखकर भेज सकता है। आप www.bankingombudsman.rbi.org.in पर लॉग इन कर ऑनलाइन अथवा इ-मेल भेजकर भी अपनी शिकायत दर्ज करा सकते हैं। सवाल उठता है

कि आखिर लोकपाल का पता और इ-मेल आई.डी. कैसे प्राप्त किया जा सकता है ? इसके लिए आप www.bankingombudsman.rbi.org.in पर जाकर बैंकिंग लोकपाल का पता पर क्लिक कर लोकपाल कार्यालयों के पते और इ-मेल आई.डी. प्राप्त कर सकते हैं।

क्या करें, जब पता चले कि खाते से पैसे निकल गए–

शनिवार का दिन था। राजकुमार शाम को अपने घर पर अपने बच्चों के साथ था। तभी उसे ध्यान आया कि उसे अपनी माँ का मोबाइल रिचार्ज कराना है। उसने तुरंत संबंधित दूरसंचार कंपनी की वेबसाइट पर जाकर 200 रुपए का मोबाइल रिचार्ज किया। मोबाइल पर उसके खाते से 200 रुपए कटने का संदेश आ गया। तभी 700 रुपए कटने का और संदेश आया। वह परेशान हो गया। उसे समझ में नहीं आया कि 700 रुपए किस चीज के कटे ? उसने तुरंत यह बात अपने एक मित्र को बताई। मित्र ने उसे फौरन ए.टी.एम. से स्टेटमेंट निकालने और देखने को कहा। पर स्टेटमेंट में यह साफ नहीं था कि पैसा कहाँ गया ? उसकी परेशानी बढ़ती जा रही थी, क्योंकि उसके खाते में अच्छी-खासी रकम थी। फिर उसके मित्र ने सुझाव दिया कि तुम हेल्पलाइन नंबर पर बात करो। उसने कार्ड ब्लॉक कराने के इरादे से हेल्पलाइन नंबर पर फोन किया। वहाँ संबंधित अधिकारी से बात करने पर उसे पता चला कि उसने 700 रुपए का चेक एक व्यक्ति को दिया था, जो करीब 20 दिन बाद क्लीयर हुआ। यह सुनने के बाद उसे संतोष हुआ।

इस प्रकार की चीजें किसी के भी साथ हो सकती हैं। ऐसी स्थिति में आप संबंधित बैंक के हेल्पलाइन नंबर पर कॉल कर जानकारी ले सकते हैं और जरूरत पड़ने पर कार्ड बंद करवा सकते हैं। किसी बैंक का हेल्पलाइन नंबर उसकी वेबसाइट से लिया जा सकता है। ए.टी.एम. केंद्रों पर हेल्पलाइन नंबर लिखे होते हैं।

महत्त्वपूर्ण बात : डिजिटल लेन-देन बढ़ने के साथ धोखाधड़ी का जोखिम भी बढ़ा है। ऐसे में सवाल उठता है अनाधिकृत/इलेक्ट्रॉनिक बैंक लेन-देन की स्थिति में क्या किया जाए ? बैंक खाते अथवा क्रेडिट/डेबिट कार्ड में धोखाधड़ी या अनाधिकृत लेन-देन में क्या किया जाए ?

रिजर्व बैंक ने इस संदर्भ में ग्राहकों के हित में अच्छी व्यवस्था की है। रिजर्व बैंक की 6 जुलाई, 2017 को जारी अधिसूचना में धोखाधड़ी के जरिए ग्राहकों के खाते से पैसा निकलने को लेकर देनदारी तय की है।[1] इसके अनुसार ग्राहकों की निम्न परिस्थितियों में कोई नुकसान नहीं होगा—

1. गड़बड़ी या धोखाधड़ी बैंक की लापारवाही अथवा सेवा की कमी से हुई है तो सारी जिम्मेदारी बैंक की ही होगी। भले ही ग्राहक इस लेन-देन की रिपोर्ट बैंक को करे या नहीं करे।
2. कोई तीसरा पक्ष गड़बड़ी करता है और ग्राहक के खाते से धोखाधड़ी कर पैसा निकालता है और इसमें न तो बैंक की और न ही ग्राहक की कोई गलती है, बल्कि समस्या प्रणाली से संबंधित है। ऐसी स्थिति में अगर ग्राहक बैंक की तरफ से अनाधिकृत लेन-देन की सूचना मिलने के तीन कार्य दिवस के भीतर अपने बैंक को सूचना देता है तो उसकी देनदारी नहीं होगी।

ग्राहकों की सीमित देनदारी–

अधिसूचना के अनुसार अनाधिकृत लेन-देन की स्थिति में निम्न परिस्थितियों में ग्राहकों को कुछ नुकसान उठाना पड़ेगा—

1. अगर ग्राहकों की लापरवाही से धोखाधड़ी होती है तो ग्राहक को तब तक पूरे नुकसान का वहन करना होगा, जब तक वह गलत लेन-देन के बारे में बैंक को जानकारी नहीं देता। ग्राहकों की लापरवाही में पासवर्ड, ओ.टी.पी. (वन टाइम पासवर्ड), खाता संख्या या भुगतान से जुड़ी अन्य गोपनीय जानकारी साझा करना है। बैंक को अनाधिकृत लेन-देन के मामले की जानकारी देने के बाद अगर कोई नुकसान होता है तो उसका वहन बैंक को करना होगा।
2. अगर अनाधिकृत इलेक्ट्रॉनिक बैंकिंग लेन-देन के लिए न तो बैंक जिम्मेदार है और न ही ग्राहक, बल्कि इसका कारण प्रणाली की खामी से जुड़ा है। ऐसी स्थिति में सूचना मिलने के बाद तीन कार्य दिवस के भीतर बैंक को सूचना देने पर आपकी जवाबदेही शून्य होगी, लेकिन अगर बैंक को यह सूचना देने में देरी की जाती है और यह चार से सात कार्य दिवस में किया जाता है तो ग्राहक की देनदारी लेन-देन मूल्य या नीचे सारणी में दी गई राशि, जो भी कम हो, होगी।

सारणी-1

ग्राहक की अधिकतम देनदारी

ग्राहक की अधिकतम देनदारी	
खाते का प्रकार	**अधिकतम देनदारी (₹)**
• सामान्य बचत जमा खाता (बी.एस.बी.डी.)	5,000
• अन्य सभी प्रकार के बचत खाते • प्रीपेड भुगतान उत्पाद या कार्ड और गिफ्ट कार्ड • एम.एस.एम.ई.आर. के चालू/कैश क्रेडिट/ओवरड्राफ्ट खातों • सालाना औसत 25 लाख रुपए तक के जमा वाले व्यक्तिगत चालू खाता/कैश क्रेडिट/ओवरड्राफ्ट एकाउंट • पाँच लाख रुपए तक की सीमा वाला क्रेडिट कार्ड	10,000
• अन्य सभी चालू खाता/कैश क्रेडिट/ओवरड्राफ्ट खातों • पाँच लाख रुपए से अधिक सीमा वाला क्रेडिट कार्ड	25,000

स्रोत : आर.बी.आई.

5. पुनः ग्राहक अगर धोखाधड़ी की जानकारी देने में सात कार्य दिवसों से अधिक की देरी करते हैं, ग्राहकों की देनदारी बैंक की नीति के अनुसार निर्धारित होगी। बैंक ग्राहकों की देनदारी के संदर्भ में खाता खोलने के समय ग्राहक को अपनी नीति का ब्योरा उपलब्ध कराएँगे। साथ ही, बैंक अपनी इस नीति को सार्वजनिक रूप से रखेंगे, ताकि ग्राहक आसानी से इसे देख सके और इसके बारे में अवगत हो सके। मौजूदा ग्राहकों को भी बैंक की इस नीति के बारे में निश्चित रूप से व्यक्तिगत तौर पर अवगत कराया जाना चाहिए।

तीसरे पक्ष की सेंधमारी के मामले में, जिसमें न तो बैंक की तरफ से और न ही ग्राहक की तरफ से लापरवाही हुई है, उसमें ग्राहकों की देनदारी को निम्न सारणी से अच्छी तरह समझा जा सकता है।

सारणी-2

ग्राहकों की देनदारी का सारांश	
धोखाधड़ी लेन-देन के बारे में सूचना मिलने के बाद बैंक को जानकारी देने में लगाया जानेवाला समय	ग्राहकों की देनदारी
तीन कार्य दिवस के भीतर	कोई देनदारी नहीं
चार से सात कार्य दिवसों के भीतर	लेन-देन मूल्य या सारणी 1 में उल्लेखित राशि जो भी कम हो
सात कार्य दिवसों से अधिक	बैंक की नीति के अनुसार

स्रोत : आर.बी.आई.

महत्त्वूपर्ण बात–

1. ग्राहक से सूचना मिलने के बाद बैंक गलत तरीके से ली गई इलेक्ट्रॉनिक लेन-देन की राशि 10 कार्य दिवसों के भीतर ग्राहक के खाते में डालेगा। बैंक अनाधिकृत इलेक्ट्रॉनिक लेन-देन में ग्राहकों पर बनने वाली देनदारी से छूट दे सकता है, भले ही लापरवाही ग्राहकों की तरफ से हो। लेकिन यह पूरी तरह बैंक का विशेषाधिकार है।
2. इसके अलावा बैंक यह सुनिश्चित करेगा कि शिकायत का समाधान तथा ग्राहक की अगर कोई देनदारी बनती है तो उसके बारे में निर्णय बैंक नीति के अनुसार निर्धारित समय-सीमा में हो जाए। यह समय-सीमा शिकायत प्राप्त करने की तारीख से 90 दिन से अधिक नहीं होगी और ग्राहकों को उक्त प्रावधानों के तहत नियमानुसार क्षतिपूर्ति दी जाएगी।
3. अगर शिकायत का समाधान 90 दिनों के भीतर नहीं होता है, निर्धारित नियम के अनुसार संबंधित ग्राहकों को उक्त प्रावधानों के अनुसार क्षतिपूर्ति देनी होगी।
4. डेबिट कार्ड/बैंक खाते के मामले में ग्राहक को ब्याज का नुकसान नहीं होगा और क्रेडिट कार्ड के मामले में ग्राहक को ब्याज का कोई अतिरिक्त बोझ नहीं उठाना पड़ेगा।

डिजिटल लेन-देन के लिए सतर्कता–

डिजिटल लेन-देन बढ़ने के साथ इसकी सुरक्षा भी जरूरी है। रिजर्व बैंक सुरक्षित डिजिटल लेन-देन के बारे में निम्नलिखित उपाय करने को कहता है—

1. एक सुरक्षित डिजिटल लेन-देन के लिए केवल सत्यापित और भरोसेमंद ब्राउजर का प्रयोग करें।
2. भुगतान के लिए केवल एचटीटीपी सुरक्षित वेबसाइटों का ही उपयोग करें।
3. भुगतान संबंधी एप्लीकेशन को अद्यतन करते रहें।

अंत में सामान्य बातें, लेकिन जरूरी चीज का जरूर ध्यान रखें। कभी भी किसी को भी फोन पर या कसी भी रूप में खाता संख्या, पिन, पासवर्ड, ओ.टी.पी., सी.वी.वी. अथवा अन्य जरूरी जानकारी नहीं दें। किसी दुकान या स्टोर पर कार्ड से भुगतान करते समय कार्ड पर नजर रखें और पिन छिपाकर डालें अन्यथा धोखाधड़ी के शिकार हो सकते हैं। कई बार देखा गया है कि धोखाधड़ी करनेवाला स्वयं को बैंक का अधिकारी बताकर कार्ड या अन्य जानकारी लेने की कोशिश करता है। कई बार लोग इस धोखे में आ भी जाते हैं, जिससे उन्हें नुकसान उठाना पड़ता है। ऐसे फोन कॉल्स या लोगों से सावधान रहने की जरूरत है।

सेबी और म्यूचुअल फंड से जुड़ी शिकायतें

कई बार ऐसे मौके आते हैं, जब एक निवेशक के रूप में सूचीबद्ध कंपनी या सेबी के पास पंजीकृत मध्यस्थों के कार्यों से आपको परेशानी होती है और नुकसान उठाना पड़ता है। ऐसी स्थिति में शिकायतों के समाधान के लिए पर्याप्त उपाय किए गए हैं। पूँजी बाजार नियामक भारतीय प्रतिभूति एवं विनिमय बोर्ड (सेबी) के अनुसार, किसी प्रकार की शिकायत होने पर सबसे पहले आप संबंधित कंपनी/मध्यस्थ से संपर्क करें। अगर आप उससे संतुष्ट नहीं होते हैं तो आप इसकी शिकायत ऑनलाइन या सेबी प्रमुख के नाम से एक पत्र भेज कर कर सकते हैं। यह पत्र आप सेबी के मुंबई स्थित मुख्यालय या किसी भी क्षेत्रीय कार्यालय में भेज सकते हैं। इस पर कारवाई की जाती है। कार्यालयों के पते सेबी की वेबसाइट से प्राप्त किए जा सकते हैं। इस पुस्तक में भारत के वित्तीय नियामक अध्याय में कार्यालयों के पते दिए गए हैं।

सेबी ने ऑनलाइन शिकायत के लिए शिकायत निपटान प्रणाली स्कोर (सेबी

कम्प्लेंट्स रिड्रेस सिस्टम) व्यवस्था स्थापित की है। इसके जरिए आप सेबी की वेबसाइट पर पंजीकरण कर ऑनलाइन शिकायत कर सकते हैं। इस पर 'स्कोर्स डॉट गाव डॉट इन' (scores.gov.in) के जरिए पहुँच सकते हैं।

पूँजी बाजार नियामक सेबी कानून, प्रतिभूति अनुबंध नियमन कानून, डिपोजिटरी कानून तथा कंपनी कानून, 2013 की धारा 24 के तहत आनेवाले प्रावधान से जुड़े मामलों से संबंधित शिकायतों का निपटान करता है।

एक चीज का ध्यान रखें कि शिकायत पूर्ण रूप से हो और उसके साथ जरूरी दस्तावेज लगाए जाएँ, क्योंकि अधूरी शिकायत, बिना वैध दस्तावेज के आरोप, गैर-सूचीबद्ध कंपनियों, रुग्ण कंपनियों, ऋण शोधन के अंतर्गत आनेवाली कंपनियों, निलंबित कंपनियों, अदलतों में विचाराधीन मामलों से जुड़ी शिकायतों पर गौर नहीं किया जाता।

अगर निवेशक सूचीबद्ध कंपनी या पंजीकृत मध्यस्थ से शिकायत के निपटान के लिए संपर्क किया और संबंधित इकाई ने शिकायत खारिज कर दी या शिकायतकर्ता को शिकायत निपटान को लेकर कोई सूचना नहीं मिली अथवा शिकायतकर्ता जवाब से संतुष्ट नहीं है तो वे शिकायत की तारीख से तीन साल के भीतर सेबी शिकायत प्रणाली स्कोर पर शिकायत कर सकते हैं। अगर निवेशक निर्धारित समय पर शिकायत नहीं कर पाते हैं, वह संबद्ध इकाई से सीधे तौर पर मामले को उठा सकते हैं या उपयुक्त अदालत में जा सकते हैं।

आप अपनी शिकायत को लेकर अगर सेबी के संबंधित अधिकारी से बात करना चाहते हैं तो स्कोर के खंड 'कम्प्लेन स्टेटस' पर जाएँ। वहाँ पंजीकरण संख्या और पासवर्ड डालकर आपकी शिकायत से संबंधित अधिकारी का नाम और फोन नंबर प्राप्त कर सकते हैं। इसके अलावा, टॉल फ्री हेल्पलाइन नंबर 1800 266 7575 या 1800 22 7575 पर भी मदद ले सकते हैं। यहाँ आपको अपनी शिकायत की पंजीकरण संख्या बतानी होती है। उसके बाद वे आपको आपकी शिकायत को देख रहे अधिकारी का नाम और उसके फोन नंबर दे सकते हैं।

स्कोर का लाभ उठाने के लिए आपको पोर्टल के स्कोर पेज पर जाकर पंजीकरण कराना बेहतर होगा। पंजीकृत उपयोगकर्ता होने से आपको प्रत्येक नई शिकायत के लिए बार-बार व्यक्तिगत जानकारी देने की आवश्यकता नहीं होगी।

एक सवाल यह उठता है कि शिकायत के निपटान में कितना समय लगेगा? सेबी कहता है कि इकाइयों को यथोचित समय पर काररवाई रिपोर्ट देनी होती है,

लेकिन यह 30 दिन से अधिक नहीं होगा। कई बार इकाई से संतोषजनक जवाब नहीं मिलने, इकाई द्वारा माँगी गई सूचना/दस्तावेज उपलब्ध कराने में देरी, इकाई के लापता होने आदि के कारण शिकायत निपटान में देरी हो सकती है।

सेबी के अनुसार, शिकायतकर्ता खुद से भी कानूनी कदम उठा सकते हैं। अगर आप गलत कार्यों से प्रभावित हैं तो प्रतिभूति एवं अन्य कानून के तहत कानूनी कदम उठा सकते हैं। आप इसके लिए अदालत, उपभोक्ता अदालत या मध्यस्थता में जा सकते हैं।

पूँजी बाजार नियामक के अनुसार, अगर कोई निवेशक इंटरनेट या प्रौद्योगिकी के उपयोग को लेकर सहज नहीं है तो वह प्रतिभूति बाजार से जुड़ी शिकायतों के लिए फोन पर भी मदद ले सकता है। इसके लिए सेबी ने टॉल फ्री हेल्पलाइन नंबर 1800 266 7575 या 1800 22 7575 शुरू किया है। देश में कहीं से भी (घोषित छुट्टी वाले दिन को छोड़कर) सुबह 9.30 बजे से लेकर शाम 5.30 बजे तक इस पर कॉल किया जा सकता है। आप उन्हें फोन कर पंजीकरण संख्या बताएँ और वे आपको जरूरी जानकारी उपलब्ध कराएँगे। इस टॉल फ्री नंबर के जरिए आप आई.पी.ओ. के लिए आवेदन के तरीके, डिमैट खाता खोलने, कंपनी की स्थिति, सेबी के पास पंजीकृत मध्यस्थों के नाम और पते, लाभांश, बोनस, राइट इश्यू आदि के बारे में जानकारी प्राप्त करने के तरीके, म्यूचुअल फंड योजना का एन.ए.वी. कहाँ से प्राप्त किया जा सकता है आदि के बारे में भी जानकारी ले सकते हैं। हालाँकि इस हेल्पलाइन नंबर से आप कोई कानूनी सलाह या निवेश के बारे में सलाह नहीं प्राप्त कर सकते।

इसके अलावा, आप किसी सवाल / प्रतिक्रिया या सहायता के लिए निम्न नंबरों पर भी संपर्क कर सकते हैं—022-26449188/ 26449199/40459188/40459199। साथ ही सेबी को 'सेबी एट सेबी डॉट गाव डॉट इन' (sebi@sebi.gov.in.) पर मेल भी किया जा सकता है।

म्यूचुअल फंड से जुड़ी शिकायतों का समाधान

म्यूचुअल फंड के नियमन का जिम्मा भी सेबी के पास है। म्यूचुअल फंड में निवेश करनेवालों को योजना से जुड़े पेशकश दस्तावेज मिलते हैं। उसमें उस व्यक्ति का नाम होता है, जिससे निवेशक कोई सवाल या शिकायत होने पर संपर्क कर सकते हैं। म्यूचुअल फंड के न्यासी (ट्रस्टी) म्यूचुअल फंड की गतिविधियों

पर नजर रखते हैं। पेशकश दस्तावेज में संपत्ति प्रबंधन कंपनी के निदेशकों तथा न्यासियों के नाम भी दिए होते हैं। निवेशक को अगर कोई शिकायत या समस्या है तो उन्हें अपनी शिकायत को लेकर संबंधित म्यूचुअल फंड/म्यूचुअल फंड के इनवेस्टर सर्विस सेंटर से संपर्क करना चाहिए। अगर इन सबसे शिकायतों का समाधान नहीं होता है तो निवेशक नियामक सेबी से संपर्क कर सकता है।

शिकायत मिलने पर सेबी संबंधित म्यूचुअल फंड के समक्ष मामले को रखता है और नियमित आधार पर उसके समाधानों लेकर उठाए जानेवाले कदमों पर नजर रखता है। निवेशक पत्र के जरिए अपनी शिकायत भारतीय प्रतिभूति एवं विनिमय बोर्ड के 'ऑफिस ऑफ इनवेस्टर एसिसटेंस एंड एजुकेशन (ओ.आई.ए.ई.), प्लॉट नं. C4-A, G ब्लॉक, पहली मंजिल, बांद्रा-कुर्ला कॉम्पलेक्स, बांद्रा (E), मुंबई 400051 पर भेज सकते हैं। इसका फोन नंबर 26449199-88-77 है।

इसके अलावा निवेशक म्यूचुअल फंड के बारे में 'स्कोर्स डॉट गाव डॉट इन' पर जाकर ऑनलाइन शिकायत भी दर्ज करा सकते हैं। इसके बारे में ऊपर चर्चा की जा चुकी है।

बीमा कंपनियों से जुड़ी शिकायतें

सरकार ने जीवन बीमा, साधारण बीमा और स्वास्थ्य बीमा ले रखे पॉलिसीधारकों की समस्याओं के निपटान की समुचित व्यवस्था की है।[2] इसके तहत अगर बीमाधारक को बीमाकर्ता, बीमा बिक्री से संबद्ध मध्यस्थ संस्थान, वितरण माध्यम या अन्य नियमित इकाइयों से कोई शिकायत है तो वह संबंधित बीमा कंपनी के शिकायत निपटान अधिकारी से मिलेगा। अगर संबंधित बीमा कंपनी का शिकायत अधिकारी समस्या का समाधान नहीं करता है या निपटान संतोषजनक नहीं है तो बीमाकर्ता भारतीय बीमा नियामक एवं विकास प्राधिकरण (इरडा) की शिकायत निवारण प्रबंध प्रणाली में शिकायत दर्ज करा सकता है। प्राधिकरण शिकायत की फिर से जाँच में सहायता करता है, ताकि बीमाकर्ता द्वारा अंतिम रूप से मसले का समाधान किया जा सके।

विनियमन में यह प्रावधान है कि बीमाधारक की शिकायतों के बेहतर तरीके से और तेजी से निपटान करने, शिकायत पर की गई काररवाई के बारे में सूचना देने, जरूरत पड़ने पर बीमा लोकपाल के बारे में जानकारी देने के लिए प्रत्येक बीमा कंपनी में एक प्रभावी शिकायत निपटान प्रणाली होगी। इसके तहत

निम्नलिखित व्यवस्था की गई है—

1. प्रत्येक बीमा कंपनी के कॉरपोरेट कार्यालय में वरिष्ठ स्तर के मनोनीत शिकायत निपटान अधिकारी होंगे। वह अधिकारी प्राधिकरण के लिए संपर्क व्यक्ति होगा।
2. बीमा कंपनी के प्रत्येक कार्यालय में भी एक मनोनीत शिकायत निपटान अधिकारी होगा। यह अधिकारी उस कार्यालय का प्रमुख (शाखा प्रबंधक) होगा।
3. शिकायत निपटान अधिकारी के पूरे ब्योरा के साथ संपर्क के बारे में जानकारी बीमा कंपनी की वेबसाइट पर दी जाएगी। इसके अलावा बीमा कार्यालय में वहाँ के शिकायत निपटान अधिकारी के साथ कॉरपोरेट कार्यालय में शिकायत निपटान अधिकारी से लेकर अन्य शिकायत निपटान अधिकारियों के पद के क्रमानुसार नाम और संपर्क विवरण संबंधित कार्यालयों के नोटिस बोर्ड पर प्रदर्शित करना होगा।
4. बीमा कंपनी के प्रत्येक कार्यालय में एक प्रमुख स्थान पर उस बीमा लोकपाल का नाम और अन्य संपर्क विवरण भी प्रदर्शित किए जाएँगे, जिसके अधिकार क्षेत्र में वह कार्यालय आता है।

इरडा ने पॉलिसीधारकों के हितों के संरक्षण नियमन एवं शिकायत दिशा-निर्देश के क्रियान्वयन पर नजर रखने तथा बीमा उद्योग से संबंधित शिकायत आँकड़ों का केंद्रीय रिपॉजिटरी बनाने के लिए समन्वित शिकायत प्रबंधन प्रणाली (आई.जी.एम.एस.) क्रियान्वित की है। आई.जी.एम.एस. पॉलिसीधारकों को रास्ता प्रदान करता है, जिसके तहत बीमाधारक को सबसे पहले अपनी शिकायत संबंधित बीमा कंपनियों को करनी होती है। उसके बाद जरूरत पड़ने पर शिकायत इरडा शिकायत प्रकोष्ठ पर किया जा सकता है।

आई.जी.एम.एस. के जरिए पॉलिसीधारकों को न केवल केंद्रीकृत और ऑनलाइन सुविधा मिलती है, बल्कि इरडा इसके जरिए संबंधित मुददों पर नजर एवं नियंत्रण भी रखता है।

पॉलिसीधारकों को आई.जी.एम.एस. बीमा कंपनियों के निपटान प्रणाली का ब्योरा भी उपलब्ध कराता है। इसके अलावा आई.जी.एम.एस. पॉलिसीधारकों को बीमा ओम्बुड्समैन के बारे में जानकारी देता है। ओम्बुड्समैन शिकायतों के निष्पक्ष निपटान के लिए मंच प्रदान करता है।

आई.जी.एम.एस. कैसे काम करता है : पॉलिसीधारक को सबसे पहले 'आई.जी.एम.एस. डाट इरडा डाट इन' (igms.irda.gov.in) पर लॉग-इन कर शिकायत दर्ज करने से पहला अपना प्रोफाइल सृजित करना होता है। पॉलिसीधारक के आई.जी.एम.एस. पर पंजीकरण के बाद शिकायत संबंधित बीमा कंपनियों को भेज दी जाती है। पॉलिसीधारक शिकायत दर्ज करते समय बीमा कंपनी के शाखा कार्यालयों का ब्योरा देख सकते हैं। शिकायत दर्ज करने के बाद पॉलिसीधारक को पुष्टि के लिए इ-मेल मिलता है। इसमें इरडा टोकन नंबर होता है। इसका उपयोग इरडा और बीमा कंपनी आई.जी.एम.एस. के जरिए शिकायत पर नजर रखने के लिए करते हैं। अगर शिकायतकर्ता बीमा कंपनी द्वारा उपलब्ध समाधान से संतुष्ट नहीं है तो नियमन के संभावित उल्लंघन को लेकर इरडा के पास समीक्षा का आग्रह कर सकता है। इस दौरान बीमा कंपनी, बीमाधारक के बीच की बातें तथा इरडा की टिप्पणी शिकायतकर्ता देख सकता है।

कैसे करें शिकायत : बीमा पॉलिसी को लेकर अगर कोई शिकायत है तो सबसे पहले आप संबंधित बीमा कंपनी के कार्यालय से संपर्क करे। आप उनसे इ-मेल या शाखा में जाकर संपर्क कर सकते हैं। संबंधित बीमा कंपनी के शिकायत अधिकारी का इ-मेल आप संबंधित बीमा कंपनी की वेबसाइट या इरडा की वेबसाइट से ले सकते हैं। अगर बीमा कंपनी के शिकायत अधिकारी या संबंधित व्यक्ति से जवाब नहीं आता है तो आप इरडा से संपर्क कर सकते हैं। इरडा से संपर्क इ-मेल, आई.जी.एम.एस., फोन या पत्र के जरिए किया जा सकता है।

एक चीज का ध्यान रखें, जो भी शिकायत है, उसका पूरा ब्योरा उपलब्ध कराएँ, तभी आपकी समस्या का समाधान होगा।

पत्र लिखने का पता—

General Manager
Insurance Regulatory and Development Authority Of India
Consumer Affairs Department-Grievance Redressal Cell
Sy No. 115/A, Financial District, Nanakramguda
Gachibowli, Hyderabad- 500032

फोन पर शिकायत के लिए—

टॉल फ्री नंबर : 1800 4254 732 या 155255

इ-मेल : complaints@irda.gov.in

दावा निपटान के नियम—जीवन बीमा

1. बीमा कंपनियाँ मृत्यु दावा प्राप्त करने के बाद दावे के निपटान की प्रक्रिया शीघ्रता से करेंगी। अगर कोई सवाल है या अतिरिक्त दस्तावेज की जरूरत है तो दावा प्राप्त के 15 दिन के भीतर एक साथ माँगेंगे न कि टुकड़ों में।[3]
2. जीवन बीमा के तहत मृत्यु दावे का निपटान सभी प्रासंगिक दस्तावेज और जरूरी स्पष्टीकरण प्राप्त करने के 30 दिन के भीतर किया जाएगा। हालाँकि जहाँ दावे की जाँच की जरूरत है, तो इसे यथाशीघ्र शुरू किया जाएगा और जाँच तेजी से पूरी की जाएगी। दावा सूचना के बाद किसी भी स्थिति में यह 90 दिन से अधिक नहीं होगा तथा उसके बाद 30 दिन के भीतर दावे का निपटान करना होगा। अगर बीमा कंपनी नियम के मुताबिक तय समय पर दावे का निपटान नहीं करती है और देरी उसकी तरफ से है तो उसे अंतिम जरूरी दस्तावेज प्राप्त करने की तारीख से दावा राशि पर ब्याज देना होगा, जो बैंक दर से 2 प्रतिशत अधिक होगा।
3. अगर दावा राशि तैयार है, लेकिन जिसे भुगतान किया जाना है, उसकी उचित पहचान संबंधी कारणों से उसका भुगतान नहीं हो रहा है तो संबंधित बीमा कंपनी उस दिन से बैंक दर के हिसाब से दावा राशि पर ब्याज देगी जब से वह (बीमा राशि) तैयार है।
4. बीमा अवधि पूरी होने के मामले में बीमा कंपनी दावा निपटान प्रक्रिया शुरू करेगी। इसके तहत बीमित व्यक्ति को समय रहते सूचना भेजेगी या बाद की तारीख का चेक भेजेगी अथवा बैंक खाते में सीधे पैसे डालेगी, ताकि राशि का भुगतान निर्धारित तिथि तक हो जाए। अगर ऐसा नहीं होता है और दावा राशि देने में देरी होती है तो बीमा कंपनी को बैंक दर से 2 प्रतिशत अधिक ब्याज देना होगा। यह ब्याज निर्धारित तिथि या जरूरी दस्तावेज मिलने की तारीख, जो भी बाद में हो, से देना होगा।
5. बीमा कंपनियाँ बीमा पॉलिसी दस्तावेज देखने के लिए समय देती हैं। कंपनियाँ पॉलिसी के नियम एवं शर्तों पर गौर करने के लिए पॉलिसी दस्तावेज मिलने की तारीख से 15 दिन तथा इलेक्ट्रॉनिक तरीके से प्राप्त पॉलिसी के लिए 30 दिन का समय देती हैं। इस दौरान पॉलिसीधारक को अगर किसी नियम को लेकर आपत्ति है तो उसके पास पॉलिसी बीमा

कंपनी को भेजकर उसे रद्द करने का विकल्प होता है। इस परिस्थिति में बीमाधारक ने जो प्रीमियम दिया हे, वह उसे मिल जाएगा। अगर बीमा कंपनी को संबंधित व्यक्ति की स्वास्थ्य जाँच तथा स्टांप डयूटी पर कुछ खर्च हुआ है तो उसे काट लिया जाएगा। साथ ही, उस अवधि के दौरान अनुपातिक जोखिम प्रीमियम काटा जाएगा।

6. पॉलिसी देखने के लिए दिए गए समय के दौरान अगर पॉलिसी लौटाई जाती है, बीमा सरेंडर या वापस किया जाता है तो बीमा कंपनी अनुरोध प्राप्त होने या अंतिम जरूरी दस्तावेज प्राप्त होने के 15 दिन के भीतर भुगतान करेगी। ऐसा नहीं करने पर संबंधित बीमा कंपनी को बचत खाते पर बैंक ब्याज दर से 2 प्रतिशत अधिक ब्याज देना होगा। यह ब्याज अनुरोध प्राप्त होने या जरूरी दस्तावेज प्राप्त होने, जो भी देर से हो, उस तारीख से देय होगा।

स्वास्थ्य बीमा–

1. बीमा कंपनी प्रावधानों के तहत अंतिम जरूरी दस्तावेज प्राप्त करने की तारीख से 30 दिनों के भीतर दावों का निपटान करेंगी।[4]
2. दावे के भुगतान में देरी की स्थिति में बीमा कंपनी अंतिम जरूरी दस्तावेज की प्राप्ति की तिथि से दावा राशि के भुगतान तक बैंक ब्याज दर से 2 प्रतिशत अधिक ब्याज देगी।
3. हालाँकि जिस मामले में बीमा कंपनी के अनुसार दावे की जाँच की आवश्यकता है, वह यथाशीघ्र जाँच पूरी करेगी। यह किसी भी स्थिति में अंतिम जरूरी दस्तावेज प्राप्ति की तिथि से 30 दिन से अधिक नहीं होगा। ऐसे मामलों में बीमाकर्ता जरूरी दस्तावेज प्राप्त करने की तिथि से 45 दिन के भीतर दावे का निपटान करेगा। अगर 45 दिन में दावे का भुगतान नहीं होता है तो बीमाकर्ता को जरूरी दस्तावेज प्राप्त करने की तिथि से दावा राशि के भुगतान तक बैंक दर से ऊपर 2 प्रतिशत ब्याज देना होगा।
4. पॉलिसी के नियम व शर्तों को देखने के लिए मिलने वाली 15 दिन की मुफ्त अवधि के दौरान अगर पॉलिसी रद्द करने का आग्रह किया जाता है तो संबंधित बीमा कंपनी अनुरोध मिलने के 15 दिन के भीतर अगर कोई रिफंड बनता है, तो उसे वापस करेगी।

साधारण बीमा–

1. बीमित व्यक्ति या दावाकर्ता बीमा अनुबंध के तहत बीमाकर्ता को किसी भी प्रकार के नुकसान की जानकारी यथाशीघ्र या बीमा कंपनी द्वारा निर्धारित समय-सीमा में देगा। नुकसान की सूचना मिलने के बाद साधारण बीमा कंपनी तुरंत जवाब देगी और पूरी प्रक्रिया के बारे में बीमित व्यक्ति को जानकारी देगी। वैसे मामले में जहाँ आकलनकर्ता (सर्वेयर) को नुकसान का आकलन करने के लिए नियुक्त करने की जरूरत है, कंपनी यह तुरंत करेगी। यह किसी भी हालत में बीमित व्यक्ति से सूचना मिलने के 72 घंटे के भीतर होगा। बीमा कंपनी सर्वेयर की नियुक्ति के तुरंत बाद पत्र, इ-मेल या किसी भी इलेक्ट्रॉनिक रूप में सर्वेयर की नियुक्ति, भूमिका, कर्तव्य और जवाबदेही के बारे में जानकारी देगी।
2. बीमा कंपनी/सर्वेयर दावा के बारे में सूचना मिलने के सात दिन के भीतर बीमित व्यक्ति/दावाकर्ता को उन जरूरी दस्तावेज और अन्य जरूरतों के बारे में जानकारी देगा, जो दावाकर्ता को अपने दावे के समर्थन में जमा करना चाहिए। अगर संबंधित दस्तावेज सार्वजनिक रूप से उपलब्ध है या सार्वजनिक प्राधिकरण के पास है तो सर्वेयर/बीमा कंपनी उसे हासिल करेगी।
3. सर्वेयर नियुक्ति के तुरंत बाद सर्वे शुरू करेगा और अगर किसी आपात स्थिति के कारण देरी होती है तो किसी भी परिस्थिति में उसे नियुक्ति के 48 घंटे के भीतर यह काम शुरू करना है। सर्वेयर कम-से-कम अवधि में नुकसान के बारे में अंतरिम रिपोर्ट बीमा कंपनी को देगा। यह किसी भी स्थिति में सर्वेयर के पहले दौरे से 15 दिन से अधिक नहीं होना चाहिए। बीमा कंपनी दावाकर्ता की इच्छा के आधार पर अंतरिम रिपोर्ट की प्रति उसे उपलब्ध कराएगी।
4. अगर बीमित व्यक्ति सर्वेयर द्वारा माँगी गई जानकारी या दस्तोवज उपलब्ध नहीं करा पाता है या उसे पूरा सहयोग नहीं मिलता है तो बीमा कंपनी या सर्वेयर इस बारे में लिखित में दावाकर्ता को सूचना देगा कि उसके रुख से दावे के आकलन में विलंब हो सकता है। यह बीमा कंपनी और सर्वेयर की जिम्मेदारी होगी कि वह लंबित सूचना या दस्तावेज के बारे में बीमित व्यक्ति को जानकारी देता रहे। बीमा कंपनी या सर्वेयर

ऐसी किसी सूचना या दस्तावेज की माँग नहीं करेंगे, जो दावे के लिए प्रासंगिक नहीं है।

5. सर्वेयर नियुक्ति के 30 दिन के भीतर अपनी अंतिम रिपोर्ट बीमा कंपनी को देगा। हालाँकि यह विनियमन के उप-नियम 4 पर निर्भर करता है। दावाकर्ता की इच्छा पर सर्वेयर की रिपोर्ट बीमा कंपनी उसे उपलब्ध कराएगी। अगर दावा वाणिज्यिक और बड़े जोखिम से संबंधित है तो सर्वेयर अपनी नियुक्ति के 90 दिन के भीतर अंतिम रिपोर्ट सौंपेगा। हालाँकि बीमा कंपनी अंतिम सर्वे रिपोर्ट या अंतिम प्रासंगिक और जरूरी दस्तावेज की प्राप्ति, जो भी मामला हो, के 30 दिन के भीतर ऐसे दावों का निपटान करेगी।

हालाँकि विशेष/जटिल परिस्थितियों में सर्वेयर रिपोर्ट जमा करने के लिए समय-सीमा बढ़ाने के लिए बीमा कंपनी से कह सकता है। ऐसे मामलों में बीमा कंपनी, जहाँ भी जरूरी है, बीमित व्यक्ति/दावाकर्ता को पखवाड़े के आधार पर स्थिति की जानकारी देगी। ऐसी स्थिति में बीमा कंपनी स्वीकार्य दावा जवाबदेही के आधार पर अस्थायी भुगतान कर सकती है।

6. सर्वे रिपोर्ट प्राप्त करने के बाद अगर बीमा कंपनी को लगता है कि यह पूर्ण नहीं है तो वह सर्वेयर से जरूरत के मुताबिक कुछ निश्चित मुददों पर अतिरिक्त रिपोर्ट की माँग करेगी। बीमा कंपनी यह अनुरोध अंतिम सर्वे रिपोर्ट प्राप्त होने के 15 दिन के भीतर कर सकती है। इसमें यह शर्त है कि बीमा कंपनी द्वारा अतिरिक्त रिपोर्ट देने के लिए कहना संबंधित दावे के संदर्भ में एक बार से अधिक नहीं होगा।
7. सर्वेयर बीमा कंपनी से सूचना मिलने की तारीख से तीन सप्ताह के भीतर अतिरिक्त रिपोर्ट जमा करेगा।
8. अंतिम रिपोर्ट या अतिरिक्त सर्वे रिपोर्ट मिलने के बाद तथा सभी जरूरी सूचना/दस्तावेज मिलने के बाद बीमाकर्ता बीमित व्यक्ति को 30 दिन के भीतर दावे के निपटान की पेशकश करेगा। अगर बीमा कंपनी किन्हीं कारणों से पॉलिसी के तहत दावे के खारिज करने का निर्णय करती है तो उसे अंतिम सर्वे रिपोर्ट या अतिरिक्त सूचना दस्तावेज अथवा अतिरिक्त सर्वे रिपोर्ट मिलने, जो भी मामला हो, उसके 30 दिन के भीतर करना होगा और इसके बारे में लिखित में बीमित व्यक्ति को सूचना देगी।

9. अगर स्वीकार्य राशि दावे की राशि से कम है, तब बीमा कंपनी दावाकर्ता को लिखित में दावे के निपटान के आधार के बारे में जानकारी देगी। वहीं अगर दावा खारिज होता है तो नीति दस्तावेज के अनुसार नियम शर्तों का हवाला देते हुए लिखित में जानकारी देना होगा।
10. अगर दावे का निपटान निर्धारित 30 दिन के भीतर नहीं होता है तो बीमा कंपनी को अंतिम रूप से प्राप्त जरूरी दस्तावेज की तिथि से दावा राशि के भुगतान तक बैंक दर से 2 प्रतिशत अधिक ब्याज दावा राशि पर देना होगा।

राष्ट्रीय पेंशन प्रणाली से जुड़ी समस्या

सरकारी क्षेत्र में राष्ट्रीय पेंशन प्रणली यानी एन.पी.एस. अनिवार्य हो गया है। इसके अलावा बड़ी संख्या में निजी क्षेत्र में कार्यरत, स्वयं का कारोबार करनेवाले तथा आम लोग भी एन.पी.एस. और अटल पेंशन ले रहे हैं। ऐसे में इससे जुड़ी समस्या भी हो सकती है। यहाँ हम पेंशन से जुड़ी समस्या के निपटान के तरीके को देखेंगे।

सरकार ने पेंशन से जुड़ी समस्याओं के निपटान के लिए पुख्ता व्यवस्था की है। इसके तहत अंशधारक को कोई समस्या या शिकायत है तो वह ऑनलाइन शिकायत दर्ज करा सकता है या फिर फोन के जरिए भी अपनी समस्या बता सकता है।[5] इतना ही नहीं पत्र लिखकर भी शिकायत दर्ज कराई जा सकती है।

ऑनलाइन शिकायत–

अंशधारक अपनी शिकायत केंद्रीय शिकायत प्रबंधन प्रणाली में दर्ज करा सकते हैं। इसके लिए आपको निम्न वेब लिंक पर जाना होगा https://cra-nsdl.com/CRA/cgmsMenuOnloadForSub.do पंजीकरण के बाद आपको एक टोकन नंबर मिलेगा। इसे कृपया नोट कर लें। यह भविष्य में शिकायत पर नजर रखने और संदर्भ के रूप में काम करेगा।

फोन के जरिए शिकायत : अंशधारक कॉल सेंटर पर कॉल कर अपनी शिकायत दर्ज करा सकते हैं। पी.एफ.आर.डी.ए. ने इसके लिए टॉल फ्री फोन नंबर जारी किया है—1800 222 080। फोन पर शिकायत दर्ज कराने के लिए अंशधारक को खुद के सत्यापन के लिए टी-पिन का उपयोग करना होता है।

टी-पिन एन.पी.एस. के तहत स्थायी सेवानिवृत्ति खाता खोलने के समय मिलता है। फोन पर शिकायत दर्ज कराने के बाद अंशधारक को टोकन नंबर मिलता है। इसका शिकायत पर नजर रखने और भविष्य में संदर्भ के रूप में उपयोग किया जा सकता है।

पत्र लिखकर–

अंशधारक निर्धारित प्रारूप में पी.ओ.पी.-एस.पी. के पास अपनी शिकायत दर्ज करा सकते हैं। पी.ओ.पी.-एस.पी. (Point Of Presence Service Provider) वह है, जहाँ आप एन.पी.एस. खाता खोलते हैं। पी.ओ.पी.-एस.पी. आपकी शिकायत सी.आर.ए. (Central Record Keeping Agency) केंद्रीय शिकायत प्रबंधन प्रणाली के पास भेजेगा।

पत्र में अंशधारक को सत्यापन के इरादे से अपना पी.आर.ए.एन. (Permanent Retirement Account Number) का जिक्र करना होगा। पी.ओ.एस.-एस.पी. के पास फार्म जमा करने के बाद उन्हें पावती रसीद मिलेगी। साथ ही, अगर अंशधारक ने इ-मेल दिया है तो उन्हें टोकन संख्या भेजा जाएगा। ऐसा नहीं होने पर टोकन नंबर पी.ओ.एस.-एस.पी. को भेजा जाएगा। अंशधारक पावती पत्र दिखाकर टोकन संख्या ले सकते हैं।

शिकायत समाधान में लगने वाला समय : पी.एफ.आर.डी.ए. के अनुसार, अंशधारक की शिकायतों का समाधान मध्यस्थों द्वारा शिकायत दर्ज करने की तिथि से 30 दिन में होना चाहिए।

अगर अंशधारक की शिकायत का समाधान निर्धारित समय में नहीं होता है या वह शिकायत के समाधान से संतुष्ट नहीं है तो वह अपनी समस्या नेशनल पेंशन सिस्टम ट्रस्ट (एन.पी.एस. ट्रस्ट) के पास रख सकता है। एन.पी.एस. ट्रस्ट से शिकायत के लिए : www.npstrust.org.in पर जाना होगा। इसके अलावा एन.पी.एस. ट्रस्ट को पत्र लिखकर शिकायत की जा सकती है। पत्र लिखने का पता है—

Grievance Redressal Officer (GRO)

NPS Trust, 3rd Floor, B-14/A, Chatrapati Shivaji Bhawan, Qutub Institutional Area, Katwaria Sarai, New Delhi-110 016

अंशधारक को अगर शिकायत के समाधान को लेकर कोई सहायता या

कोई स्पष्टता चाहिए तो उक्त पते पर पत्र लिखकर जानकारी ले सकता है। इसके अलावा फोन पर भी जानकारी प्राप्त की जा सकती है—

टेलीफोन नंबर : 011-26517501, 011-26517503, 011-26517097

कैसे प्राप्त करें शिकायत की स्थिति की जानकारी : अंशधारक शिकायत की स्थिति का पता सी.आर.ए. की वेबसाइट www.cra-nsdl.com या कॉल सेंटर से लगा सकते हैं। कॉल सेंटर का फोन नंबर ऊपर दिया गया है।

संदर्भ—

1. अधिसूचना संख्या : आर.बी.आई./2017-18/15 डी.बी.आर. नं. एल.ई.जी. बी.सी. 78/09.07.005/2017-18
2. बीमा नियामक एवं विकास प्राधिकरण (पॉलिसीधारकों के हितों का संरक्षण) विनियमन, 2017
3. भारतीय बीमा नियामक एवं विकास प्राधिकरण (पॉलिसीधारकों के हितों का संरक्षण) विनियमन, 2017
4. इरडा (स्वास्थ्य बीमा) नियमन, 2016 के नियम 27
5. पी.एफ.आर.डी.ए. (अंशधारक शिकायत निपटान) अधिनियम 2015

□

भारत के वित्तीय नियामक

किसी भी क्षेत्र के नियामक का मुख्य कार्य उस क्षेत्र के विकास को सुगम बनाना, यह सुनिश्चित करना कि संबंधित इकाइयाँ कायदे कानून के हिसाब से कार्य करें एवं सभी संबंधित पक्षों के हितों को ध्यान रखना है। इस अध्याय में हम वित्तीय क्षेत्र के नियामक के गठन एवं उनके काम-काज को देखेंगे।

वित्तीय प्रणाली का विनियामक और पर्यवेक्षक—भारतीय रिजर्व बैंक

रिजर्व बैंक का गठन भारतीय रिजर्व बैंक अधिनियम, 1934 के प्रावधानों के अनुसार 1 अप्रैल, 1935 में हुआ। शुरू में यह निजी स्वामित्व में था, पर 1949 में राष्ट्रीयकरण के बाद यह पूरी तरह भारत सरकार के नियंत्रण में आ गया।

रिजर्व बैंक का केंद्रीय कार्यालय शुरू में कोलकाता में स्थापित किया गया, जिसे सन् 1937 में स्थायी रूप से मुंबई स्थानांतरित किया गया। अगस्त 2019 की स्थिति के अनुसार रिजर्व बैंक के 27 क्षेत्रीय कार्यालय तथा 4 उप-कार्यालय हैं। ये कार्यालय अधिकतर राज्यों की राजधानी में स्थित हैं।

रिजर्व बैंक का काम-काज केंद्रीय निदेशक बोर्ड द्वारा शासित होता है। भारत सरकार भारतीय रिजर्व बैंक अधियनियम के अनुसार इस बोर्ड को नियुक्त करती है।

केंद्रीय बोर्ड का गठन—

केंद्रीय निदेशक मंडल में निम्नलिखित निदेशक होते हैं—

1. एक गवर्नर और तीन डिप्टी गवर्नर (चार से अधिक नहीं)। इनकी नियुक्ति केंद्र सरकार करती है।
2. चार स्थानीय बोर्ड (दिल्ली, मुंबई, कोलकाता और चेन्नई) से केंद्र सरकार द्वारा नामित एक-एक निदेशक।

3. सरकार द्वारा नामित विभिन्न क्षेत्रों से 10 निदेशक।
4. केंद्र सरकार द्वारा नामित दो सरकारी अधिकारी।

गवर्नर, डिप्टी गवर्नर और निदेशकों की नियुक्ति चार साल के लिए होती है।

मुख्य कार्य : भारतीय रिजर्व बैंक के प्रस्तावना से उसके कार्यों का पता चलता है—

बैंक नोट से जुड़े मामलों का नियमन और देश में मौद्रिक स्थिरता बनाए रखने को लेकर मुद्रा भंडार रखना तथा देश की मुद्रा एवं ऋण प्रणाली का परिचालन, अर्थव्यवस्था की बढ़ती जटिलता के कारण चुनौतियों से निपटने के लिए आधुनिक मौद्रिक नीति रुपरेखा तैयार करना एवं आर्थिक वृद्धि को ध्यान में रखते हुए कीमत स्थिरता को बनाए रखना।

इसके आधार पर रिजर्व बैंक के निम्नलिखित कार्य हैं—

1. **मौद्रिक प्राधिकारी :** मौद्रिक प्राधिकारी के रूप में केंद्रीय बैंक का काम मौद्रिक नीति तैयार करना, उसका क्रियान्वयन तथा निगरानी करना है। इसका मकसद आर्थिक वृद्धि के उद्देश्य को ध्यान में रखते हुए मूल्य स्थिरता बनाए रखना है। साथ ही, उत्पादक क्षेत्रों को पर्याप्त ऋण उपलब्धता सुनिश्चित करना है।
2. **वित्तीय प्रणाली का विनियामक और पर्यवेक्षक :** केंद्रीय बैंक बैंकिंग परिचालन के लिए विस्तृत मानदंड निर्धारित करता है, जिसके अंतर्गत देश की बैंकिंग और वित्तीय प्रणाली काम करती है। इसका उद्देश्य व्यवस्था में लोगों का भरोसा बनाए रखना, जमाकर्ताओं के हितों की रक्षा करना और आम जनता को किफायती बैंकिंग सेवाएँ उपलब्ध कराना है।
3. **विदेशी मुद्रा प्रबंधक :** केंद्रीय बैंक विदेशी मुद्रा प्रबंधन अधिनियम, 1999 का प्रबंधन करता है। इसका मकसद विदेशी व्यापार और भुगतान को सुविधाजनक बनाना और देश में विदेशी मुद्रा बाजार का क्रमिक विकास करना और उसे बनाए रखना है।
4. **मुद्रा जारीकर्ता :** रिजर्व बैंक मुद्रा जारी करता है और उसका विनियमन करता है। परिचालन के योग्य नहीं रहने पर करेंसी और सिक्कों को नष्ट करता है। इसका मकसद लोगों को पर्याप्त मात्रा में अच्छी गुणवत्ता वाली मुद्रा उपलब्ध कराना है।

5. **विकासात्मक भूमिका :** केंद्रीय बैंक राष्ट्रीय उद्‌देश्यों को पूरा करने में सहायता के लिए व्यापक स्तर पर प्रोत्साहन कार्य करता है।
6. **सरकार का बैंकर :** रिजर्व बैंक केंद्र एवं राज्य सरकारों के लिए वाणिज्यिक बैंक की भूमिका अदा करता है।
7. **बैंकों का बैंक :** सभी अनुसूचित बैंकों के लिए बैंक खाते रखता है।

मौद्रिक नीति समिति (एम.पी.सी.) : मौद्रिक नीति समिति केंद्रीय बैंक के गवर्नर की अध्यक्षता वाली समिति है, जिसका काम मुद्रास्फीति को निर्धारित लक्ष्य के अनुसार काबू में रखने के लिए प्रमुख नीतिगत दर समेत मौद्रिक नीति का निर्धारण करना है। सरकार तथा आर.बी.आई. के बीच समझौते के बाद इसका गठन किया गया। इसके लिए सरकार ने 2016-17 के बजट में रिजर्व बैंक कानून, 1934 में संशोधन का प्रस्ताव किया। वित्त विधेयक 2016 के जरिए आर.बी. आई. कानून में संशोधन किया गया और एक नया अध्याय (111एफ, 45 जेड) जोड़ा गया। अधिनियम की धारा 45 जेड बी में मौद्रिक नीति समिति के गठन का प्रावधान है।

इसमें धारा 45 जेड ए के तहत मुद्रास्फीति लक्ष्य निर्धारित करने की बात कही गई है। इसके अनुसार, केंद्र सरकार बैंक के साथ विचार-विमर्श कर हर पाँच साल पर उपभोक्ता मूल्य सूचकांक आधारित मुद्रास्फीति का लक्ष्य तय करेगी और इसे राजपत्र में प्रकाशित करेगी।

इस समिति में निम्नलिखित सदस्य होंगे—

(क) बैंक के गवर्नर समिति के पदेन अध्यक्ष होंगे।
(ख) मौद्रिक नीति समिति के प्रभारी बैंक के डिप्टी गवर्नर पदेन सदस्य होंगे।
(ग) केंद्रीय बोर्ड द्वारा बैंक का एक अधिकारी पदेन सदस्य होगा।
(घ) इसके अलावा तीन सदस्य केंद्र सरकार नियुक्त करेगी।

मौद्रिक नीति समिति मुद्रास्फीति लक्ष्य को हासिल करने के लिए जरूरी नीतिगत दर का निर्धारण करेगी।

मौद्रिक नीति समिति द्वारा निर्धारित नीतिगत दर बैंक पर बाध्यकारी होगी।

भारतीय प्रतिभूति एवं विनिमय बोर्ड

भारतीय प्रतिभूति एवं विनिमय बोर्ड (सेबी) को 'पूँजी बाजार नियामक' भी कहते हैं। इसके गठन का मुख्य मकसद निवेशकों के हितों की रक्षा करना, प्रतिभूति

बाजार के विकास को बढ़ावा देना तथा उसका विनियमन करना है। साथ ही, इससे संबंधित कार्यों को अंजाम देना है।

यूँ तो पूँजी बाजार नियामक का गठन 1988 में प्रतिभूति बाजार में कार्यों के नियमन के लिए हुआ, लेकिन शुरू में यह शेयर बाजार में लेन-देन को नियंत्रित करने में पूरी तरह सफल नहीं था। यह महज गतिविधियों को देखने भर का संस्थान बनकर रह गया था और उसे नियमित और नियंत्रित करने में विफल पाया गया। इसके परिणामस्वरूप 12 अप्रैल, 1992 को 'सिक्योरिटीज एंड एक्सचेंज बोर्ड ऑफ इंडिया' कानून, 1992 के प्रावधानों के तहत इसका गठन हुआ।[1]

पूँजी बाजार नियामक का प्रस्तावना उसके मूल कार्यें का वर्णन करता है—
"...to protect the intersts of investors in securities and to promote the development of and to regulate the securities market and for matters connected therewith or incidental thereto." अर्थात् सेबी के प्रस्तावना के अनुसार इसके गठन का मकसद—

1. शेयर बाजार के कामकाज को नियमित करना।
2. निवेशकों के अधिकार का संरक्षण और उनके निवेश की सुरक्षा सुनिश्चित करना।
3. बाजार में धोखाधड़ी और गड़बड़ियों को रोकना।
4. ब्रोकरों, अंडरराइटर्स (Underwriters) जैसे मध्यस्थों को नियमित करना तथा उनके लिए आचार संहिता तैयार करना।

संक्षेप में सेबी का गठन मुख्य रूप से शेयर बाजारों में गड़बड़ियों पर अंकुश लगाने और निवेशकों के हितों की रक्षा के लिए किया गया। कुल मिलाकर निम्नलिखित समूह की जरूरतों को पूरा करने के लिए इसका गठन हुआ—

1. **निवेशक :** यह निवेशकों के हितों की रक्षा करता है। साथ ही, सही और वास्तविक सूचना उपलब्ध कराता है।
2. **निर्गमकर्ता :** निर्गमकर्ता यानी शेयर अथवा प्रतिभूति जारी करनेवालों के लिए यह बाजार उपलब्ध कराता है, जहाँ से वे आसानी एवं निष्पक्षता के साथ पूँजी जुटा सके।
3. **मध्यस्थ :** मध्यस्थों यानी Intermediaries के लिए यह प्रतिस्पर्धी पेशेवर बाजार उपलब्ध कराता है।

सेबी के कार्य

सेबी अपने उद्देश्यों को पूरा करने के लिए निम्नलिखित कार्य करता है—

1. निवेशकों के हितों और उनके निवेश को सुरक्षित रखने के लिए वह निम्नलिखित कार्य करता है—

(क) **प्रतिभूति की कीमतों में गड़बड़ी को रोकना :** वास्तव में, प्रतिभूति के बाजार मूल्य को बढ़ा-चढ़ाकर या उसे कम रखने का प्रयास होता है। सेबी इस पर लगाम लगाता है, क्योंकि इससे निवेशक धोखाधड़ी के शिकार हो सकते हैं।

(ख) **भेदिया कारोबार पर रोक :** भेदिया कारोबार यानी Insider trading से आशय कंपनी से जुड़े व्यक्तियों द्वारा फर्म की संवेदनशील सूचना लाभ के लिए दूसरे को देने से है। यह व्यक्ति कंपनी का निदेशक, प्रवर्तक या कोई वरिष्ठ अधिकारी हो सकता है, जिसके पास संवेदनशील सूचना होती है। इससे प्रतिभूति की कीमत प्रभावित होती है और आम निवेशकों को नुकसान होता है। वहीं दूसरी तरफ जिस व्यक्ति या समूह को सूचना दी गई, वे लाभान्वित होते हैं। जब किसी कंपनी का अंदर का व्यक्ति या भेदिया या उससे संबंधित इकाई उस कंपनी का प्रतिभूति खरीदता है, सेबी इस पर अंकुश लगाता है।

(ग) सेबी धोखाधड़ी और अनुचित व्यापार व्यवहार पर रोक लगाता है।

(घ) सेबी निवेशकों को जागरूक करने के लिए कदम उठाता है ताकि वे विभिन्न कंपनियों की प्रतिभूतियों का मूल्यांकन कर सके और अच्छी प्रतिभूति का चयन कर सकें।

(ङ) सेबी प्रतिभूति बाजार में निष्पक्ष कामकाज और आचार संहिता को बढ़ावा देता है।

2. सेबी शेयर बाजार के विकास और उसे बढ़ावा देने तथा कारोबार बढ़ाने के लिए कदम उठाता है। इससे प्रतिभूति बाजार के मध्यस्थों लिये प्रशिक्षण पंजीकृत शेयर ब्रोकरों, इंटरनेट के जरिए कारोबार आदि शामिल हैं।

3. सेबी शेयर बाजारों में कारोबार को नियमित करता है। इससे मध्यस्थों के लिय नियम एवं आचार संहिता बनाना, शेयर ब्रोकरों, सब-ब्रोकरों, मर्चेंट बैंकरों तथा शेयर बाजार संबद्ध अन्य के कार्यों के लिए पंजीकरण और नियमन करना, म्यूचुअल फंड के काम-काज को नियमित करना,

कंपनियों के अधिग्रहण को नियमित करना, शेयर बाजारों की जाँच और उनका ऑडिट करना शामिल हैं।

सेबी का मुख्यालय मुंबई में है। इसके क्षेत्रीय कार्यालय दिल्ली (उत्तरी क्षेत्र), चेन्नई (दक्षिण क्षेत्र), कोलकाता (पूर्वी क्षेत्र), और अहमदाबाद (पश्चिमी क्षेत्र) में हैं। इसके अलावा 16 स्थानीय कार्यालय हैं। ये कार्यालय चंडीगढ़, बेंगलुरु, देहरादून, हैदराबाद, जम्मू, कोच्चि, लखनऊ, शिमला, भुवनेश्वर, इंदौर, गुवाहाटी, जयपुर, पटना, राँची, पणजी और रायपुर में स्थित है।

सेबी कानून के अनुसार, निदेशक मंडल में चेयरमैन के अलावा केंद्र सरकार के वित्त विभाग से जुड़े अधिकारियो में से दो तथा एक सदस्य रिजर्व बैंक के अधिकारियों में से होंगे। इसके अलावा पाँच अन्य सदस्य होंगे, जिसमें से तीन पूर्णकालिक सदस्य होंगे। इनकी नियुक्ति केंद्र सरकार करेगी।[1]

बीमा नियामक एवं विकास प्राधिकरण

बीमा क्षेत्र के विनियमन और विकास के लिए एक स्वायत्त निकाय के रूप में 1999 में बीमा विनियामक एवं विकास प्राधिकरण (आई.आर.डी.ए.आई.) का गठन किया गया। इसका गठन संसद् में पारित बीमा विनियामक एवं विकास प्राधिकरण कानून, 1999 के जरिए किया गया।

दरअसल, सरकार ने बीमा क्षेत्र में सुधार के बारे में उपाय सुझाने के लिए रिजर्व बैंक के पूर्व गवर्नर आर.एन. मल्होत्रा की अध्यक्षता में 1993 में एक समिति गठित की। समिति ने 1994 में सौंपी अपनी रिपोर्ट में बीमा क्षेत्र को निजी क्षेत्र के लिए खोलने समेत बीमा क्षेत्र के विनियमन एवं विकास के लिए स्वायत्त निकाय गठित करने की सिफारिश की, जिसे सरकार ने मान लिया।

इरडा के गठन का मकसद–

बीमा विनियामक एवं विकास प्राधिकरण कानून, 1999 में प्रस्तावना में लिखी बातें इसके गठन के उद्देश्य को स्पष्ट करती हैं—"...to protect the interest of the policy holders, to regulate, promote and ensure orderly growth of the insurance industry and for matters connected therewith or incidental thereto..." यानी इसका मुख्य मकसद—पॉलिसीधारकों के हितों का संरक्षण, बीमा क्षेत्र का विनियमन तथा बीमा उद्योग के विकास के लिए कदम उठाना है।

कुल मिलाकर यह निम्नलिखित कार्य करता है—

1. पॉलिसीधारकों के हितों का संरक्षण करना तथा उनके प्रति उचित व्यवहार सुनिश्चित करना।
2. आम लोगों के हितों के लिए बीमा उद्योग की त्वरित और व्यवस्थित विकास को बढ़ावा देना तथा अर्थव्यवस्था की वृद्धि की गति बढ़ाने के लिए दीर्घकालिक निधियाँ उपलब्ध कराना।
3. बीमा क्षेत्र में ईमानदारी, सत्यनिष्ठा, वित्तीय मजबूती, उचित व्यवहार और कुशलता के उच्च मानकों का निर्धारण, बढ़ावा देना, निगरानी और उसको क्रियान्वित करना है।
4. वास्तविक दावों का त्वरित निपटान सुनिश्चित करना, बीमा संबंधी धोखाधड़ी और अन्य गड़बड़ियों की रोकथाम करना तथा प्रभावी शिकायत निवारण तंत्र की व्यवस्था करना।
5. बीमा के साथ संबंध रखनेवाले वित्तीय बाजारों में निष्पक्षता, पारदर्शिता और सुव्यवस्थित कार्य संचालन को बढ़ावा देना तथा बाजार में काम करनेवालों के लिए वित्तीय मजबूती के उच्च मानक लागू करने को लेकर भरोसेमंद सूचना प्रणाली का निर्धारण करना।
6. ऐसी इकाइयों के खिलाफ काररवाई करना, जहाँ इस प्रकार के मानक अपर्याप्त हैं या ठीक ढंग से लागू नहीं हैं।
7. विवेकपूर्ण विनियमन की अपेक्षाओं के साथ उद्योग के रोजाना के कामकाज में अनुकूलतम स्व-विनियमन लाना।

गठन—

आई.आर.डी.ए.आई. अधिनियम की धारा-4 प्राधिकरण के गठन को स्पष्ट करता है। इसके अनुसार प्राधिकरण एक दस सदस्यीय टीम होगी, जिसमें एक अध्यक्ष, पाँच पूर्णकालिक सदस्य, चार अंशकालिक सदस्य होंगे। इन सभी की नियुक्ति भारत सरकार करती है।

आई.आर.डी.ए.आई. की वेबसाइट के अनुसार वर्तमान में 33 साधारण बीमा कंपनियाँ, 24 बीमा कंपनियाँ तथा दो पुनर्बीमा कंपनियाँ कार्यरत हैं।

आई.आर.डी.ए.आई. का मुख्यालय तेलंगाना की राजधानी हैदराबाद में हैं। इसके दो क्षेत्रीय कार्यालय दिल्ली और मुंबई में हैं।

पेंशन कोष विनियामक एवं विकास प्राधिकरण

पेंशन निधि विनियामक एवं विकास प्राधिकरण (पी.एफ.आर.डी.ए.) एक पेंशन नियामक है। इसका गठन भारत सरकार ने 23 अगस्त, 2003 को किया।

देश में वृद्धावस्था आय सुरक्षा से संबंधित योजनाओं के अध्ययन के लिए सरकार ने वर्ष 1999 में ओ.ए.एस.आई.एस. (ओल्ड एज सोशल एंड इनकम सिक्योरिटी—वृद्धावस्था सामाजिक और आय सुरक्षा) नाम से राष्ट्रीय परियोजना को मंजूरी दी थी। ओ.ए.एस.आई.एस. की रिपोर्ट के सुझावों के आधार पर सरकार ने मौजूदा परिभाषित अंशदान पेंशन प्रणाली के स्थान पर नई परिभाषित अंशदान पेंशन प्रणाली की शुरुआत की। इसमें सैन्य बलों को छोड़कर 1 जनवरी, 2004 से 'ज्वॉइन' करनेवाले केंद्र एवं राज्य सरकार के नए कर्मचारियों को शामिल किया गया।

देश में पेंशन क्षेत्र को बढ़ावा देने, विकसित और नियमन करने के लिए सरकार ने अध्यादेश के जरिए 23 अगस्त, 2003 को पी.एफ.आर.डी.ए. की स्थापना की। सरकार ने अंशदान पेंशन प्रणाली को 22 दिसंबर, 2003 को अधिसूचित किया, जो 1 जनवरी, 2004 से लागू हुआ। इसे अब राष्ट्रीय पेंशन प्रणाली (एन.पी.एस.) के नाम से जाना जाता है। 1 मई, 2009 से एन.पी.एस. का विस्तार स्वैच्छिक आधार पर देश के सभी नागरिकों के लिए किया गया, जिसमें स्वरोजगार, पेशेवर और असंगठित क्षेत्र में काम करनेवाले कर्मचारियों को भी शामिल किया गया।

पेंशन निधि विनियामक और विकास प्राधिकरण अधिनियम 19 सितंबर, 2013 को अधिसूचित किया गया और इसे 1 फरवरी, 2014 से लागू किया गया। पी.एफ.आर.डी.ए., एन.पी.एस. का नियमन करता है। पेंशन बाजार के व्यवस्थित विकास और वृद्धि का कार्य पी.एफ.आर.डी.ए. के जिम्मे है।

परिकल्पना : नागरिकों की वृद्धावस्था आय की आवश्यकताओं की दीर्घकालिक आधार पर पूर्ति हेतु व्यवस्थित पेंशन प्रणाली को बढ़ावा देने एवं विकास के लिए एक आदर्श नियामक की भूमिका अदा करना।

19 सितंबर, 2013 को प्रकाशित भारत क राजपत्र के भाग दो खंड एक के अनुसार पी.एफ.आर.डी.ए. में एक चेयरपर्सन के अलावा छह सदस्य होते हैं। इसमें से कम-से-कम तीन पूर्णकालिक सदस्य होंगे। इनकी नियुक्ति केंद्र सरकार करती है।

कार्य : इसके मुख्य रूप से दो कार्य हैं—

1. वृद्धावस्था आय सुरक्षा को बढ़ावा देना।

2. पेंशन कोष और संबद्ध योजनाओं के संदर्भ में ग्राहकों के हितों का संरक्षण।

प्राधिकरण का मुख्यालय नई दिल्ली में है।

राष्ट्रीय वित्तीय रिपोर्टिंग प्राधिकरण

सरकार ने राष्ट्रीय वित्तीय रिपोर्टिंग प्राधिकरण (एन.एफ.आर.ए.) के गठन के प्रस्ताव को मंजूरी दी है। यह ऑडिट पेशे के लिए एक स्वतंत्र नियामक होगा। इसमें एक चेयरपर्सन के अलावा तीन पूर्ण कालिक सदस्य और एक सचिव होंगे।

कंपनी कानून, 2013 के तहत यह प्रमुख बदलाव किया गया है। इस बारे में वित्त पर संसद् की स्थायी समिति ने सिफारिश की थी, जिसके आधार पर इसे कानून में शामिल किया गया।

इसके पास कंपनी कानून की धारा 132 के तहत चार्टर्ड एकाउटेंट और उनकी कंपनियों की जाँच का अधिकार होगा। साथ ही, सूचीबद्ध कंपनियाँ तथा बड़ी गैर-सूचीबद्ध कंपनियाँ भी इसके दायरे में आएँगी। इस बारे में सरकार नियम में सीमा का निर्धारण करेगी। केंद्र सरकार जन हित से जुड़े मामलों में इस प्रकार की अन्य इकाइयों की जाँच के मामले भी प्राधिकरण के पास भेज सकती है।

चार्टर्ड एकाउटेंट कानून, 1949 के तहत भारतीय सनदी लेखाकार संस्थान (आई.सी.ए.आई.) की नियामकीय भूमिका उसके सदस्यों तथा निजी लिमिटेड कंपनियों तथा निश्चित सीमा से कम वाली सार्वजनिक गैर-सूचीबद्ध कंपनियों के ऑडिट के मामले में बनी रहेगी। इसे नियम में अधिसूचित किया जाएगा।

लेखा घोटालों, ऑडिट मानकों के क्रियान्वयन और ऑडिट की गुणवत्ता सुनिश्चित करने के मकसद से इस प्रकार के स्वतंत्र प्राधिकरण के गठन की जरूरत महसूस की जा रही थी।

संदर्भ—

1. भारतीय प्रतिभूति एवं विनिमय बोर्ड कानून, 1992

□

महत्त्वपूर्ण आर्थिक शब्द

इस अध्याय में हम कुछ ऐसे आर्थिक शब्दों को देखेंगे, जो प्राय: दैनिक जीवन में देखने और सुनने को मिलते हैं; लेकिन उससे वाकिफ नहीं होने के कारण हम संदर्भ और चीजों को नहीं समझ पाते। यहाँ पर ऐसे शब्दों के अर्थ को सरल भाषा में लिखने का प्रयास किया गया है।

रेपो दर : रेपो दर को रिजर्व बैंक का प्रमुख नीतिगत दर भी कहा जाता है। वाणिज्यिक बैंक अल्पकालीन आवश्यकताओं की पूर्ति के लिए जिस ब्याज दर पर रिजर्व बैंक से कर्ज प्राप्त करते हैं, उसे रेपो दर कहते हैं।

रिवर्स रेपो दर : जैसा कि नाम से स्पष्ट है, यह रेपो दर के ठीक उलट है। यानी इसमें अल्पकालीन अवधि के लिए रिजर्व बैंक द्वारा वाणिज्यिक बैंकों से जिस ब्याज दर पर नकदी प्राप्त की जाती है, उसे रिवर्स रेपो दर कहा जाता है।

बैंक दर : बैक दर वह ब्याज दर है, जिसपर केंद्रीय बैंक घरेलू बैंकों को स्वीकार्य प्रतिभूतियों पर कर्ज देता है। आर.बी.आई. बैंक दर में परिवर्तन करके आर्थिक गतिवधियों को प्रभावित करता है। कम बैंक दर से कोष की लागत कम होती है और इससे अर्थव्यवस्था के विस्तार में मदद मिल सकती है। वहीं उच्च बैंक दर से मुद्रास्फीति के अधिक रहने की स्थिति में अर्थव्यवस्था को काबू रखने में मदद मिलती है।

नकद आरक्षित अनुपात : नकद आरक्षित अनुपात को अंग्रेजी में कैश रिजर्व रेशियो (सी.आर.आर.) के नाम से जाना जाता है। वाणिज्यिक बैंकों को कुल नकदी का एक निश्चित हिस्सा केंद्रीय बैंक के पास रखना पड़ता है, जिसे सी.आर.आर. कहते हैं। सी.आर.आर. बैंकों की तरलता स्थिति को प्रभावित कर उसकी कर्ज देने की क्षमता को प्रभावित करता है।

सांविधिक तरलता अनुपात : इसे अंग्रेजी में स्टैचुरी लिक्विडिटी रेशियो

(एस.एल.आर.) कहा जाता है। इसके तहत बैंकों को अपनी जमा का एक निश्चित प्रतिशत स्वर्ण या केंद्र अथवा राज्य सरकार के प्रतिभूतियों में निवेश करना होता है, जिसे एस.एल.आर. कहा जाता है। एस.एल.आर. में चूँकि निवेश मुख्य रूप से सोना या सरकारी प्रतिभूतियों में किया जाता है, अत: बैंकों को इन निवेश पर कुछ ब्याज भी मिल सकता है। वहीं सी.आर.आर. में बैंकों को कुछ नहीं मिलता।

पूँजी पर्याप्तता अनुपात : पूँजी पर्याप्तता अनुपात को अंग्रेजी में कैपिटल एडिक्वैसी रेशियो (सी.ए.आर.) कहा जाता है। यह बैंक के जोखिम भारांश संपत्ति और मौजूदा देनदारी के संदर्भ में बैंक की पूँजी के अनुपात को बताता है। इसका निर्धारण केंद्रीय बैंक करता है। इसके तहत बैंक पूँजी का एक हिस्सा अलग रखते हैं, ताकि जमाकर्ताओं के हितों का संरक्षण हो। इसका मकसद जमाकर्ताओं के हितों की रक्षा करना तथा वित्तीय प्रणाली की स्थिरता और कुशलता को बढ़ावा देना है। बासेल तीन के तहत सी.ए.आर. 8 प्रतिशत रहना चाहिए, लेकिन देश में बैंकों का पूँजी पर्याप्तता अनुपात इससे अधिक है।

एम.आई.सी.आर. कोड : एम.आई.सी.आर. 'मैग्नेटिक इंक करेक्टर रिकाग्नीशन' का लघु रूप है। यह सामान्यत: नौ अंकों का कोड है। इसमें पहले तीन अंक शहर कोड तथा अगला तीन अंक बैंक कोड और अंतिम तीन अंक बैंक शाखा की पहचान के लिए दिए रहते हैं। इसका उपयोग मुख्य रूप से चेक क्लीयरिंग के लिए होता है। चेक एम.आई.सी.आर. कोड द्वारा स्टोर किए जाते हैं।

एम.सी.एल.आर. : यह कोष की सीमांत लागत आधारित ब्याज दर (मार्जिनल कास्ट ऑफ फंड्स बेस्ड लेंडिंग रेट) है। यह न्यूनतम ब्याज दर है, जिससे कम पर बैंक ग्राहक को कर्ज नहीं दे सकता है। एम.सी.एल.आर. रेपो दर और बैंक कोष की लागत से जुड़ा है। अत: जब भी रिजर्व बैंक रेपो दर में बदलाव लाता है, इसका असर फ्लोटिंग दर पर लिये गए आवास ऋण पर पड़ेगा। यह आधार दर की जगह अप्रैल 2016 से लागू हुआ। इसे लागू करने का मकसद रेपो दर में कमी का लाभ यथाशीघ्र ग्राहकों को उपलब्ध कराना तथा विभिन्न बैंकों द्वारा ब्याज दर निर्धारण की प्रक्रिया में पारदर्शिता लाना है।

आई.एफ.एस.सी. : यह 'इंडियन फाइनेंशियल सिस्टम कोड' का लघु रूप है। यह अल्फान्यूमेरिक कोड है। यह देश में इलेक्ट्रॉनिक रूप से धन के अंतरण को सुगम बनाता है। यह कोड भुगतान और निपटान प्रणाली में शामिल प्रत्येक

बैंक शाखा की पहचान को बताता है। आमतौर पर पैसा भेजने तथा इलेक्ट्रॉनिक रूप धन निकासी की अनुमति देने के लिए इसका उपयोग किया जाता है। यह 11 अंकों का कोड है, जो सभी बैंकों के चेक पर छपा होता है। इसमें पहले चार अक्षरों में बैंक का नाम, एक शून्य तथा अंतिम छह अंकों में बैंक शाखा से संबंधित विवरण होता है।

नेफ्ट : यह नेशनल इलेक्ट्रॉनिक फंड ट्रांसफर का लघु रूप है। इसका उपयोग इलेक्ट्रॉनिक रूप से धन अपने खाते से दूसरे व्यक्ति के बैंक खाते में भेजने के लिए किया जाता है। दो लाख रुपए तक की राशि भेजने के लिए नेफ्ट का उपयोग करते हैं। यह 4-6 ब्लॉक में जाता है। यह हरेक 2 घंटे के बाद बैच में प्रोसेस होता है। मतलब 10, 12, 2, 4, 6 और 8 बजे।

आर.टी.जी.सी. : दो लाख रुपए से अधिक की राशि भेजने के लिए इसका उपयोग किया जाता है। यह दो ब्लॉक में क्रेडिट होता है। आर.टी.जी.एस. तुरंत होता है। हर आधे घंटे में एकाउंट में क्रेडिट हो जाता है।

ब्लू चिप : ब्लू चिप कंपनियों से आशय प्रमुख कंपनियों से है अर्थात् ये अपने क्षेत्र की दिग्गज कंपनियाँ होती हैं। ये कंपनियाँ अपने क्षेत्र की तीन प्रमुख कंपनियों में शामिल होती हैं। ऐसा माना जाता है कि इन कंपनियों में निवेश करना अधिक सुरक्षित रहता है।

ओपेन एंडेड फंड : इसे हिंदी में सतत खुला कोष भी कहा जाता है। इस फंड में निवेशक जब चाहे निवेश कर सकता है और जिस दिन चाहे अपने निवेश को निकाल भी सकता है। ऐसी योजनाओं में आप अपनी जरूरत के हिसाब से पूरा या आंशिक पैसा निकाल सकते हैं।

क्लोज एंडेड फंड : इस प्रकार की योजनाओं में निवेश एक निश्चित समय में किया जा सकता है यानी इसमें निवेश योजना पेश होने के बाद निश्चित अवधि में ही किया जा सकता है। बाद में इस कोष में निवेश नहीं किया जा सकता। इस प्रकार की योजनाओं से धन निकासी के लिए निवेशकों को कुछ विकल्प दिए जाते हैं। इसमें सप्ताह या महीने में धन निकासी की अनुमति होती है।

बफर स्टॉक : संकट के समय किसी वस्तु की कमी को पूरा करने के लिए उसका स्टॉक तैयार करना बफर स्टॉक कहलाता है। यथा, सरकार गेहूँ और चावल का बफर स्टॉक रखती है।

गैर-निष्पादित परिसंपत्ति : गैर-निष्पादित परिसंपत्ति को लघु रूप में एन.पी.ए. कहा जाता है। आम बोलचाल में इसे फँसा कर्ज या डूबा हुआ कर्ज भी कहा जाता है। एन.पी.ए. बैंकों और वित्तीय संस्थानों द्वारा वितरित वह कर्ज है, जिनका मूलधन और उसपर देय ब्याज की वापसी समय से या बिल्कुल नहीं हो पाती। 2 जुलाई, 2012 को जारी आर.बी.आई. के परिपत्र के अनुसार आमतौर पर बैंकों द्वारा दिए गए वैसे कर्ज को एन.पी.ए. कहा जाता है, जहाँ ब्याज और/या मूल राशि की किस्त 90 दिन से अधिक दिनों तक नहीं दी जाती।

आई.पी.ओ. : आई.पी.ओ. 'इनीशियल पब्लिक ऑफर' का लघु रूप है। इसे हिंदी में आरंभिक सार्वजनिक निर्गम कहा जाता है। कंपनी जब लोगों से धन जुटाने के लिए पहली बार निर्गम लाती है, उसे आई.पी.ओ. कहा जाता है।

एफ.पी.ओ. : यह फॅलोआन पब्लिक ऑफर का लघु रूप है। इसे हिंदी में अनुवर्ती सार्वजनिक निर्गम कह सकते हैं। जब कंपनी बाजार से कोष जुटाने के लिए पहली बार सार्वजनिक निर्गम लाने के बाद निर्गम लाती है, उसे एफ.पी.ओ. कहते हैं।

समावेशी वृद्धि (इनक्लूसिव ग्रोथ) : समावेशी वृद्धि का मतलब विकास का लाभ समाज के सबसे कमजोर वर्ग समेत हर श्रेणी के लोगों तक पहुँचाने से है। इसमें यह सुनिश्चित किया जाता है कि आर्थिक वृद्धि से उत्पन्न राष्ट्रीय आय के वितरण में अंतिम छोर पर खड़े लोगों को उचित हिस्सा मिले।

डी-मैट खाता : यह डीमैटेरियलाजेशन का लघु रूप है। जिस प्रकार बैंक में पैसा जमा करने के लिए खाता खोलना जरूरी होता है, ठीक उसी तरह शेयर बाजार में कारोबार के लिए आपको डी-मैट खाता खोलना जरूरी होता है। डी-मैट के जरिए हमें शेयर प्रमाण-पत्र भौतिक रूप से रखने की जरूरत नहीं है। हम इलेक्ट्रॉनिक फॉर्मेट में शेयर रख सकते हैं। सेबी के नियमों के अनुसार, अगर आपको शेयर बाजार में कारोबार करना है तो वह डी-मैट खातों के जरिए ही हो सकता है। यह खाता आप बैंक या ब्रोकर के पास खुलवा सकते हैं।

सस्ती मुद्रा : जो मुद्रा कम ब्याज दर पर प्राप्त की जा सकती है, उसे सस्ती मुद्रा कहते हैं।

प्वॉइंट ऑफ सेल : आजकल हम यह शब्द काफी सुनते हैं। प्वॉइंट ऑफ सेल से तात्पर्य ऐसी दुकानों और वाणिज्यिक संस्थानों से है, जहाँ खरीदारी करके बैंक के डेबिट कार्ड को स्वाइप करके भुगतान करने की सुविधा है। रिजर्व बैंक ने

प्वॉइंट ऑफ सेल के जरिए धन निकासी की सुविधा उपलब्ध कराने के प्रस्ताव को भी मंजूरी दे दी है।

स्वीट शेयर : स्वीट इक्विटी शेयरों से तात्पर्य ऐसे शेयरों से है, जो कंपनी के कर्मचारियों या किसी अन्य को रियायती मूल्य पर आबंटित किए गए हों। बाजार नियामक सेबी ने विशेष श्रेणी के स्वीट इक्विटी शेयरों के लिए तीन वर्ष का लॉक-इन पीरियड निर्धारित किया है यानी आबंटन की तारीख से तीन वर्ष तक इसे किसी अन्य को नहीं बेचा जा सकता।

प्रतिकारी या प्रतिपूरक शुल्क (काउंटरवेलिंग ड्यूटी) : यह आयात शुल्क है, जो निर्यातक देश से डंपिंग रोकने या निर्यात सब्सिडी से निपटने के लिए लगाया जाता है। इसीलिए इसे सब्सिडी निरोधक शुल्क भी कहते हैं। इसका मकसद आयातित वस्तुओं की यथोचित कीमत सुनिश्चित करना है और इस प्रकार घरेलू उद्योग और कंपनियों के हितों की रक्षा करना है।

गिल्ट फंड : गिल्ट फंड ऐसा फंड है, जिसके माध्यम से केवल सरकारी प्रतिभूतियों में निवेश किया जाता है। इसे जोखिम नहीं लेने वाले और अधिक सतर्क निवेशक पसंद करते हैं, जो केवल सुरक्षित सरकारी बॉण्ड्स में निवेश करना चाहते हैं।

सरकारी प्रतिभूतियों या सरकार की गारंटी वाले प्रतिभूतियों के बाजार को 'गिल्ट एज बाजार' कहा जाता है। इसे 'सरकारी प्रतिभूति बाजार' भी कहते हैं। भारतीय गिल्ट एज बाजार में प्रतिभूतियों का क्रय-विक्रय रिजर्व बैंक के माध्यम से होता है। चूँकि सरकार अपने भुगतान को लेकर चूक नहीं कर सकती है, सरकारी प्रतिभूतियाँ जोखिम मुक्त होती हैं, अतः उन्हें गिल्ड एज माना जाता है, जिसका मतलब है—बेहतर गुणवत्ता।

फ्रिंज बेनिफिट : हिंदी में इसे अनुषंगी लाभ कहते हैं। दरअसल, निर्धारित मौद्रिक वेतन के अतिरिक्त नियोक्ताओं द्वारा अपने कर्मचारियों को आज अतिरिक्त सुविधाएँ उपलब्ध कराई जाती हैं, उसे अनुषंगी लाभ या फ्रिंज बेनिफिट कहा जाता है।

कर, उपकर तथा अधिभार (टैक्स, सेस तथा सरचार्ज) : कर, उपकर तथा अधिभार प्रायः सुनने में आता है। वास्तव में ये तीनों कर की श्रेणी में आते हैं, लेकिन उपकर तथा अधिभार, कर से अलग है। किसी उद्देश्य विशेष की पूर्ति के लिए कर नहीं लगाया जाता। वहीं उपकर तथा अधिभार, दोनों ही किसी उद्देश्य

विशेष को पूरा करने के लिए राजस्व जुटाने के मकसद से लगाए जाते हैं।

उपकर कर के साथ कर आधार पर लगाया जाता है, जबकि अधिभार कर के ऊपर कर है, जिसकी गणना कर दायित्व पर की जाती है। सामान्यतया अधिभार प्रत्यक्ष कर पर लगाया जाता है, जबकि उपकर प्रत्यक्ष तथा परोक्ष कर, दोनों पर लगाया जाता है।

पुनः अधिभार तथा उपकर से प्राप्त राशि राज्यों के साथ बँटवारे वाले मद में नहीं डाली जाती। इससे प्राप्त राजस्व को उन उद्देश्यों में लगाया जाता है, जिनके लिए इन्हें वसूला जाता है।

नेट ऐसेट वैल्यू : इसे लघु रूप में एन.ए.वी. कहा जाता है। यह म्यूचुअल फंड या एक्सचेंज ट्रेडेड फंड के प्रति शेयर अथवा यूनिट के मूल्य को बताता है। इसे शेयर या यूनिट के मूल्य को देनदारी से घटाकर तथा उपलब्ध कुल यूनिट से भाग देकर निकाला जाता है।

यानी एन.ए.वी. = यूनिट का मूल्य—देनदारी/पोर्टफोलियो में उपलब्ध कुल यूनिट।

पेड-अप कैपिटल : इसे चुकता पूँजी भी कहते हैं। यह वह राशि है, जो कंपनी शेयर के बदले शेयरधारकों से प्राप्त करती है। चुकता पूँजी की स्थिति तब होती है, जब कंपनी प्राथमिक बाजार में सीधे निवेशकों को अपने शेयर बेचती है।

अधिकृत पूँजी : इसे अंग्रेजी में ऑथोराइज्ड कैपिटल या ऑथोराइज्ड शेयर कैपिटल कहा जाता है। अधिकृत पूँजी उन शेयर इकाइयों की संख्या है, जो कंपनी अपने गठन के संविधान के अनुसार अधिकतम जारी कर सकती है। प्रायः अधिकृत पूँजी का प्रबंधन पूरी तरह उपयोग नहीं करता, ताकि भविष्य में पूँजी की जरूरत पड़ने पर कंपनी के पास अतिरिक्त शेयर जारी करने की गुंजाइश हो। साथ ही, कंपनी में नियंत्रणकारी हिस्सेदारी बनाए रखने के लिए अतिरिक्त शेयर रखे जाते हैं।

विदहोल्डिंग टैक्स : यह आयकर है, जो कर्मचारियों की आय से काटा जाता है और सीधे नियोक्ता की तरफ से सरकार को दिया जाता है। यह कर आय स्रोत पर काटा जाता है। इसका उपयोग व्यापक रूप से लाभांश, ब्याज, रायल्टी और इसी प्रकार के कर भुगतान के संदर्भ में किया जाता है।

इन्क्रीमेंटल कैपिटल आउटपुट रेशियो (आई.सी.ओ.आर.) : आई.सी.ओ.आर. एक पैमाना है, जो बताता है कि उत्पादन की एक अतिरिक्त

इकाई के लिए कितनी अतिरिक्त पूँजी की जरूरत है? इस अनुपात का उपयोग औद्योगिक इकाई या एक आर्थिक इकाई के रूप में देश की कार्यकुशलता का आकलन करने में किया जाता है। आई.सी.ओ.आर. जितना कम होगा, इकाई उतनी ही कार्यकुशल होगी।

मूल मुद्रास्फीति : मूल मुद्रास्फीति, कोर इनफ्लेशन का हिंदी रूप है। यह महँगाई के स्तर की दीर्घकालीन प्रवृत्ति को बताता है। उपभोक्ता मूल्य सूचकांक आधारित इस मुद्रास्फीति का आकलन करते समय उन कुछ जिंसों को हटा दिया जाता है, जिसमें कीमतों में ज्यादा उतार-चढ़ाव होता है। इसमें सामान्य रूप से ईंधन और खाद्य क्षेत्र की वस्तुएँ शामिल हैं। चूँकि इन वस्तुओं में अस्थायी रूप से कीमतों में उतार-चढ़ाव आते रहते हैं, अतः इन्हें शामिल करने से मुद्रास्फीति का गलत अनुमान मिल सकता है। रिजर्व बैंक मौद्रिक नीति समीक्षा में इसी मुद्रास्फीति पर गौर करता है।

हेडलाइन मुद्रास्फीति या सकल मुद्रास्फीति : यह अर्थव्यवस्था में कुल मुद्रास्फीति को बताता है। जहाँ मूल मुद्रास्फीति में अधिक उतार-चढ़ाव वाले खाद्य उत्पादों एवं ईंधन को हटा दिया जाता है, वहीं हेडलाइन मुद्रास्फीति में यह शामिल होता है। अत: जब कभी खाने-पीने की चीजें और ईंधन के दाम बढ़ते हैं, सकल मुद्रास्फीति में बढ़ोतरी होती है।

गतिहीन स्फीति (स्टैगफ्लेशन) : स्टैगफ्लेशनल दो शब्दों, स्टैगनेशन के 'स्टैग' तथा इनफ्लेशन के 'फ्लेशन' से बना है। गतिहीन मुद्रास्फीति से आशय ऐसी स्थिति से है, जिसमे अर्थव्यवस्था में गतिहीनता अथवा बेरोजगारी के साथ महँगाई दर भी ऊँची होती है। इस इनफ्लेशन रिसेशन भी कहा जाता है।

अवस्फीति (डिफ्लेशन) : मुद्रास्फीति की विपरीत स्थिति अवस्फीति है। इसमें मुद्रा का मूल्य बढ़ता है, यानी कीमतें घटती हैं। इसमें उत्पादन तथा रोजगार घटने के साथ-साथ कीमतें गिरती हैं।

विस्फीति (डिसइनफ्लेशन) : विस्फीति वह स्थिति है, जब कीमतें जानबूझकर घटाई जाती हैं, जबकि उत्पादन तथा रोजगार पर प्रभाव नहीं पड़ता।

बुक वैल्यू और मार्केट वैल्यू : बुक वैल्यू से आशय कारोबार के मूल्य से है। इसका आकलन कंपनी के बही-खाते (बैलेंस शीट) या वित्तीय लेखा-जोखा (फाइनेंशियल स्टेटमेंट) से किया जाता है। यह कंपनी की कुल संपत्ति और कुल देनदारी के बीच अंतर है। इसे उदाहरण से समझ सकते हैं। अगर किसी कंपनी की

कुल संपत्ति 100 रुपए है और देनदारी 80 रुपए है तो कंपनी का 'बुक वैल्यू' 20 रुपए होगा। मोटे रूप से इसका तात्पर्य है कि अगर कंपनी अपनी कुल संपत्ति बेच देती है तो उसका इक्विटी मूल्य या नेटवर्थ 20 रुपए होगा।

वहीं किसी कंपनी के मार्केट वैल्यू से आशय वित्तीय बाजार में उसके मूल्य से है। इसका आकलन कंपनी के कुल जारी शेयर को मौजूदा शेयर कीमत से गुना करके किया जाता है। इसे बाजार पूँजीकरण भी कहते हैं।

सकल घरेलू उत्पाद (जी.डी.पी.) : देश की सीमा में निश्चित समयावधि में उत्पादित सभी तैयार वस्तुओं और सेवाओं के मूल्य को जी.डी.पी. कहा जाता है। इसका आकलन सालाना या तिमाही आधार पर किया जाता है। जी.डी.पी. को किसी देश की आर्थिक सेहत के साथ जीवन स्तर का संकेतक माना जाता है।

सकल मूल्यवर्धन (जी.वी.ए.) : सरल शब्दों में, यह देश में कुल उत्पादन तथा आय को मापता है। इसे अर्थव्यवस्था में उत्पादित वस्तुओं और सेवाओं के मूल्य में से उत्पादन में इस्तेमाल कच्चे माल या मध्यवर्ती वस्तुओं की लागत घटाकर प्राप्त किया जाता है। इसका लाभ यह है कि यह क्षेत्र विशेष की तस्वीर बताता है अर्थात् किसी क्षेत्र, उद्योग में वृद्धि की क्या स्थिति है, संबंधित क्षेत्र में कितना मूल्य वर्धन हुआ ?

जी.डी.पी. और जी.वी.ए. में अंतर : जहाँ जी.वी.ए. उत्पादों या आपूर्ति पक्ष से आर्थिक गतिविधियों को बताता है, वहीं जी.डी.पी. उपभोक्ता या माँग के दृष्टिकोण से आर्थिक स्थिति का संकेत देता है। जी.वी.ए. में शुद्ध कर शामिल होता है, अत: दोनों से प्राप्त आँकड़ों में अंतर होता है।

नॉमिनल जी.डी.पी. : नॉमिनल जी.डी.पी. का आकलन मौजूदा बाजार भाव पर किया जाता है। इसमें मुद्रास्फीति का प्रभाव शामिल होता है।

रीयल जी.डी.पी. : इसमें मुद्रास्फीति के प्रभाव को हटाया जाता है। इसका आकलन किसी दिए हुए वर्ष यानी आधार वर्ष के मूल्य के आधार पर किया जाता है।

डंपिंग : अंतरराष्ट्रीय व्यापार से जुड़े इस शब्द से आशय ऐसी स्थिति से है, जब कोई देश या कंपनी अपने घरेलू बाजार के मुकाबले दूसरे देशों को काफी कम मूल्य पर वस्तुओं का निर्यात करते हैं। इसमें किसी वस्तु का निर्यात बड़े पैमाने पर किया जाता है, जिससे आयातक देश में वैसे उत्पाद बनाने वाले विनिर्माताओं पर नकारात्मक प्रभाव पड़ता है। देश इस स्थिति से निपटने के लिए डंपिंग रोधी शुल्क लगाता है।

ग्रीनफील्ड परियोजना या निवेश : कोई कंपनी अगर नई परियोजना शुरू करती है या उसमें निवेश करती है, उसे ग्रीनफील्ड परियोजना या निवेश कहते हैं। इसमें काम-काज से संबंधित बुनियादी ढाँचा पूरी तरह नए सिरे से बनाया जाता है।

ब्राउनफील्ड परियोजना या निवेश : इससे आशय पुरानी परियोजना के विस्तार या निवेश से है यानी ऐसी कोई परियोजना जिसके लिए ढाँचागत सुविधा एवं अन्य चीजें पहले से हैं, लेकिन उसका पूर्ण रूप से उपयोग नहीं हो रहा या निष्क्रिय पड़ा है।

फेमा : यह विदेशी मुद्रा प्रबंधन अधिनियम (फॉरेन एक्सचेंज मैनेजमेंट कानून) का लघु रूप है। 1 जून, 2000 से लागू फेमा ने फेरा (विदेशी मुद्रा नियमन कानून) का स्थान लिया है। फेरा की तुलना में फेमा अधिक उदार है। जहाँ फेरा में विदेशी मुद्रा कानून का उल्लंघन करने पर आर्थिक जुर्माने के साथ करावास का प्रावधान था, वहीं फेमा में केवल मौद्रिक दंड का ही भुगतान करना होगा। इसे लाने का मकसद विदेशी मुद्रा बाजार में लेन-देन को उदार बनाना तथा देश में विदेशी मुद्रा बाजार के समुचित एवं सुव्यवस्थित विकास को प्रोत्साहित करना है।

अवमूल्यन (डिवैल्यूऐशन) : सरकार जब घरेलू मुद्रा का मूल्य अन्य देशों की मुद्रा की तुलना में जानबूझकर कम करती है, उसे अवमूल्यन कहा जाता है। इसका एक प्रमुख कारण व्यापार असंतुलन को दूर करना होता है। इसमें मुद्रा का मूल्य अन्य देशों की मुद्रा से कम होने पर निर्यात सस्ता हो जाता है और वैश्विक बाजार में घरेलू उत्पाद प्रतिस्पर्धी होते हैं, जबकि आयात महँगा हो जाता है। आयात महँगा होने से घरेलू कंपनियों को लाभ होता है और वे मजबूत होती हैं।

अवमूल्यन और मुद्रा की विनिमय दर में गिरावट या मूल्य ह्रास (डिप्रेशिएसन) में अंतर है। जहाँ अवमूल्यन सरकार सोच-विचारकर किसी उद्‌देश्य विशेष के लिए करती है, वहीं मूल्य ह्रास या विनिमय दर में गिरावट का सरकार से कोई लेना-देना नहीं है। यह तब होता है, जब विनिमय दर का निर्धारण माँग एवं आपूर्ति से होता है।

भुगतान संतुलन : भुगतान संतुलन (बैलेंस ऑफ पेमेंट) एक देश के आयात-निर्यात का लेखा-जोखा होता है। यह एक निश्चित अवधि में एक देश की विभिन्न कंपनियों, इकाइयों एवं व्यक्ति के बीच विश्व के अन्य देशों की विभिन्न इकाइयों साथ लेन-देन को बताता है। इसमें वस्तुओं, सेवाओं और पूँजी

के आयात और निर्यात को शामिल किया जाता है। इसके अलावा इसमें विदेशी सहायता और बाहर से भेजे जानेवाले धन भी शामिल होते हैं।

व्यापार संतुलन : व्यापार संतुलन (बैलेंस ऑफ ट्रेड) भुगतान संतुलन का एक बड़ा हिस्सा है। यह एक निश्चित अवधि में देश के आयात एवं निर्यात के बीच अंतर को बताता है।

व्हाइट लेबल ए.टी.एम. : रिजर्व बैंक ने गैर-बैंकिंग वित्तीय कंपनियों (एन.बी.एफ.सी.) को ए.टी.एम. लगाने की अनुमति दी है। एन.बी.एफ.सी. द्वारा लगाए और प्रबंधित ए.टी.एम. को व्हाइट लेबल ए.टी.एम. कहा जाता है।

ब्राउन लेबल ए.टी.एम. : इस प्रकार के ए.टी.एम. का जिम्मा सेवा प्रदाता और बैंक, दोनों का होता है। जहाँ सेवा प्रदाता ए.टी.एम. मशीन के लिए जगह, मशीन, बिजली आपूर्ति आदि का जिम्मा सँभालते हैं, वहीं संबंधित बैंक नकद प्रबंधन की जिम्मेदारी लेते हैं।

इसके अलावा बैंक स्वयं से भी ए.टी.एम. लगाते हैं और उसका रख-रखाव का जिम्मा स्वयं सँभालते हैं।

ब्लू इकोनॉमी : ब्लू इकोनॉमी को हिंदी में 'समुद्री अर्थव्यवस्था' कहा जा सकता है। विश्वबैंक के अनुसार, समुद्री अर्थव्यवस्था से तात्पर्य पारिस्थितिकी को बनाए रखते हुए वृद्धि, रोजगार और लोगों के जीवन स्तर में सुधार के लिए समुद्री संसाधनों का सतत उपयोग करने से है। इसमें समुद्री परिवहन, मत्स्यन, अक्षय ऊर्जा, कचरा प्रबंधन और पर्यटन जैसी चीजों को शामिल किया जाता है।

डाउनस्ट्रीम कंपनी : प्रसंस्करण, विपणन, वितरण जैसे कार्यों से जुड़ी कंपनियों को डाउनस्ट्रीम कंपनी कहते हैं। ये कंपनियाँ दूसरी इकाइयों द्वारा उत्पादित किए गए तेल या खनिज अथवा सामान के इस्तेमाल करने लायक या कुछ अलग उत्पाद बनाती है। यथा पेट्रोलियम क्षेत्र की इंडियन ऑयल कॉरपोरेशन।

अपस्ट्रीम कंपनी : खोज एवं उत्पादन करनेवाली कंपनियों को अपस्ट्रीम कंपनी कहा जाता है। पेट्रोलियम क्षेत्र की ऑयल एंड नेचुरल गैस कॉरपोरेशन इसका उदाहरण है।

मनी मार्केट : मनी मार्केट यानी मुद्रा बाजार से आशय ऐसे बाजार से है, जहाँ उच्च तरलता वाले और अल्प अवधि में परिपक्व होनेवाले बॉण्ड और प्रतिभूतियों का कारोबार होता है। इसका उपयोग कुछ घंटों से लेकर एक साल यानी अल्प अवधि के कर्ज लेने और देने में किया जाता है अर्थात् यह अल्पकाल

के लिए कोष की जरूरतों को पूरा करने का बाजार है। इसके अंतर्गत आनेवाले उत्पाद ट्रेजरी बिल, कमर्शियल पेपर, जमा प्रमाण-पत्र आदि हैं।

कैपिटल मार्केट : दीर्घकालीन पूँजी जरूरतों को पूरा करने के बाजार को कैपिटल मार्केट या पूँजी बाजार कहते हैं। इसके अंतर्गत आनेवाले उत्पाद बॉण्ड और शेयर हैं।

□

संलग्न

'अटल पेंशन योजना' के तहत विभिन्न आयु वर्ग के लोगों के लिए मासिक पेंशन के आधार पर योगदान राशि का चार्ट। इसमें मासिक, तिमाही और छमाही आधार पर योगदान की राशि की जानकारी दी गई है।

		न्यूनतम गारंटी पेंशन 1000 रुपए महीना			न्यूनतम गारंटी पेंशन 2000 रुपए महीना			न्यूनतम गारंटी पेंशन 3000 रुपए महीना			न्यूनतम गारंटी पेंशन 4000 रुपए महीना			न्यूनतम गारंटी पेंशन 5000 रुपए महीना		
नामांकित व्यक्ति को धन राशि की वापसी		1.7 लाख रुपए			3.4 लाख रुपए			5.11 लाख रुपए			6.81 लाख रुपए			8.51 लाख रुपए		
प्रवेश की उम्र	निहित अवधि	महीना कंट्री-ब्यूशन	त्रैमासिक कंट्री-ब्यूशन	अर्धवार्षिक कंट्री-ब्यूशन	महीना कंट्री-ब्यूशन	त्रैमासिक कंट्री-ब्यूशन	अर्धवार्षिक कंट्री-ब्यूशन	महीना कंट्री-ब्यूशन	त्रैमासिक कंट्री-ब्यूशन	अर्धवार्षिक कंट्री-ब्यूशन	महीना कंट्री-ब्यूशन	त्रैमासिक कंट्री-ब्यूशन	अर्धवार्षिक कंट्री-ब्यूशन	महीना कंट्री-ब्यूशन	त्रैमासिक कंट्री-ब्यूशन	अर्धवार्षिक कंट्री-ब्यूशन
18	42	42	125	248	84	250	496	126	376	744	168	501	991	210	626	1239
19	41	46	137	271	92	274	543	138	411	814	183	545	1080	228	679	1346
20	40	50	149	295	100	298	590	150	447	885	198	590	1169	248	739	1464
21	39	54	161	319	108	322	637	162	483	956	215	641	1269	269	802	1588
22	38	59	176	348	117	349	690	177	527	1045	234	697	1391	292	870	1723
23	37	64	191	378	127	378	749	192	572	1133	254	757	1499	318	948	1877

प्रवेश की उम्र	निहित अवधि	न्यूनतम गारंटी पेंशन 1000 रुपए महीना			न्यूनतम गारंटी पेंशन 2000 रुपए महीना			न्यूनतम गारंटी पेंशन 3000 रुपए महीना			न्यूनतम गारंटी पेंशन 4000 रुपए महीना			न्यूनतम गारंटी पेंशन 5000 रुपए महीना		
नामांकित व्यक्ति को धन राशि की वापसी		1.7 लाख रुपए			3.4 लाख रुपए			5.11 लाख रुपए			6.81 लाख रुपए			8.51 लाख रुपए		
		महीना कंट्री-ब्यूशन	त्रैमासिक कंट्री-ब्यूशन	अर्धवार्षिक कंट्री-ब्यूशन	महीना कंट्री-ब्यूशन	त्रैमासिक कंट्री-ब्यूशन	अर्धवार्षिक कंट्री-ब्यूशन	महीना कंट्री-ब्यूशन	त्रैमासिक कंट्री-ब्यूशन	अर्धवार्षिक कंट्री-ब्यूशन	महीना कंट्री-ब्यूशन	त्रैमासिक कंट्री-ब्यूशन	अर्धवार्षिक कंट्री-ब्यूशन	महीना कंट्री-ब्यूशन	त्रैमासिक कंट्री-ब्यूशन	अर्धवार्षिक कंट्री-ब्यूशन
24	36	70	209	413	139	414	820	208	630	1228	277	826	1635	346	1031	2042
25	35	76	226	449	151	450	891	226	674	1334	301	897	1776	376	1121	2219
26	34	82	244	484	164	489	968	246	733	1452	327	975	1930	409	1219	2414
27	33	90	268	531	178	530	1050	268	799	1582	356	1061	2101	446	1329	2632
28	32	97	289	572	194	578	1145	292	870	1723	388	1156	2290	485	1445	2862
29	31	106	316	626	212	632	1251	318	948	1877	423	1261	2496	529	1577	3122
30	30	116	346	685	231	688	1363	347	1034	2048	462	1377	2727	577	1720	3405
31	29	126	376	744	252	851	1487	379	1129	2237	504	1502	2974	630	1878	3718
32	28	138	411	814	276	821	1629	414	1234	2443	551	1642	3252	689	2053	4066
33	27	151	450	891	302	900	1782	453	1350	2673	602	1794	3553	752	2241	4438
34	26	165	492	974	330	983	1948	495	1475	2921	659	1964	3889	824	2456	4863

		न्यूनतम गारंटी पेंशन 1000 रुपए महीना			न्यूनतम गारंटी पेंशन 2000 रुपए महीना			न्यूनतम गारंटी पेंशन 3000 रुपए महीना			न्यूनतम गारंटी पेंशन 4000 रुपए महीना			न्यूनतम गारंटी पेंशन 5000 रुपए महीना		
नामांकित व्यक्ति को धन राशि की वापसी		1.7 लाख रुपए			3.4 लाख रुपए			5.11 लाख रुपए			6.81 लाख रुपए			8.51 लाख रुपए		
प्रवेश की उम्र	निहित अवधि	महीना कंट्री-ब्यूशन	त्रैमासिक कंट्री-ब्यूशन	अर्धवार्षिक कंट्री-ब्यूशन	महीना कंट्री-ब्यूशन	त्रैमासिक कंट्री-ब्यूशन	अर्धवार्षिक कंट्री-ब्यूशन	महीना कंट्री-ब्यूशन	त्रैमासिक कंट्री-ब्यूशन	अर्धवार्षिक कंट्री-ब्यूशन	महीना कंट्री-ब्यूशन	त्रैमासिक कंट्री-ब्यूशन	अर्धवार्षिक कंट्री-ब्यूशन	महीना कंट्री-ब्यूशन	त्रैमासिक कंट्री-ब्यूशन	अर्धवार्षिक कंट्री-ब्यूशन
35	25	181	539	1068	362	1079	2136	543	1618	3205	722	2152	4261	902	2688	5323
36	24	198	590	1169	396	1180	2337	594	1770	3506	792	2360	4674	990	2950	5843
37	23	218	650	1287	436	1299	2573	654	1949	3860	870	2593	5134	1087	3239	6415
38	22	240	715	1416	480	1430	2833	720	2146	4249	957	2852	5648	1196	3564	7058
39	21	264	787	1558	528	1574	3116	792	2360	4674	1054	3141	6220	1318	3928	7778
40	20	291	867	1717	582	1734	3455	873	2602	5152	1164	3469	6869	1454	4333	8581

स्रोत : वित्तीय सेवा विभाग, वित्त मंत्रालय अधिसूचना, एफ नंबर 16/1/2015–पी.आर.

स्वर्ण मौद्रिकरण योजना

यह योजना 2015 में लाई गई। इसका मकसद घरों तथा संस्थानों में निष्क्रिय पड़े सोने को बाहर निकालना तथा उसका उत्पादक कार्यों में इस्तेमाल करना है। साथ ही, दीर्घकाल में देश का सोने के आयात पर निर्भरता को कम करना है। इस योजना के तहत अल्पकाल से लेकर दीर्घकाल तक सोना बैंकों में जमा कराया जा सकता है। जहाँ अल्पकाल में एक से तीन साल के लिए जमा कराया जा सकता है, वहीं मध्यम अवधि में 5 से 7 साल तथा दीर्घकाल के लिए 12 से 15 साल हेतु जमा कराया जा सकता है। अल्पकाल में इसे एक साल तीन महीने, दो साल चार महीने पाँच दिन के लिए भी जमा कराया जा सकता है। मध्यम अवधि और दीर्घकाल अवधि में भी इसे क्रमश: 5 साल सात महीने या 13 साल चार महीने 15 दिन के लिए जमा कराया जा सकता है।

ब्याज : अल्प अवधि के लिए किए स्वर्ण जमा पर ब्याज दर का निर्धारण बैंक मौजूदा बाजार स्थिति को ध्यान में रखकर करेंगे। वहीं मध्यम और दीर्घ अवधि के स्वर्ण जमा पर ब्याज का निर्धारण समय-समय पर केंद्र सरकार करेगी और इसे अधिसूचित आर.बी.आई. करेगा। फिलहाल मध्यम अवधि और दीर्घकाल के लिए जमा सोने पर ब्याज क्रमश: 2.25 प्रतिशत तथा 2.50 प्रतिशत सालाना है।

क्षेत्रीय ग्रामीण बैंक को छोड़कर सभी अनुसूचित वाणिज्यिक बैंक योजना के क्रियान्वयन के लिए पात्र हैं।

मुख्य बातें–

1. अल्पकाल के लिए जमा किए गए सोने पर मूल राशि और ब्याज का निरूपन सोने में किया जाएगा। वहीं मध्यम अवधि और दीर्घकाल के लिए स्वर्ण जमा के मामले में ब्याज भारतीय रुपए में अभिव्यक्त किया जाएगा। इसके लिए जमा के समय सोने के मूल्य को आधार माना जाएगा।
2. इस योजना का लाभ भारतीय नागरिक, हिंदू अविभाजित परिवार, न्यास, म्यूचुअल फंड, प्रोपराइटरशिप एंड पार्टनरशिप फर्म तथा एक्सचेंज ट्रेडेड फंड उठा सकते हैं।
3. योजना के तहत सोना सी.पी.टी.सी. (कलेक्शन एंड प्यूरिटी टेस्टिंग सेंटर) में जमा कराया जाएगा। बैंक मनोनीत शाखाओं में जमाकर्ताओं को सीधे

सोना जमा करने की अनुमति दे सकते हैं। सी.पी.टी.सी. भारतीय मानक ब्यूरो द्वारा प्रमाणिक संग्रह और आकलनकर्ता होंगे। सरकार सोने के रख-रखाव और उसे भुनाने को लेकर ऐसे केंद्रों को अधिसूचित करेगी।

4. इस योजना के अंतर्गत आप सोना कहीं भी जमा करें, उसका आकलन सी.पी.टी.सी. में ही होगा।
5. इस योजना के तहत न्यूनतम 30 ग्राम सोना छड़, सिक्के, आभूषण के रूप में जमा किया जा सकता है। अधिकतम जमा की कोई सीमा नहीं है।
6. इस योजना में जमा सोने पर ब्याज सालाना मिलेगा। यह हर साल 31 मार्च को प्राप्त किया जा सकता है। जमाकर्ता के पास सालाना या संचयी आधार पर परिपक्वता के समय ब्याज लेने का विकल्प होता है।
7. मध्यम अवधि के लिए जमा को लेकर लाक इन अवधि तीन साल है यानी तीन साल के बाद आप योजना से बाहर निकल सकते हैं। वहीं दीर्घकाल के लिए लाक इन अवधि पाँच साल है।
8. अल्पकाल के लिए स्वर्ण जमा पर बैंक अपने विवेकाधिकार के आधार पर जमा को समय से पहले आंशिक या पूरा निकालने की अनुमति दे सकता है। इस संदर्भ में बैंक न्यूनतम 'लॉक इन' अवधि और जुर्माना का निर्धारण कर सकता है।
9. मध्यम और दीर्घ अवधि के लिए जमा सोने पर परिपक्वता के समय जमाकर्ता उस समय सोने के भाव के हिसाब से जमा स्वर्ण के बराबर रुपया ले सकता है या फिर सोना। हालाँकि अगर आप समय से पहले योजना से निकलना चाहते हैं तो आपको केवल सोने के उस समय के भाव के हिसाब से रुपया ही मिलेगा। इस योजना में जो भी ब्याज बनेगा, वह रुपए में ही मिलेगा।

स्वर्ण जमा खाता खोलना : यह खाता किसी भी मनोनीत बैंक में खोला जा सकता है। इसके लिए उन्हीं दस्तावेजों की जरूरत पड़ती है, जो अन्य जमा खातों के लिए होती है। जिन जमाकर्ताओं के पास संबंधित बैंक में पहले खाता नहीं है, वह वहाँ अपना खाता खोल सकते हैं। यह खाता शून्य राशि से खोला जा सकता है।

स्रोत : आर.बी.आई. अधिसूचना संख्या/2015-16/211

लघु बचत योजनाओं पर ब्याज दर

सरकार विभिन्न लोक भविष्य निधि, सुकन्या समृद्धि योजना जैसी अल्प बचत योजनाओं के लिए ब्याज दर तिमाही आधार पर तय करती है। इसके तहत वित्त वर्ष 2019-20 की दूसरी तिमाही (जुलाई-सितंबर) के लिए ब्याज दर में संशोधन किया गया है। नई दरों और वित्तीय उत्पाद को एक सारणी में दिखाया गया है।

बचत योजना	01.04.2019 से 30.6.2019 तक के लिए ब्याज दर	आकलन की आवृत्ति	01.07.2019 से 30.9.2019 तक के लिए ब्याज दर
बचत जमा	4.0	वार्षिक	4.0
एक वर्षीय सावधि जमा	7.0	तिमाही	6.9
दो वर्षीय सावधि जमा	7.0	तिमाही	6.9
तीन वर्षीय सावधि जमा	7.0	तिमाही	6.9
पाँच वर्षीय सावधि जमा	7.8	तिमाही	7.7
पाँच वर्षीय आवर्ती जमा	7.3	तिमाही	7.2
वरिष्ठ नागरिक बचत योजना (5 वर्ष)	8.7	तिमाही और देय	8.6
पाँच वर्षीय मासिक आय खाता	7.7	मासिक और देय	7.6
पाँच वर्षीय राष्ट्रीय बचत पत्र	8.0	वार्षिक	7.9
सार्वजनिक भविष्य निधि योजना	8.0	वार्षिक	7.9
किसान विकास पत्र	7.7 (परिपक्वता 112 माह में)	वार्षिक	7.6 (परिपक्वता 113 माह में)
सुकन्या समृद्धि योजना	8.5	वार्षिक	8.4

विभिन्न प्रकार के आई.टी.आर. फार्म

कर विभाग ने विभिन्न लोगों के लिए आयकर रिटर्न भरने के फार्म अलग-अलग कर रखे हैं। यहाँ सारणी के जरिए उन सभी फार्म का ब्योरा दिया गया है।

सहज (आई. टी.आर.-1)	वेतन, पेंशन, एक मकान, अन्य स्रोत से प्राप्त आय और कुल 50 लाख रुपए तक कुल आय वाले लोगों के लिए आय रिटर्न भरने का फार्म।
आई.टी.आर.-2	इस फार्म का उपयोग वह व्यक्ति तथा हिंदू अविभाजित परिवार कर सकता है, जिसकी आय वेतन, पेंशन या मकान या अन्य स्रोत से आय प्राप्त होती है और आय 50 लाख रुपए से अधिक है। इसके अलावा पूँजी लाभ या कंपनी में भागीदार के तौर पर व्यक्ति की आय, विदेशी संपत्ति या विदेश आय प्राप्त करनेवाले इस फार्म का उपयोग कर सकते हैं।
आई.टी.आर.-3	अपने कारोबार या पेशे से आय प्राप्त करनेवाले लोगों और हिंदू अविभाजित परिवार के लिए आयकर रिटर्न भरने का फार्म।
आई.टी.आर.-4 या सुगम	व्यापार और पेशे से अनुमानित आय के लिए आय रिटर्न भरने का फार्म।
आई.टी.आर.-5	यह फॉर्म, सीमित जवाबदेही भागीदारी (एल.एल.पी.), व्यक्तियों के समूह (एसोसिएशन ऑफ पर्संस) आदि के लिए है।
आई.टी.आर.-6	आयकर कानून की धारा 11 (परमार्थ या धार्मिक मकसद वाली संपत्ति से आय) के तहत छूट का दावा करनेवाली कंपनियों को छोड़कर अन्य कंपनियाँ इस फार्म का उपयोग करती हैं।
आई.टी.आर.-7	वैसे लोगों और कंपनियों के लिए, जिन्हें रिटर्न आयकर कानून की धारा 139 (4ए) या 139 (4बी) या 139 (4सी) या 139 (4डी) या 139 (4ई) या 139 (4एफ) के तहत भरने की आवश्यकता है।

आई.टी.आर.-V	यहाँ V वेरिफिकेशन यानी सत्यापन को बताता है। जब आई.टी. रिटर्न ऑनलाइन भरा जाता है और उसमें डिजिटल हस्ताक्षर का उपयोग नहीं किया जाता, तब आपको आई.टी. आर.-V प्राप्त होता है। इस पर हस्ताक्षर करने के बाद इसे आयकर विभाग को भेजना होता है।
फार्म 16	आयकर कानून, 1961 की धारा-203 के तहत वेतन पर टी.डी.एस. (स्रोत पर कर कटौती) के लिए प्रमाण-पत्र।
फार्म 16ए	आयकर कानून, 1961 की धारा-203 के तहत वेतन के अलावा अन्य आय पर टी.डी.एस. के लिए प्रमाण-पत्र।
फार्म 16बी	आयकर कानून, 1961 की धारा-203 के तहत संपत्ति बिक्री पर टी.डी.एस. के लिए प्रमाण-पत्र।
फार्म 24क्यू	आयकर कानून की धारा-200 की उपधारा (3) के तहत जून, सितंबर, दिसंबर और मार्च को समाप्त तिमाही के लिए वेतन के संदर्भ में कर कटौती का तिमाही ब्योरा।
फार्म 26क्यू	आयकर कानून की धारा-200 की उपधारा (3) के तहत जून, सितंबर, दिसंबर और मार्च को समाप्त तिमाही के लिए वेतन के अलावा अन्य भुगतान के संदर्भ में कर कटौती का तिमाही ब्योरा।
फार्म 26क्यू ए	आयकर कानून की धारा-206ए के तहत तिमाही रिटर्न भरने के लिए निश्चित जानकारी रखे जाने की आवश्यकता।
फार्म 26क्यू बी	आयकर कानून के तहत कर कटौती का चलान-सह-ब्योरा।
फार्म 27क्यू	आयकर कानून की धारा-200 की उपधारा (3) के तहत प्रवासी भारतीयों को तिमाही के लिए किए गए वेतन को छोड़कर अन्य भुगतान के संदर्भ में कर कटौती का तिमाही ब्योरा।

□□□